Esta semana me llamo Cleopatra | Novela escrita en 1949
Copyright ©LaCuadraÉditions2021
139 Rue d'Alésia 75014 Paris
Producción | MEL Projects
Impresión | Amazon KDP
Depósito legal | Octubre 2021
Diseño de portada | Grégoire Dalle

ISBN: 979-8469795315

Todos los derechos reservados. Bajo condiciones
establecidas en las leyes, queda expresamente
prohibido sin autorización escrita del titular
del copyright, la reproducción total o parcial
de esta obra, por cualquier medio o procedimiento,
incluidos la reprografía y el tratamiento informático.

Luisa María Linares

ESTA SEMANA ME LLAMO CLEOPATRA

La Cuadra
— ÉDITIONS —

La cuadra es el lugar donde crecemos compartiendo entre vecinos discos, libros y a veces besos...

La Cuadra Éditions nace de este espíritu, del deseo de reeditar los libros de la novelista española **Luisa María Linares** (1915-1986) para hacerlos redescubrir o descubrir al público contemporáneo.

Reina de las comedias románticas sofisticadas, **Luisa María Linares** escribió más de treinta *bestsellers* entre 1939 y 1983. Traducida a varios idiomas, su obra fue objeto de numerosas adaptaciones al cine y al teatro.

Luisa María Linares nos toca el corazón con historias llenas de ternura y espontaneidad, donde la fuerza del amor viene a trastornarlo todo. Bajo su pluma brillante, la imaginación, el encanto y el humor están siempre presentes, y el ritmo de la trama nunca para.

La Cuadra Éditions publica, para comenzar, cinco de sus libros más vendidos, con ediciones en español y en francés. Placeres de lectura imperdibles para quienes aman las historias de amor divertidas y entrañables, dinámicas y apasionadas.

Lacuadraeditions.com

—¿No tiene familia en Madrid...?

—Sí. Tengo una tía. Voy a vivir con ella.

Por centésima vez tuve que repetir la frase. ¡Qué insoportable curiosidad la de la gente! ¡Y qué increíble monotonía! Todos imaginaban ser los primeros en preguntar: «¿No tiene familia en Madrid?», y así fuéronlo haciendo uno por uno, el señor gordo que se sentaba junto a la ventanilla de enfrente, la muchacha vestida de luto que me obsequiara con un bocadillo de salchichón, el marinero gallego que iba destinado al Ministerio... En una palabra, todos los viajeros que ocupaban el abarrotado departamento de tercera clase. Y ello me obligó a sacar a colación a mi supuesta tía. No era cosa de ponerme a explicar a todo el mundo que doña Tula no era mi tía, aunque yo sintiese por ella más simpatía que por otras personas a las que me unían lazos de sangre. Ni tampoco que esta simpatía había sido causa de que, desdeñando los ofrecimientos de mi tío abuelo Felipe, de mi tía Feliciana y de mi primo Camilo, hubiera decidido vivir mi vida en Madrid junto a doña Tula. Estaba cansada de una existencia saturada de ancianidad. Y no es que yo tuviera nada que alegar contra el hecho agradabilísimo de que en mi familia todos llegasen a octogenarios e incluso a centenarios. Me reconfortaba la idea de lo mucho que me iba a divertir cuando yo tuviera esos añitos, allá por el dos mil y pico. La de cosas curiosas que husmearía...

Pero francamente... A solas conmigo misma, decidí, al morir mi abuela, que con veintitrés años junto a ella había rendido ya mi culto a la vejez. Y enfrentándome con tíos, abuelos y tataratías, lancé mi grito de liberación:

—¡Soy mayor de edad y me voy a Madrid a vivir con doña Tula!

Mi corte de viejecitos estuvo a punto de perecer de espanto. Nunca les había gustado doña Tula. Formaron en un bando hostil desde el momento en que la buena señora apareció en nuestro pueblecito marinero cargada de maletas, con una gran jaula conteniendo un loro y una agujereada caja de cartón habitada por un galápago. En cambio, a mí me gustó en seguida, quizá por el rudo contraste que ofrecía con todo lo que hasta entonces me fuera dado contemplar en la intimidad. Porque doña Tula entró en nuestra intimidad al ocupar el cuartito de la terraza que todos los veranos solíamos alquilar mi abuela y yo a los forasteros. Doña Tula llegaba de Madrid y el trato para alquilar la habitación habíalo hecho por carta, entendiéndose directamente con mi abuela, lo cual fue una gran suerte para mí. De otro modo, ¿qué no habría tenido yo que oír por haber metido en casa a un ser tan estrafalario?

No podía negarse que doña Tula era estrafalaria. Incluso a mí me lo pareció cuando, resoplando por haber recorrido andando los dos kilómetros que separaban Villamar de la estación, se detuvo ante nuestra puerta, encasquetándose bruscamente el absurdo sombrero que el viento ladeara y colocándose mejor el camafeo prendido sobre el opulento pecho. Un camafeo representando un rostro anciano riendo tan sardónicamente que al mirarse sentíanse deseos de reír también. Lo cual hacía notar la propietaria, que comentaba:

—¿Le hace gracia el viejo? Podría decir que es un daguerrotipo de mi abuelo, pero lo cierto es que mi abuelo nunca pensó en hacerse inmortalizar. Era trapero y tenía un tenderete en el Rastro. Este es mi amuleto del buen humor.

Evidenciamos, por cierto, que tenía un humor excelente. De la mañana a la noche oíase por Villamar su risa estridente y simpática, despertando los dormidos ecos del pueblo.

—¡Qué horrible persona has metido este año en tu casa, Felipa! —increpó el coro de ancianos, arremetiendo contra la abuelita, subrayando la vergonzosa humillación de que una Ocampo de Alvear alquilase habitaciones a los veraneantes. Mi abuela, por esta vez, se abstuvo de protestar, coincidiendo en que nuestra inquilina era indescriptible.

Mi punto de vista sobre el asunto difería, por supuesto. Estas diferencias continuas eran causa de que la familia entera me llamara «Anita Revoltosa». Se consideraba revolucionario, por ejemplo, el hecho de que yo me empeñase en trabajar, colocándome como bibliotecaria en el Club Femenino Intelectual, empleo monótono y poco remunerativo que, sin embargo, aliviaba la pesada carga de la abuela. El Club era un rincón presuntuoso donde se reunían a chismorrear las señoras de la localidad, y, a pesar de toda su ridiculez, a él debía yo el no haberme muerto de tedio.

Las pequeñas tragedias de las asociadas y sus dimes y diretes exacerbaban mi sentido del humor. A esto se añadía la ventaja de poder disponer de una buena biblioteca que yo clasificaba de la A a la L, ocupándose del resto del alfabeto otra muchacha. Siendo una apasionada lectora, mi cultura hasta la L no tenía límite.

Las conversaciones con doña Tula completaron mi vacío intelectual hasta la Z. Era una enciclopedia de anécdotas y no ignoraba nada de la vida. Sus consejos sobre el amor, los hombres y el matrimonio valían su peso en oro. Lo mismo me refería historias picantes de la alta sociedad, que burdos chistes cuya ordinariez cortaba la respiración.

—No me gusta que pasees con esa señora, Anita —me aconsejaba inútilmente mi abuela—. No sabemos quién es. Deberíamos haber pedido informes antes de admitirla en casa.

—¿Informes? El año pasado nos quedamos sin alquilar el gabinete. Gracias a lo que nos ha pagado hemos podido liquidar la cuenta del médico por tu última bronquitis.

Siempre teníamos una cuenta «pro bronquitis» pendiente de pago, porque mi abuela parecía tener un abono a dicha enfermedad, como quien tuviese abono a la ópera. Ella estaba convencida de que al final sería una bronquitis lo que la empujaría a la tumba, pero fue una afección cardíaca lo que la hizo marchar, a los ochenta años, de este pícaro mundo.

—Aún era joven —fue el comentario de mi tío bisabuelo Godo—. Podía haber vivido mucho más. Yo tengo noventa y siete y estoy hecho un roble.

Volviendo a doña Tula, debo insistir en que nunca puse en duda su moralidad. Viuda desde hacía años, según la historia que me contó, no suplantó al difunto Bernardo, empresario de un pequeño teatro de barriada. En la actualidad vivía holgadamente.

—Bernardo se ocupó de mi porvenir —decía suspirando y haciendo oscilar el camafeo con la efigie del viejo sardónico.

Habitaba con su gato, su loro y su galápago en un pequeño piso de un barrio madrileño. Frisaría en los cincuenta, pero no me hubiera atrevido a asegurarlo. A ratos parecía increíblemente joven y a ratos increíblemente vieja.

Era el primer verano que se decidía a abandonar la capital.

Por un anuncio leído en la prensa, eligió la playa de Villamar... y así entró en mi vida. Entró y parecía que iba a continuar eternamente, pues aunque se marchó al llegar septiembre, continuamos en asidua correspondencia —yo le enviaba verdaderos mamotretos con chismes salpicados de comentarios filosóficos— hasta que sobrevino la muerte de mi abuela y la auténtica bancarrota.

«¿Qué se puede hacer en el mundo con tres mil pesetas?», me dije a mí misma tras largas horas de mordisquear la contera del lápiz. Sentía sobre mis espaldas todo el peso de esa endiablada ciencia que unos denominaban «matemáticas», otros «finanzas» y mi abuela y yo «PESADILLAS».

Tres mil pesetas era todo cuanto me quedaba después de vender la casa, tan hipotecada que el bueno de don Venancio, el «usurero oficial» de Villamar, estuvo a punto de pillarse los dedos, teniendo que poner dinero encima. Ignoraba cómo se las habría arreglado mi abuela para conseguir tantas hipotecas y suponía que estaría en el cielo por aquello de que «quien roba a un ladrón tiene cien años de perdón». Y al llamar ladrón a don Venancio hablo por boca de los demás, pues si bien el hombre tenía aquel asuntillo de los préstamos, nadie estaba obligado a pedirle ayuda, no obstante lo cual era acreedor de todos los habitantes de Villamar, y durante su inevitable paseo del atardecer, calle Mayor arriba, calle Mayor abajo, cosechaba miradas envenenadas y terribles desaires. Sin saber por qué, aquella sensación de que era un ser aparte entre todos los del pueblo me producía el mismo efecto que si don Venancio fuera el héroe de una novela de piratas. Un día —tenía yo diez años— me hallaba parada ante el escaparate de la confitería. De repente desvié la vista de una tarta enloquecedora y vi por el reflejo del cristal a don Venancio, que me miraba con simpatía.

—¡Hola! —le dije como si fuésemos amigos, aunque nunca hasta entonces cruzásemos la palabra—. Hace dos días que no pasaba usted por aquí.

Se asombró tanto al verse tratado con amabilidad, que se sonrojó. Sonrió, hinchó el pecho como un pavo y repuso:

—He tenido la gripe. ¿Cómo te llamas?

—Anita Ocampo de Alvear.

—¿Ocampo de Alvear? —Por su imaginación debieron de pasar incalculables rimeros de cifras adeudadas por tíos, primos, sobrinos y abuelos de la noble familia secularmente medio arruinada. ¿Se habría detenido alguien a pensar que era mucho más peligroso estar medio arruinado que arruinado del todo?

Luego volvió a sonreír y, poniéndome la mano en la cabeza, como si me bautizase por segunda vez, dijo:

—Prefiero llamarte Anita Bonita.

Desde entonces, don Venancio y yo fuimos amigos. Pero amigos ocultos, lo cual hacía mucho más emocionante nuestra amistad. Cuando nos encontrábamos, yendo yo acompañada por alguien de mi familia, fingíamos no conocernos y todo lo más cambiábamos algún guiño enigmático, ya que en Villamar era considerado de mal tono tener amistad con don Venancio. Él lo sabía, pero no le importaba. De lo contrario, supongo que tras de recoger su dinero se habría largado a otra ciudad. Imaginé que había personas a las que les gustaba ser odiadas y temidas. Ese debía de ser el morbo de don Venancio y con ello se divertía más que el resto de los villamarenses. En cierta ocasión me dio un caramelo —posiblemente fue la primera vez en su vida que regaló algo—, pero como tenía aspecto de haber sido manoseado durante veinte años, no me atreví a comerlo y lo guardé en mi caja de conchas raras. Otra vez fue a la feria y me trajo un abanico con la rueda de la Fortuna. Por fin, cuando yo tenía diecisiete años, me procuró un novio.

Fue mi primer novio. Después he tenido tres más, lo cual ha sido causa de que injustamente mi familia me considere una vampiresa experimentada. Dicen que una chica siempre recuerda al primer amor. Pero, francamente, la idea que tengo de aquel Pablito, sobrino de un primo de un amigo de don Venancio, es de lo más lamentable. Llegó a Villamar a convalecer de paperas en casa de mi viejo amigo, y con esto queda todo dicho. Hacía versos, y por este motivo le dije que sí. Pero los versos y las paperas compaginaban mal. A los cinco días de ser novia de Pablito y de oírle recitar incansablemente su Oda marina, le odiaba tanto que, la primera vez que trató de cogerme la mano le solté una bofetada que le hizo recaer en su enfermedad, regresando a casa con la cara más hinchada. Desde entonces, la amistad entre don Venancio y yo se enfrió bastante. Dejó de llamarme Anita Bonita, y lo sentí, porque el apodo me gustaba.

De todos modos, cuando murió la abuela, don Venancio se enterneció a su modo.

—No tengas prisa en pagarme lo que ella me adeudaba, Anita... Puedo esperar... Semana más..., semana menos...

Era una concesión digna de tenerse en cuenta. Pero como las semanas pasaban de prisa, lo vendí todo y pagué. Por primera vez en mi vida entré en casa de don Venancio y, para celebrarlo, mi anciano bandolero me obsequió con una copita de licor de menta fabricado por él..., del cual prefiero no hablar. Desde entonces, mi estómago se contrae cada vez que alguien menciona la palabra «licor».

Considerando que siempre fui una chica llena de ideas, decidí ponerlas en práctica una vez que me vi libre de tutelas. Seguí trabajando en el Club Femenino Intelectual de momento; pero el escaso sueldo que me daban no llegaba para pagar el cuartito que alquilé en *La Red y el Pescador*, posada con pretensiones de hotel, lo más decentito de los alrededores. A los dos días de instalarme allí conocí a Arturo.

Arturo era muy guapo. Digo esto para disculparme ante mí misma por el hecho de haber sido su novia durante unos meses, creyendo por momentos que era lo que las chicas románticas llaman «el elegido», «el esperado» y todo eso... Fue mi novio número cuatro, y de los dos anteriores no vale la pena hablar porque el noviazgo apenas duró lo suficiente para oírles decir: «Te quiero, Anita. Eres una mujer fascinadora...», frase que tenía la virtud de enternecerme, haciéndome reaccionar de un modo idiota. Cuando me quería dar cuenta, el individuo que estaba junto a mí se consideraba mi novio sin que yo hubiera dicho ni sí ni no, simplemente por lanzarle una adorable sonrisa. Después pasaba verdaderos apuros tratando de convencerle de que una sonrisa no significaba nada. Esto me valió el apodo peor de todos: el de «Anita Coqueta», adjetivo irritante, que cundió entre los chicos villamarenses. Llegaron a hacerme el vacío, poniéndome en cuarentena, por lo cual soporté unos meses aburridísimos. Entonces surgió Arturo.

¡Arturo! Vuelvo a repetir que era muy guapo. Esta era mi única disculpa por haber podido simpatizar con un ser tan petulante, tan insoportable y tan mala cabeza.

Se hospedaba en *La Red y el Pescador*. Era viajante de comercio. Llevaba la representación de varias marcas de vinos, de medias, de perfumes y hasta de cerrojos y de polvos de matar cucarachas. El dinamismo hecho hombre de veintisiete años, rubio y con buen tipo. El día en que nos conocimos empezamos a hablar a las tres de la tarde, y a las nueve de la noche seguíamos hablando, habiendo él dispuesto ya el modo de emplear mis tres mil pesetas. De que las emplease yo, se entiende. No hay que pensar demasiado mal de Arturo por el hecho de que fuera tan guapo y tan presumido.

Comenzó entonces mi carrera de mujer de negocios. ¿Cuál era la única cosa explotable de Villamar? Los veraneantes. En invierno solo vegetábamos unas cuantas familias, bostezando de tedio en espera del buen tiempo. Pero al llegar los días de sol caía sobre el pueblo una lluvia de gente elegante, de shorts, de gafas ahumadas, de sandalias futuristas que daban a todo un aspecto diferente. Decidí, con ayuda de Arturo, explotar a aquellos muestrarios de cosas raras. Organizamos primero un alquiler de piraguas. Compré algunas de segunda mano, y la cosa no resultó mal. Después ampliamos el negocio, dedicándonos al «rico bocadillo de jamón». Instalamos un tenderete en la playa, y allí mismo vendíamos los bocadillos. Primero solo nos dedicábamos al jamón. Luego ingresamos en la salchicha, en el queso y en las anchoas. Además, adquirimos una *Kodak* de quinta mano y nos dedicamos a hacer fotos a los bañistas, entregándoles una tarjeta: «Acabamos de fotografiarle a usted».

La *Kodak* fue un semillero de disgustos, porque Arturo no retrataba más que a las bañistas curvilíneas, lo cual me enfurecía. Para empeorarlo, sacaba ampliaciones y, al revelarlas personalmente, comentaba:

—¡Formidable...! ¡Cosa rica!

Era su frase predilecta. Veía en la playa tantas cosas ricas, yo y los bocadillos aparte, que el día 5 de agosto terminamos nuestro noviazgo. Lo reanudamos el día 17, para volver a concluirlo el 27, haciendo las paces el 30. ¡Horroroso! Algunos días, al despertarme, no sabía si era novia de Arturo o no, de tanto regañar. Cuando bajaba a desayunarme y lo encontraba en el comedor de la posada, comprendía, por la cordialidad de su saludo, si aún era mi novio.

Fue un desastre. No era posible mezclar el amor y los negocios. El 14 de septiembre, y para concluir nuestra amistad del mismo modo que la habíamos empezado, iniciamos la regañeta a las tres de la tarde, y a las nueve de la noche todavía estaba yo llamándole idiota y él repitiendo como un estribillo:

—¡Perversa! Eso es lo que eres... ¡Una perversa...!

Fue la pelotera final. Vendí las piraguas. Traté inútilmente de vender la *Kodak*, y durante varios días liquidé mi negocio de bocadillos desayunándome con dos de salchichas, comiendo seis de queso, merendando tres de jamón y cenando cinco de anchoas. Después asistí, a través de los cristales de mi ventana, al lamentable espectáculo de la huida de Arturo de *La Red y el Pescador*. Reemprendía su interrumpida carrera de representante de cerrojos y de gomas para los paraguas. Mis tres mil pesetas quedaron reducidas a mil. Pero había vivido varios meses. Entonces escribí una llorosa carta a doña Tula, contándole mi fracaso sentimental.

«... Nunca volveré a enamorarme de ningún hombre guapo, queridísima doña Tula —escribía yo—. Si algún día me caso, lo haré con un tipo horrendo... Pero no me casaré... Mi vida está destrozada...».

La respuesta, que no se hizo esperar, abrió ancho campo a mi imaginación:

«... Lo de ese chico me parece una bobada y no debes preocuparte... No merece un pensamiento ese absurdo vendedor de salchichas... El amor es otra cosa..., yo lo sé, que tengo experiencia... No sé cómo no te hicieron daño tantas anchoas; a mí me matan... Conque ya lo sabes: lo que tengo que decirte es que vengas a Madrid a trabajar conmigo. Tengo un negocio en el que puedes colaborar y que te gustará... Es algo precioso y te espero impaciente. Tu buena amiga, TULA».

Así, sin puntos ni comas, mezclando amores, salchichas y anchoas, me invitó a ir a su lado.

Me animé instantáneamente, olvidando un poco a Arturo y mi corazón lacerado. Siempre deseé conocer Madrid y no perdería la oportunidad. Mis viejecitos creyeron imprescindible despedirme en la estación, profetizándome desencantos.

—No podrás resistir la vida de la gran ciudad. Es peligrosa y difícil...

Yo hubiera querido gritar que lo que ya no podía resistir ni un minuto era aquella monotonía; pero callé, vertí dos lágrimas, devolví siete abrazos y me hundí en el duro asiento, aunque lo de «hundirme» fuera pura utopía.

Al finalizar el viaje me sentía cansada y algo deprimida.

«Ya falta poco —me dije, tratando de animarme—. Tu gran aventura va a comenzar, Anita Bonita. ¿No estabas deseando pisar las calles de la capital?».

Como un eco de mis pensamientos, el marinero comentó:

—Ya llegamos. Aquello es Madrid.

Me latió el corazón descompasadamente. ¡Al fin Madrid! Di las gracias al señor gordo que me ayudó a bajar las maletas y me pregunté si doña Tula estaría en la estación. Me asustaba encontrarme sola en aquel maremágnum. No estaba. La realidad se impuso cuando el alud de gente se fue espaciando y quedé sola en el andén. No estaba doña Tula, pero no me desconcertaría por ello. Sería ridícula dejarme aturdir como una provinciana cualquiera, ¡yo!, Anita Bonita y Revoltosa, lectora asidua de cientos de novelas de amor y de aventuras. Sonreí, encasquetándome el sombrero. Un viajero retardado que interpretó mal mi sonrisa se detuvo, comenzando a rondar alrededor de mí, por lo cual tuve que poner cara de perro y mirar en lontananza con expresión vaga que significaba: «Circule, caballero, y no moleste si no quiere tener un disgusto gordo...».

—¿Es usted la señorita Anita...?

Me volví en redondo. No era doña Tula, por desgracia, sino un hombre feísimo con cara de pirata jubilado.

—Me envía doña Tula para que le lleve el equipaje. Venga conmigo. — Echó a andar sin más contemplaciones y corrí para alcanzarle.

—¿Doña Tula se encuentra bien? —pregunté.

—Hace media hora estaba tan sana como yo —repuso sin detenerse.

Él no parecía muy sano, y el peso de mi equipaje le derrengaba. Se paró de pronto, echando una rencorosa mirada a la maleta grande.

—¡Caray! ¿Qué lleva dentro? ¿Piedras...? —Escupió en la palma de su mano, la agarró de nuevo y volvió a trotar—. Vamos, tengo el coche fuera. *Leónidas* se impacientará.

¿Quién sería *Leónidas*? No me atreví a preguntarlo, pero lo averigüé apenas salimos de la estación. *Leónidas* era una especie de caballo, es decir, el esqueleto de un caballo que arrastraba un simón de la época prehistórica.

—¿Qué es eso? —grité, con mis ilusiones románticas en plena rebelión.

—¡Cómo que qué es esto! ¿No ve que es un coche? Uno de los pocos coches de tiro que aún quedan en Madrid. ¡Menudo negocio poseerlo en una época de taxis vulgares! Las parejas de novios se matan por subir aquí... No puedo dar abasto al trabajo.

—¿Es posible...? —tartamudeé—. ¿Y el caballo... no está... no está un poquito enfermo...?

La idea de hacer mi entrada en la capital a bordo de aquel armatoste echaba por tierra mis proyectos novelescos acerca de lo que debía ser la llegada de una intrépida muchacha sedienta de aventuras.

—¿Enfermo *Leónidas*? ¡Vamos, hija! Usted no sabe lo que dice. A *Leónidas* no le parte un rayo.

Era posible que el rayo no le partiese; pero mi maleta estuvo a punto de liquidarlo cuando el hombrecillo la subió al pescante. Suspirando, me instalé en el interior.

—Iremos ligerito —vaticinó—. Tengo algo de prisa. Bien sabe Dios que no hubiera hecho este servicio de no tratarse de doña Tula, a quien quiero como a las niñas de mis ojos. —Pareciéndole que el ejemplo había sido poco expresivo, añadió—: Como a las niñas de mis ojos y a la sangre de mis venas. ¡Arre, *Leónidas*! ¡Trota ligero, muchacho!

Zarandeada como mezcla de vinos dentro de una coctelera, me pregunté cómo era posible que doña Tula y aquel enano malhumorado tuviesen la menor relación. Me sentía en ridículo dentro del maloliente vehículo, y para aliviar la pesadez de mi corazón contemplé las calles iluminadas y llenas de gente. ¡Cuántos coches! ¡Cuántos autobuses! ¡Qué delicia de torbellino...!

«Voy a ser muy feliz aquí», pensé. Y sentí que comenzaba una nueva existencia más dichosa. Olvidé a *Leónidas*, al pirata que lo guiaba y al desvencijado carromato, y me sentí heroína de novela.

Empezaban a quedar atrás las calles animadas y anchas, y *Leónidas* trotaba por otras estrechas y peor pavimentadas. Al fin se detuvo ante un angosto portal.

—Hemos llegado —anunció el cochero bajando de un salto—. Son ciento veinticinco escalones hasta llegar al piso —añadió con la morbosa satisfacción de quien gusta de dar malas noticias.

¿Era aquella la casita encantadora, el hogar delicioso de que me hablara doña Tula? Olía a sardinas fritas. Mi imaginación no podía concebir nada más feo.

«No te desanimes, Anita —me repetía—. Estas nimiedades carecen de importancia. Forman parte de "lo inesperado"».

Antes de llegar al escalón ciento dieciséis oí la alegre voz de doña Tula, que aguardaba en el rellano, dándome la bienvenida.

—Estaba al acecho en el balcón y te vi llegar... No sabes la alegría que siento al recibirte en mis aposentos...

Lo de «aposentos» me sorprendió algo. Mientras me apretaba contra su robusto pecho aspiré su peculiar olor: una mezcla de ámbar rancio, de canela y anís. Su estimulante personalidad reanimó mis perdidas energías. En el umbral del piso no pude menos de detenerme para lanzar un «¡oh!» de asombro.

—¿Verdad que es fantástico? —gorjeó mi amiga, radiante—. Todo el mundo se queda pasmado la primera vez que entra.

Era lógica esta sorpresa. Aquella profusión de damascos multicolores que adornaban las paredes, entrecruzándose de lado a lado, formando una especie de cúpula en el centro; la remendada alfombra verde, roja y amarilla; los muebles increíblemente raros y la ruidosa presencia de *Gilda*, la cotorra, balanceándose sobre unas anillas y gritando: «¡Caramba, carambita!», eran suficientes motivos para despertar asombro y estupor. Pero, sobre todo, destacaban los letreros en enormes letras doradas, sujetos a los damascos, que formaban extrañas inscripciones:

CONOZCA SU DESTINO Y PODRÁ DOMINAR EL PORVENIR.

QUIEN IGNORA EL FUTURO, CAMINA A CIEGAS POR LA VIDA.

TULA LO SABE TODO Y LE DIRÁ TODO.

La miré aturdida, en muda interrogación. Ella se echó a reír, dándome palmaditas en la espalda.

—Esta es mi salita de consulta. Mejor dicho, la sala de espera. La consulta la hago en el otro despachito. —Alzó una nueva cortina, mostrándome un cuarto minúsculo con una mesa llena de libros y dos sillones—. Todo forma parte de mi trabajo, ¿sabes? Me dedico a leer el porvenir. Es una ciencia superior, en cuyos secretos podré iniciarte para que me ayudes. No creas que soy una vulgar charlatana... Se trata de un trabajo científico. —Bajó la voz y agregó, risueña—: Bueno..., no es preciso creer en todo a pie juntillas, pero es un trabajo como otro cualquiera, que deja buenos rendimientos... Por aquí desfila lo mejor de Madrid.

Me dejé caer en una silla, todavía estupefacta. ¡Doña Tula, que alardeaba de conocer a la buena sociedad madrileña, era una especie de echadora de cartas, una gitana con algo más de categoría...! No sabía si reír o llorar. Opté por lo primero.

—¡Caramba, carambita! —chilló Gilda nuevamente.

El gato se subió a mi falda de un salto, y doña Tula me hizo coro en la risa sin saber por qué.

—Aquí está la maleta, doña Tula. —El cochero llegó renqueando y medio asfixiado—. ¿Manda algo más?

—Nada más, Gaspar. ¿Cuánto se le debe?

Gaspar puso cara de dignidad ultrajada.

—¡Deberme! Absolutamente nada. Soy un servidor siempre a sus órdenes. Ya sabe que la quiero como a las niñas de mis ojos. Mande siempre cuanto guste, doña Tula.

—Gracias, Gaspar.

—El agradecido soy yo.

Se fue haciendo reverencias que me obligaron a pensar en una comedia que, tratando de ser terriblemente seria, resulta enormemente cómica. Se me saltaron las lágrimas de tanto reír.

—Gaspar es un bendito —explicó mi amiga—. Me está agradecido porque en cierta ocasión le dije que le tocaría la lotería en un número acabado en nueve. Y, lo creas o no, el caso es que compró un décimo y le tocó. Con ese dinero adquirió el coche y el caballo, y me considera su hada-madrina. Me quiere como...

—... como a las niñas de sus ojos y a la sangre de sus venas —concluí, ahogada de risa.

—Pero, ¡demonio!, ¿qué es lo que te hace tanta gracia?

—Pues... todo... ¡Todo...! Mi llegada en ese coche desvencijado, Gaspar y... —iba a añadir «y usted y este cubil donde se lee el porvenir», pero me contuve, no queriendo enturbiar la radiante satisfacción de la pobre mujer.

—Así me gusta, así me gusta, que estés contenta. Sabía que no me defraudarías, Anita Bonita. Desde que te conocí admiré tu talento y tu buen humor y pensé en que me hubiera hecho falta una hija así. Y ahora estás aquí, como si fueses esa hija...

Me emocionó su afecto y la abracé de nuevo, dejándome llevar hasta la minúscula cocina, donde me tenía preparados una enorme tortilla de patatas y un tazón de café con leche. Cuando tragué la última migaja de tortilla me sentí mejor.

—Ven a ver tu cuarto. Tiene balcón a la calle. Te gustará.

Me di cuenta de que había procurado reunir allí lo mejor de la casa, y eso me enterneció. A la vez empecé a sentir intranquilidad ante lo absurdo de mi situación. ¿Cómo podía convertirse en echadora de cartas una Ocampo de Alvear? A pesar de mi espíritu amplio y libre de prejuicios, resultaba duro, incluso para Anita Revoltosa.

Mientras deshacía la maleta, procurando responder coherentemente a las preguntas de doña Tula, pensaba en estas cosas con ansiedad febril. ¿Qué podría hacer yo en aquel Madrid desconocido? ¿Cómo me libraría del compromiso con doña Tula sin ofenderla? Parecíame oír a mi coro de ancianos:

«¡Te lo advertimos! ¡Te lo advertimos!».

Apreté los labios y erguí los hombros; según mi gesto habitual cuando se torcían las cosas. Al menos, estaba segura de algo: de que no volvería por nada del mundo a Villamar. No. No me resignaba al fracaso ni perdería el ánimo ante las pesadas bromas del destino. Realmente, las novedades me gustaban. ¿Por qué no podía una vendedora de bocadillos convertirse en lectora del porvenir...? Era cosa de meditarlo.

Hablamos de Arturo. Le conté los menores detalles de nuestro agitadísimo amorío, le puse verde, y doña Tula amplió el tema insultando a los hombres en general. Esto nos desahogó mucho. Luego me llevó otra vez a su cubil y me empezó a enseñar sus libros, empeñándose en echar una ojeada a la palma de mi mano.

—¡Chiquilla! Descubro grandes cosas para ti... —dijo agitadamente, mientras el camafeo se balanceaba como un barquichuelo en pleno temporal—. Veo muchas viejas... Un hombre rubio... Otro moreno... Desconfía de los dos... Hay otro hombre más lejos que también influirá en tu vida... Y aquí hay otro... ¡Chica! Ni que fueras Cleopatra... ¡Cuántos hombres...!

—Me gusta que haya hombres en mi vida, doña Tula. La vida de las mujeres sin hombres es una vida insípida, una existencia no vivida. Mi abuelita se escandalizaba cuando yo decía que me gustaban más los chicos que las chicas. ¿No es lógico? Las mujeres son mis enemigos naturales. Simpatizo con los muchachos y me agrada su compañía.

—¡Caramba, carambita! —intervino Gilda ruidosamente.

Y, uniéndose a la algarabía, sonó el timbre del teléfono. Doña Tula atendió a la comunicación, y luego me explicó con aire consternado:

—Lo siento, Anita. Tengo que salir. Creí que pasaríamos la velada tranquilas, pero nunca puede saberse. Se trata de una cliente. Una de las mejores. Está en cama con gripe y necesita urgentemente consultarme.

Abrí los ojos con asombro.

—¿Para la gripe?

Imaginé que doña Tula se dedicaba también al curanderismo, vendiendo ungüentos y pomadas. Nada me habría extrañado ya. Como de costumbre, su poderosa personalidad me avasallaba, haciéndome considerar normales las cosas más absurdas.

—No, hijita. Es que está enamorada, ¿comprendes? Tiene cincuenta años, y su galán, veintisiete. Una tragedia. A cada momento surgen terribles conflictos. Yo procuro tranquilizar su espíritu preparando los naipes para que le digan cosas buenas. Por lo que he podido adivinar en el teléfono, hoy tiene un gran berrinche. ¡Los hombres, hija, los hombres! ¿Cómo nos gustarán con lo malitos que son…?

Mientras se pasaba el peine por los tufos y se ponía un horrible vestido color corinto, volvimos a hablar mal de los hombres. Era un tema morboso y excitante. Luego me besó, asegurándome que volvería pronto.

—Quédate tranquila. El piso es tuyo, ya lo sabes.

—De buena gana saldría a dar una vuelta.

—Es mejor que te quedes. No creo que venga ningún cliente; en todo caso, procura atenderle.

—¿Atenderle? ¿Cómo…? ¿Qué tengo que decir?

—Distráele hasta que yo vuelva. Dale conversación. Consulta las cartas.

Me eché a reír.

—¿Yooo…? No entiendo una palabra de eso. Solamente he jugado al tute con la abuelita algunas veces. La pobre ocultaba su afición al tute como una pasión vergonzosa.

—¡Vamos, no seas pusilánime! Echar las cartas es la cosa más sencilla del mundo teniendo el libro de consulta. Este es. Distráete leyéndolo. Mira, en esas cosas lo principal es hablar... hablar... aturdir al interlocutor. Pero no te apures. Dentro de media hora estaré de vuelta. Iré en taxi. La cliente lo paga. Me llevaré la llave por si te duermes.

Se marchó. Quedé sola en el extravagante pisito con la cotorra, el gato y el galápago. Continué deshaciendo la maleta; el denso silencio me permitía escuchar los ruidos de los pisos contiguos... Voces, entrechocar de platos... Llantos de niños... Por el patio subía el olor de los guisos de la cena. La voz del locutor de radio comunicaba las últimas noticias.

Abrí el balcón. Junio se presentaba fresco en demasía. La calle estaba oscura. Volví a cerrar y regresé al despachito para hojear los libros.

«Ciencia de los naipes —leí con curiosidad—. Sota de copas: mujer casada rubia. Sota de espadas: viuda poderosa. Desconfiad de ella. Caballo de oros: hombre joven, moreno, leal. Mejor para amigo que para amante».

Un roce furtivo en los pies me sobresaltó. Se trataba de *Panchito*, el galápago. Siempre había tenido un santo horror por esta clase de bichos. Encogí las piernas bajo el asiento.

«As de bastos: recibirá una carta. Si el caballo de copas está al lado, significará carta de mujer. Si hay, además, un oro, carta beneficiosa...».

Sonó el timbre de la puerta y di tal salto, que *Gilda* abrió un ojo y gritó un «¡Caramba!» casi histérico. ¿Quién sería? ¿Acaso doña Tula que olvidó algo...?

Abrí. No era doña Tula, a menos de que estuviese disfrazada de muchacho rubio, alto y guapo, luciendo un traje gris bastante elegantito. Avanzó, sin esperar a que le invitase.

—Tengo un poco de prisa —dijo con voz impaciente, mirando en derredor y apartando con malos modos al gato—. ¿Puede atenderme inmediatamente?

—Tendrá que esperar. Lo siento.

—¿Esperar...? Imposible. Solo dispongo de unos minutos. Quiero que... me eche las cartas. ¿No se dice así?

—Supongo que sí —repuse empezando a encontrar aquello divertido. ¿Cómo podía creer en tales estupideces un muchachote semejante?

—Es preciso que me entere ahora mismo de la influencia que cierta persona puede ejercer sobre mí... Si será una influencia bienhechora o... perniciosa. —Por primera vez se dignó mirarme, pero no debió de encontrar el panorama interesante, porque desvió los ojos en seguida, insistiendo sobre el tema—: Vamos, écheme las cartas ahora mismo.

Me fastidió su aire dominante, y me hubiera sido antipático de no haber poseído aquel cabello rubio liso y despeinado.

Pensé en Arturo, que también era rubio, aunque encasillado en otro género de rubios. Este era un rubio exuberante, que parecía iluminar la habitación. Un diablillo maligno me incitó a continuar el juego.

—Perfectamente. ¿Quiere sentarse?

Se había sentado ya antes de que se lo dijera, pero fingí no haberme enterado. Yo ocupé el sillón de doña Tula, pensando en lo que hubieran dicho las remilgadas señoras del Club Femenino Intelectual de haber podido verme en aquel momento.

—Extienda su mano izquierda, haga el favor.

Se revolvió en el asiento, cruzando y descruzando las largas piernas.

—¿La mano? ¿Para qué...? —La extendió a pesar de todo, y, dándose cuenta de que tenía una mancha de tinta en el dedo anular, se la limpió furiosamente con el pañuelo—. Bueno... ¿Qué pasa con mi mano?

¿Por qué estaría de tan mal humor? ¿Sería aquel su delicioso genio habitual?

—Como pasar... no pasa nada... Es decir, todavía no. —Miré y remiré la mano, sospechando que la inspección le fastidiaba. Era una mano grandota, bien cuidada, con uñas muy cortas y limpias. Junto al libro de consulta había varios paquetes de naipes. Cogí uno al azar y lo barajé con dedos torpes—. ¿Quiere decirme exactamente lo que desea saber?

Así ahorraríamos tiempo.

Vaciló unos segundos. No sé por qué pensé que aquel era uno de esos momentos en que los hombres se ponen colorados... cuando son capaces de enrojecer. Este no lo era. Pero indudablemente se sintió incómodo.

—Pues... pues... mi suerte en amores. Sí... Esto es... Necesito saber si la mujer a quien quiero ejercerá buena influencia en mi existencia. ¿Puede decírmelo con exactitud...?

Se alisó el cabello y volvió a descruzar las piernas, dándome sin querer un puntapié en la espinilla. No se excusó. Tanteó el nudo de su corbata —una corbata bastante bonita, a rayas azules y grises— y me lanzó la mirada número dos.

—Trataré de complacerle —murmuré con irritante gazmoñería—. Corte con la mano izquierda. —Obedeció, y yo puse tres cartas sobre la mesa. Las miré fijamente y eché un vistazo al libro de consulta. Ignoraba cómo acabaría todo aquello, pero me sentía más Anita Revoltosa que nunca. Por otra parte, el atractivo muchachote no me inspiraba demasiado respeto—. Me parece que hay varias mujeres en su vida —insinué dulcemente.

Frunció el ceño.

—¿Varias...? No es cierto.

—Las cartas no mienten. Aquí hay una rubia..., pero también tenemos una morena...

—Lo de la morena acabó hace mucho tiempo —intervino con precipitación—. No me interesa. ¿Qué dice de la rubia? ¡Vamos! Dese prisa.

Alcé la cabeza, y entonces me lanzó la mirada número tres.

—¿No es usted demasiado joven para hacer este trabajo? —preguntó inesperadamente con mal humor—. Siempre supuse que las... las adivinas tenían que ser mujeres viejísimas.

Lancé una risita cascada, de anciana comatosa.

—¿De veras «parezco» joven...? Es usted muy amable... ¡Cielos! La sota de espadas. Una viuda de mal genio.

—Será mi prima Juanita.

—Sí... Aquí veo lazos de sangre... Ya podemos saber algo de la rubia. Lamento decirle que viene muy acompañada de espadas.

—¿Y eso qué importa...?

—Es un mal presagio... Malísimo. Temo que su vida sentimental con la rubia concluirá en un fracaso.

Alzó la cabeza fieramente.

—¿Puedo saber el motivo?

Puse los ojos en blanco.

—Aquí está escrito: «Esa mujer rubia tendrá ideas alocadas. Desconfía. Anulará tu vida y tus negocios». El basto colocado a la izquierda es una traición. Lo siento.

—Yo también lo siento. ¿No puede colocar ese basto en otro sitio?

—No, señor.

—¿Por qué?

—Porque no.

—No hay razón que lo impida.

—Sí la hay. En el libro se indica que debe colocarse a la izquierda.

Me lanzó la cuarta mirada, cargada de ira.

—¿Y qué pasaría si yo me empeñase en colocarlo a la derecha?

Me enfurecí también. Aquello empezaba a recordarme mis peloteras con Arturo. Revolvió mi odio contra los hombres.

—No pasaría nada. Pero yo le diría: «Está usted haciéndome perder el tiempo... Está usted desafiando a las fuerzas ocultas de... de... de las ciencias enigmáticas. ¡Márchese, señor mío...!»
—¿Me diría usted eso...?
—¡Sí!
Hubo una pausa tormentosa. Al fin cedió.
—Deje el basto a la izquierda y continúe. ¿Puedo saber alguna cosa más sobre la rubia? Continué colocando naipes.
—Ahora hay dos rubias —dije contenta, creyendo que preferiría la cantidad a la calidad. No era así.
—¿Dos...? ¡Bah!
—Pues sí... ¡Dos! ¡Dos!
Me lanzó la mirada número cinco, cargada de veneno.
—¿Se pone siempre tan antipática con los clientes?
Me atraganté, avergonzada. Fingí no oír y dulcifiqué el tono.
—Bueno... lo cierto es que hay dos rubias... Pero la segunda es vieja.
—No interesa. Vuelva a la joven.
—Es lamentable. A usted solo le interesa la joven rubia, y esa persona está siempre rodeada de malas cartas. Espadas... bastos... más espadas... Ni siquiera una copa, que son las mejores para los asuntos sentimentales. Yo no puedo remediarlo... Le aconsejo, caballero, que huya de esa mujer. Eso es todo.

Alcé los ojos del libro y me quedé horrorizada. El chico se había levantado y me miraba con el ansia de sangre del gato que, tras ruda batalla, acaba de apropiarse del ratón.

—¿Eso es todo, eh...? —Dio un puñetazo sobre la mesa que hizo tambalearse el horrible tintero simulando un búho de porcelana—. ¡Este es su sistema! ¿Qué especie de farsante es usted...? ¿Cómo permite la policía que unos seres semejantes medren a costa de la desgracia del prójimo? ¡Se va a acordar de esto, hija mía!

Si bien era cómico oírse llamar «hija mía» por un muchacho de veintitantos años, mi sentido del humor no conseguía encontrar divertida la escena, porque él estaba hablando en serio, y, como dicen las novelas de aventuras, «yo no habría darlo un dólar por mi vida». Me levanté y retrocedí temblorosa.

—No comprendo por qué se pone así...

—¿No lo comprende...? ¡Qué dulce inocencia! Yo se lo explicaré. ¿Ha pensado por un momento que yo creía en esas paparruchas? —Revolvió los naipes y lanzó el libro de consulta al suelo—. Ninguna mente sana puede concebir tamaña insensatez. Pero a veces esas paparruchas perjudican la vida de algunas personas. Es lo que me ha ocurrido a mí. ¡Sí...! ¡Usted ha destrozado mi vida!

—¿Yo?

—Cuando ella vino a consultarla, le dijo usted lo mismo... Que un rubio sería funesto. Que desconfiase. Que huyera. Que me apartara de su lado.

Retrocedí otro paso.

—¿Yo dije eso...?

—Sí. ¡Usted! ¡Usted! Y dio la casualidad de que yo era el único joven rubio que la rondaba. Y desde entonces ha prescindido de mí...

Tragué saliva, procurando reanimarme.

—No es posible...

—Absolutamente posible. —Se tiró otra vez de la corbata y avanzó amenazador—. Pero no voy a consentir que una embaucadora estropee mi vida. Yo mismo voy a desenmascararla.

Era demasiado. Soñaba con tener aventuras, pero todas a cuál más agradable. Aquella tenía un aspecto feo. Muy feo. Sin embargo, yo no era culpable de la situación y estaba preparada para deshacer el equívoco. De todos modos, el gigante furioso me incitaba a la rebelión.

Alcé una mano en serial de protesta. Casi a la vez, Gilda *lanzó* un estentóreo «¡Hola, amiga mía!» que me incitó a la risa. Sonreí y resultó peor.

—¿Le hace gracia? —me increpó—. Pues veremos quién ríe el último.

—No me reía de usted, sino de la cotorra. Pero debo decirle que no tengo por qué aguantar sus impertinencias. Esta es mi casa y...

—¡Póngase el abrigo! —ordenó.

—¿El abrigo...? ¿Por qué...? No hace frío.

—El abrigo o lo que sea... O no se ponga nada. Pero tiene que venir conmigo.

Abrí un palmo de boca.

—¿Ir con usted...? No lo sueñe. ¿Quién se ha creído que es para darme órdenes?

—Mire, hija mía... Va usted a venir conmigo por las buenas o por las malas. No se lo suplico, sino que se lo mando.

Toda la sangre roja de Anita Revoltosa subió a la cabeza.

—Tiene gracia... —Me inquietó una idea—. ¿Es usted policía?

Titubeó y tuvo al fin que confesar la verdad.

—No soy policía ni traigo una orden de detención... Lo que deseo es... —Se llevó las manos a la frente como si le doliera algo y dulcificó un poco el tono—. ¡Es una desgracia! Siempre hago las cosas de modo diferente a como las debiera hacer... No puedo ordenarle nada... Quería simplemente proponerle un negocio.

—¿A mí...?

—Se trata de rogarle que me acompañe a *Martino*.

—¿*Martino*...?

—No me diga que no lo ha oído nombrar... Una *boîte* de moda... Un sitio elegante... Todo el mundo lo conoce.

Lo conocía de oídas, por supuesto. En mi programa de provinciana sedienta de aventuras entraba una visita a *Martino*.

—¿Y qué voy a hacer allí?

—Hablar con ella. Con mi rubia. Y decirle... decirle que todas esas cosas son patrañas... Que lo de la influencia maléfica es un desatino. Y que puede casarse conmigo sin temor.

Me crucé de brazos, desafiadora.

—Lo siento. No me seduce ir a *Martino*.

—Le daré mil pesetas si me acompaña.

—Mil pesetas...

—Todas las mujeres irían a *Martino* sin cobrar nada...

—Yo soy diferente de las otras.

—Ya lo veo —dijo en un tono que pedía bofetadas—. Pero no puede dejarme en la estacada... siendo usted la que ha armado este lío.

—Yo no he sido. Puedo asegurarle que no conozco a esa rubia. Le doy mi palabra de honor. Se ha confundido usted.

No me creyó.

—No se moleste en fingir. Ella misma me lo dijo... Incluso me dio la dirección de esta casa. ¡Vamos! Haga un esfuerzo y sea complaciente. Son mil pesetas.

Metió la mano en la cartera y sacó un billete.

Miré el dinero con mal disimulado interés. Suspiré con pena.

—Me gustaría mucho ir a *Martino* —pensé en voz alta—. Pero tengo que jugar limpio... Repito que yo no hablé nunca con esa señorita... Yo...

Se puso hecho un energúmeno. Me agarró por una muñeca con tanta violencia que me tambaleé. El gato dio un bufido. Yo lancé otro parecido.

—¡Suelte...! ¿Qué se ha creído? Es usted un grosero... Un fresco..., un... —Me soltó porque me había convertido en una gata rabiosa difícil de sujetar. Respiré hondo y le miré con feroz antipatía—. Puesto que usted se empeña, iré a *Martino* —dije tras una súbita decisión—. Pero antes tiene que darme el dinero... Y recuerde que es usted quien se empeña en llevarme... Yo sigo repitiendo que nunca hablé aquí con ninguna rubia...

Al ver que accedía se ablandó al instante y empezó a sentirse terriblemente avergonzado. Se turbó tanto, que solo consiguió hacer una mueca al tratar de sonreír.

—Discúlpeme... No sabe lo que agradezco que... Aquí está el dinero... Puede guardarlo. Siento mucho haberme comportado así... Estoy algo exasperado...

Calló. Recogí mi bolsillo y la chaqueta y garabateé unas líneas para doña Tula. Iba a darle una lección a aquel mamarracho. Una lección que me reportaría dinero, del cual andaba muy necesitada.

Con mi mejor expresión de gran dama, indiqué a continuación:

—Supongo que habla seriamente al asegurarme que esto es solo un negocio. No creo que tenga segundas intenciones. Soy una muchacha seria y decente...

Su gesto burlón fue tan ofensivo, que estuve a punto de volver a quitarme la chaqueta y echarle de casa a puntapiés. Parpadeó con viveza al ver el peligroso relámpago de mis ojos, y se puso serio.

—Su honestidad no sufrirá merma. —Me hizo una ligera reverencia, abriéndome paso—. Prometo que volverá a su casa sana y salva. Por lo demás, y modestia aparte, le aseguro que hay bastantes chicas en Madrid que irían conmigo a *Martino* sin hacer tantas preguntas.

No lo dudé. El bribón era guapísimo. Pero insoportable. Sin embargo, los hombres insoportables solían tener cierta fascinación.

Salí de casa de doña Tula con la cabeza alta, en actitud combativa. Íntimamente estaba encantada de que aquel tonto me pagara mil pesetas y me diera la estupenda oportunidad de pasear por Madrid a las dos horas de haber llegado del pueblo.

Me sorprendió que fuera propietario de un coche de tanta categoría. Pero allí estaba esperándonos una preciosidad de color gris. Nunca entendí de marcas de coches. Observé que era largo, bajo, modernísimo y con cuatro asientos. Él se instaló ante el volante y yo a su lado, empezando a sentir el cosquilleo precursor de las grandes travesuras, aquellas travesuras que me costaban graves reprimendas de la abuela. Ahora la pobre abuelita no estaba, y no tenía a nadie que me riñese... A nadie, aparte el muchacho gruñón que iba junto a mí.

¿Qué diría doña Tula cuando regresara y viera que Anita había volado? Me preocupaba poco, porque era una persona comprensiva. En cambio, mi subconsciente me traía el eco de un coro de ancianos de Villamar, un coro de octogenarios de zarzuela que canturrease:

Cuidado, Anita, no seas revoltosa.
Cuidado, Anita, la vida es peligrosa...

Sacudí la cabeza para espantar los intempestivos remordimientos de conciencia. Empecé a pintarme los labios ante el espejito de bolsillo. No necesitaba empolvarme la nariz, pero me la empolvé sospechando que todo aquel manejo de polvera, barra y perfume fastidiaba a mi compañero. Con grandes aspavientos peiné repetidamente mi bonita melena castaña con vetas doradas, que alababan tanto los chicos de Villamar antes de condenarme al ostracismo por coqueta. Saqué un pulverizador monísimo, regalo, ¡ay! de Arturo, y me rocié con

«Tentación nocturna». Luego volví a guardar la perfumería ambulante y quedé inmóvil contemplando las calles a través del cristal.

El silencio que reinaba en el interior del coche era tan pesado como la edición completa de *Los mimos de nuestro hogar*, compuesta de tres tomos, con ilustraciones y texto originales de doña Lucinda González, presidenta del Club Femenino de Villamar. Los tres tomos trataban de las labores propias de nuestro sexo y se dividían y subdividían en cosas tan deliciosas como:

A: Postres para el maridito.

B: Cómo cuidar los fuertes catarros de nuestros queridos esposos.

C: Instalemos un confortable despacho para él.

D: Planchado y almidonado perfecto de camisolas, camisetas y demás prendas varoniles.

Al concluir la lectura del primer tomo, una odiaba cordialmente a aquel ser monstruosamente egoísta denominado «maridito». En el segundo, los instintos asesinos latentes en todo individuo lograban su máxima exaltación, obligando a preguntarse a la lectora normal qué medio eficaz existiría para quitarse de encima aquel soberbio estorbo del amito de la casa. En el tomo tercero... bueno, no puedo juzgar. No sé que nadie haya leído jamás el tercer tomo. Ninguna de las asociadas lo pidió y yo tampoco lo abrí nunca. Por referencias de mi compañera, sé que empezaba así:

«Seamos indulgentes con las rabietas de nuestros adorados dueños...».

¿No era una provocación tener aquello en un club de mujeres? ¿No era una incitación al crimen? Y por cierto debo hacer constar que doña Lucinda González era solterona.

Cuando yo pensaba en algo pesadísimo, tenía la debilidad de tomar como punto de comparación la obra maestra de nuestra presidenta. El silencio que reinaba dentro del coche era, pues, tan plomífero como *Los mimos de nuestro hogar*.

El rabioso cachorrillo —empecé mentalmente a llamarlo así— iba reconcentrado en sus pensamientos y parecía ignorarme. Le miré de reojo, con curiosidad. Me hizo gracia su nariz, más bien pequeña que grande y ligeramente respingona, lo cual quitaba toda clase de dignidad al rostro. La boca debía de ser a menudo risueña, aunque ahora se plegase con gesto agrio. Tenía una sombra de hoyuelo en el centro de la barbilla, lo que aumentaba su aspecto juvenil. Pertenecía a ese especial tipo de hombres que alcanzaban los cincuenta años y la gente seguía considerando chiquillos.

Por el momento, su ceño persistía. Las manos, fuertes y grandes, se asían al volante como si no pensaran soltarlo jamás. Toda la vida consideré un espectáculo agradable las manos de un hombre agarradas al volante de un coche. Aquellas manos del rabioso cachorrillo no fueron una excepción. Me gustaron, me hipnotizaron durante unos minutos, haciéndome pensar en lo grato que sería considerarlas amigas, en vez de adivinarlas llenas de deseos estranguladores a mi respecto. Debía de estar muy enamorado de la rubia cuando se tomaba tanto trabajo en reconquistarla.

Temblé figurándome lo que aumentaría su furia cuando se convenciera, por boca de ella, de que yo no era la adivina a quien consultó. Pero él lo había querido. Y las mil pesetas estaban bien guardadas.

Recosté la cabeza en el respaldo del asiento y empecé a pensar en mi peliaguda situación. No en lo que atañía a aquel chico enamorado, que era simplemente un asuntillo divertido para Anita Revoltosa, sino a mi situación de supuesta empleada de la casa Tula, Sociedad Anónima, Descubridora de Porvenires. ¿Cómo me libraría de la apoteosis de damascos rojos, animales domésticos y libros sobre el Más Allá…? Por mucho que yo apreciara a doña Tula, mis ambiciones volaban a mayor altura. Trataría de hacerle comprender, sin ofenderla, que una Ocampo de Alvear nunca podría, hablando en hipérbole, ponerse en jarras y exclamar: «¿Te la digo, resalao…?» No y mil veces no.

Buscaría un empleo. No sería cosa fácil, a pesar de mi gran cultura hasta la L. Sabía escribir a máquina, recitaba en francés algunas fábulas de La Fontaine y hacía punto de media vertiginosamente. Podía colocarme de vendedora en alguna tienda elegante. ¿Y por qué no de maniquí en una casa de modas? Modestia aparte, yo tenía una silueta estupenda, y me tentaba una ocupación tan novelesca. Vestidos bonitos, ademanes lánguidos y de repente un cliente millonario que gritase: «¡Esa es la mujer de mis sueños! He de hacerla mi esposa».

—Supongo que no le importará que variemos el itinerario.

La voz del cachorrillo me sacó de mis sueños de propietaria de una villa en la Costa Azul.

—¡Cómo! ¿Qué...? ¿Variar el itinerario?

—Es más temprano de lo que pensaba. Estoy tan obcecado que creí que sería más tarde. Ella no irá a *Martino* hasta las doce. ¿Le importaría que fuésemos primero al teatro?

—¿A qué teatro? ¿Por qué?

—A la Comedia. Saldrá ganando. La obra es muy buena. ¿No la ha visto...? Después iremos a *Martino*.

—Pero yo...

—¿Qué? —Se impacientó—. Todo el mundo está desfilando por ese teatro y usted titubea. ¡Qué criatura tan rara!

—¡También usted es bastante raro! —galleé—. Entra intempestivamente en mi casa, me lleva casi a rastras a *Martino* y luego cambia de idea... Esto toma un aspecto que no me agrada. Por primera vez sonrió. Agitó la cabeza como si yo fuese una niña pequeñita que le colmara la paciencia.

—¡Ea, no sea terca! ¿Qué puede haber de malo en que se instale usted en un palco y...? Los huesos de los honrados Ocampo de Alvear, mis dignos antepasados, se agitaron en sus tumbas. Yo, como intachable representante de la estirpe, aullé:

—¡Un palco! ¿Usted y yo solos en un palco...? ¡No, no, y no! No logrará convencerme. Ya le advertí que era una chica muy seria...

Dio un manotazo al volante con tanta rabia que hizo sonar el claxon escandalosamente. Tuve ganas de reír, pero me contuve.

—¡No he dicho que yo estuviera también en el palco! —recalcó—. ¡He dicho «usted»...! Tengo que hablar con alguien de la Compañía y la recogeré cuando acabe la función. Pero, si prefiere, sacaremos dos butacas. ¡Basta ya de tonterías! ¡Ha debido de leer muchas novelas pecaminosas y se ha convertido en una rata histérica!

—¡Rata histérica...! Es usted un... un... —No encontré calificativo suficientemente insultante—. ¡Jamás he leído una... una...!

Sin dejarme acabar, mi acompañante frenó bruscamente, abrió la portezuela y bajó de un salto.

—Ya estamos —anunció—. Y perdone lo de rata. Lo dije sin mala intención.

Con un horroroso rencor dentro del alma descendí, jurando *in mente* que me pagaría tales desprecios. Tras la penumbra del coche, la iluminada fachada del teatro me hizo parpadear. Agrupábase la gente bajo la marquesina de cristal. En las paredes destacaban grandes carteles impresos en letras rojas:

HOY, 500 REPRESENTACIONES DE
«UN MARIDO PERFECTO»
Genial creación de JAIME OLIVER
Despedida de la Compañía

—¡Vamos! —fue la orden de mi amo, empujándome por un brazo. Siempre odié los aires autoritarios del macho. Mi feminismo se sintió en plena rebelión.

Mentalmente afilé las uñas, dejándolas como las de un mandarín, dispuestas al ataque.

Avanzamos uno en pos de otro por entre la gente en dirección a las primeras filas de butacas. Una acomodadora acudió, presurosa, sonrió al cachorrillo y nos mostró nuestros asientos.

—¡Siéntese! —ordenó otra vez, innecesariamente porque ya me había yo sentado. Él se sentó a mi lado.

Olvidándolo, comencé a inspeccionar la sala. Acostumbrada al Salón Cervantino —pomposo nombre de nuestro teatro de Villamar—, aquel me dejaba extasiada. Sonreí pensando en el efecto que las acomodadoras bonitas y pizpiretas causarían entre mis paisanos, acostumbrados a localizar personalmente sus lugares porque el único acomodador era el viejo Bernardo, cojo, cansino y bruto como él solo, quien durante las mañanas trabajaba de deshollinador, oficio que, según repetía, tenía metido en la masa de la sangre, como su padre y su abuelo. A simple vista podía observarse que también lo tenía metido entre los poros de la mugrienta piel.

En el Salón Cervantino no había sorpresas. Todos sabíamos que en la fila segunda, butaca número dos, se sentaba don Cipriano, el farmacéutico. En la cuatro, números seis y ocho, don Nicolás, el notario, y su cónyuge. En la siete, una representación en pleno de la familia Ocampo de Alvear es decir, de mi familia, compuesta de dos tías, tres tíos y un bisabuelo tío. Cuatrocientos años entre todos. De vez en cuando, el bisabuelo tío se quedaba en casa, y entonces algún alma caritativa se acordaba de Anita Revoltosa. Sucedía muy de tarde en tarde, porque el bisabuelo solo consentía en quedarse cuando se encontraba realmente moribundo por haber ingerido a escondidas catorce empanadillas o seis chuletas de cerdo. Era un verdadero tragón.

El público del teatro madrileño me fascinaba, haciéndome comprender lo insulsa que había sido mi vida hasta entonces. Todas las mujeres me parecieron guapísimas y bien vestidas. Me sentí un poco desdichada por llevar puesto el vestido negro en lugar del gris que acababa de hacerme para aliviar mi luto, y que daría el golpe lo mismo en Villamar que en Madrid.

Mi acompañante no se estaba quieto. Se incorporaba a medias en la butaca, atisbaba las entradas, alargaba el cuello; se ponía de pie, volvía a sentarse. En cierto momento, nuestras miradas se cruzaron. Se turbó un poco, como chico cogido en falta.

—No me extrañaría que ella viniera —dijo a guisa de explicación—. En ese caso, nos evitaríamos el ir a *Martino*.

Pero se apagaron las luces para dar comienzo a la representación y la famosa rubia no dio señales de vida. El cachorrillo se levantó.

—Volveré a buscarla luego —dijo. Y se marchó a tiempo que alzaban el telón. Surgió un gabinetito amueblado a la moderna. Tan a la moderna, que me pareció increíble que existieran en el mundo seres con silueta lo suficientemente modernista para estar a tono con aquello. Pero existían. Para demostrarlo entró la primera actriz, una morena despampanante envuelta en un salto de cama que me hizo gritar de admiración. Detrás apareció ÉL, la digna pareja de aquel cálido puñadito de encantos.

Se trataba del famoso Jaime Oliver, que fue recibido con aplausos por el público.

Solo le había visto en cine. Personalmente resultaba aún mejor. Treinta y tantos años, estatura corriente, moreno, delgado y muy elegante. Sobre todo, tenía una voz encantadora, rica en matices, que modulaba a voluntad. Y una de aquellas «sonrisas torcidas» que siempre consideré atractivas. Sonreía hacia un lado, con cierta melancolía, mientras la verdadera risa se escondía en los ojos, de mirar tan penetrante que cuando se ponía serio resultaba casi feroz.

La pareja de la comedia —se trataba de un matrimonio— acababa de levantarse y se sentaba a tomar el desayuno en medio de una discusión cordial. Ella era una gran escritora, y él, además de marido, su editor.

Me acomodé en el asiento olvidándome de que existieran cachorrillos enamorados. Identificada con aquellos personajes, pensé con ellos y peleé con ellos. Por vez primera en mi vida veía lo que la gente llamaba «una comedia fuerte». No me espantó. A una bibliotecaria experimentada como yo, nada le espantaba hasta la L. El conflicto me interesó de tal forma que de buena gana hubiera saltado al escenario a intervenir en él. Se me agitó el pulso, me ardieron las mejillas, y cuando acabó el primer acto ya había yo tomado partido por uno de los miembros litigantes. La famosa escritora del salto de cama fastuoso tenía más razón que una santa, aunque el autor de la comedia, ¡hombre al fin!, intentase embaucar al público. A mí no me embaucaría. Ni a doña Tula tampoco, con seguridad. Éramos dos hembras superiores, conscientes de que el ser mujer, mayor de edad y con vida independiente, era tan importante como ser macho en las mismas condiciones. O quizá más importante. ¿Por qué no...?

Durante el segundo acto, y viendo que las cosas adquirían un matiz que me disgustaba, estuve a punto de levantarme a arengar a las espectaloras para que protestásemos en comisión. Me contuve pensando que era una invitada que no había pagado su butaca. No tenía derecho a armar escándalo. Añoré, sin embargo, el grueso bastón de don Aquilino, el administrador de Correos de Villamar, con el que su propietario solía golpear el suelo cuando se decía alguna frase que no le gustaba. En el caso contrario reía tan fuerte que no dejaba oír a los demás. De un modo u otro, los que se sentaban cerca no se enteraban de nada.

La obra alcanzó su máxima emoción. Se me hizo un nudo en la garganta y, cuando cayó el telón por segunda vez, deseé que volviera el cachorrillo para tener con quien discutir sobre el tema.

En el entreacto se encendieron las candilejas y apareció un joven de *smoking*, un popular periodista. Apareció también Jaime Oliver, que fue nuevamente aplaudido. Ante un micrófono oportunamente instalado, el periodista pronunció unas palabras alusivas al homenaje que con motivo de las quinientas representaciones de *Un marido perfecto* y de la despedida de la Compañía se rendía a Jaime Oliver. Se extendió hablando de la comedia, «monumento literario», «sátira mundana», «escalpelo social», y tras de lamentar la ausencia del autor, en viaje por

América, alabó la formidable interpretación de Jaime Oliver, que estaba consiguiendo que *Un marido perfecto* fuese el tema de actualidad, discutido en revistas femeninas, círculos intelectuales y reportajes radiofónicos. Y a propósito de reportajes radiofónicos, tendría mucho gusto en celebrar uno en aquel preciso instante, rogando a cuatro espectadores que tuviesen la amabilidad de subir a escena para dar su opinión ante el micrófono.

La elección de los cuatro espectadores se realizó por sorteo. De todo esto no me di cuenta hasta algún tiempo después, cuando ya tres personas estaban en el escenario y el periodista de bigotito recortado enronquecía gritando a los cuatro vientos:

—¡Fila tres, butaca número dos...!

Observé que todo el mundo me miraba. Porque la ocupante de la butaca número dos de la fila tres era una servidora. Me encogí en el asiento deseando que la tierra se me tragara. Una señora gorda sentada al lado de la vacía butaca del cachorrillo me desafió:

—¡Pues, hija, no se hace usted rogar poco!

Me levanté. Y entonces, como hubiera dicho un escritor de melodramas, Anita Revoltosa avanzó con paso vacilante hacia un destino implacable.

❦

No era la primera vez que yo pisaba un escenario. En mi historial artístico debían contarse seis representaciones dadas en el Salón Cervantino por la A. A. V. (Agrupación de Aficionados Villamarenses). Hacía ya tres años de aquello. Sucedió en la época en que yo tenía mi complejo artístico-dramático y aspiraba a emular a María Guerrero, Sarah Bernhardt y Eleonora Duse. Además del complejo, tenía un novio, Diego, que era apuntador de la A. A. V. Solo fuimos novios durante las seis representaciones dadas a una comedia de Benavente. Se las pasó mirándome desde la concha y diciendo: «¡Guapa, guapa!», confundiendo los diálogos de los compañeros. La dama de carácter llegó a soltar un «¡guapa, guapa!», creyendo que era un párrafo suyo. Resultó de lo más cómico.

Pero esto era diferente. Un teatro de Madrid lleno de gente... Demasiadas emociones para una sola noche. Subí por unas escaleritas dispuestas junto al escenario y el periodista locutor me tendió la mano llevándome a donde estaban los otros tres interviuvados. Eran dos hombres y una mujer. Tres rostros vulgares sonriendo con la estúpida expresión de quien no está acostumbrado a ser centro de miradas ajenas. Mi rostro se convirtió en el cuarto rostro estúpido. Se me helaron las manos y los pies.

—... y ahora, señores, vamos a rogarles nos den su valiosa opinión —habló el locutor infundiéndonos ánimos—. Procederemos por el misma orden de llamada. Primero usted, señorita. —Se volvió hacia la otra representante del sexo femenino, una mujer de cuarenta y tantos años, de piel reseca y ojos mortecinos—. ¿Cuál es, a su juicio, el mayor error cometido por Aurora, la protagonista de la comedia?

La interpelada enrojeció hasta adquirir un tinte de ladrillo. Dio un tironcito de su vestido y cambió de mano el bolso de ante, que se adivinaba abarrotado de cosas.

—Pues..., hum..., bueno..., no sé... Creo que su mayor equivocación es la de haberse enfrentado abiertamente con su esposo... Las mujeres no deben desafiar a los hombres. Se acaba siempre perdiendo.

Se oyeron risas. La señora reseca volvió a tirarse del vestido mostrando al fin una sonrisa que resultó un muestrario odontológico: tres dientes grises, dos de oro, cuatro inmaculadamente blancos y el resto una sinfonía de verdes.

Con el rabillo del ojo miré a Jaime Oliver. Cruzado de brazos, lucía su peculiar sonrisa torcida. Observé que no se maquillaba para escena. Tenía la piel naturalmente morena. Su *smoking*, admirablemente cortado, se adhería al cuerpo sin formar una sola arruga.

—¿De modo, señorita, que, en su opinión, la mujer no debe desafiar al hombre? —insistió el locutor.

La reseca repuso:

—No. Ellos son la fuerza. Nosotras, la debilidad..., la ternura... Al hombre solo se le somete por las buenas...

No me imaginaba a la reseca sometiendo a ningún hombre a fuerza de mimos. Por el contrario, tenía todo el aspecto de aquellas personas que soltaban un paraguazo si alguien las empuiaba al subir al autobús en un día de lluvia.

—¿Hubiera usted reaccionado de un modo diferente en el lugar de Aurora?

Era una pregunta idiota. Ni en sueños podía concebirse a la reseca suplantando a Aurora. Los hombres siempre habían ignorado los abismos insondables que dividían a la humanidad femenina: Mujeres Deseadas, Mujeres no Deseadas; Mujeres Extraordinarias, Mujeres Vulgares; Cerebros Inquietos, Cerebros Apagados; Hembras Atrayentes, Hembras Sin Atractivo Sexual. Un universo de sutilezas, al que ellos, los pobres, eran ajenos. No comprendían que una mujer querida, deseada y besada era tan diferente de otra que nunca lo fuera, como seres de diferente planeta. El motivo de que no lo comprendiesen era porque no existían los «hombres no besados».

Y aquella espectadora de diferente planeta que Aurora siguió diciendo tonterías:

—... su actitud es poco hábil. Yo habría tratado de modificarle con dulzura... Lo de siempre. Las eternas ideas sobre el tema hombre y mujer. Alcé la cabeza y mis ojos se cruzaron con los de Jaime Oliver. No me veía. Estaba ausente, como si pensara en otra cosa. Disimulaba a duras penas el aburrimiento... No tenía derecho a aburrirse mientras todos nosotros estábamos allí, rindiéndole una especie de homenaje. Brotó en mí una chispa de antipatía hacia el maniquí endiosado.

Hablaron después los dos espectadores. El primero resultó un erudito que discurseó sobre los méritos literarios de la obra. Mencionó a Tirso, a Lope, a Bernard Shaw, a Benavente y a Pirandello. Cuando comenzaba con Eugenio O'Neill, el locutor cortó la conferencia sin miramientos. Aquellos cinco minutos de perorata debieron de ser los más gloriosos de la vida del espectador número dos.

El número tres era un chistoso. Imaginé que sería la delicia de su casa y que se lo disputarían en las reuniones. Lo tomó todo a broma de tal forma que el locutor del bigote de mosca lo hizo callar casi en seguida, llamándome a mí al micrófono.

Habían transcurrido quince minutos desde que subí al escenario. Ya me consideraba casi una veterana. Me envalentoné. La sangre comenzó a circular por mis manos y mis pies. Abrí los ojos con el pueril deseo de que el locutor pudiese admirar todo su esplendor. Luego mostré mi sonrisa del hoyito, que reservo para las ocasiones solemnes.

El locutor acusó el impacto. Llevándose la mano a la corbata, carraspeó con cierto interés:

—Desearía que con toda sinceridad respondiera a mi pregunta, señorita. ¿Cuál es, a su juicio, el mayor atractivo de Fernando Roldán, protagonista de la comedia...? ¿Por qué todas las mujeres le considerarían *un marido perfecto*...?

Ahuequé mis melenas. Arturo decía que cuando yo ahuecaba las melenas parecía un león dispuesto al ataque. Lancé una mirada hacia el indiferente Jaime Oliver. Con mi voz más dulce respondí:

—Siento diferir de las otras, pero debo hacer constar que, para mí, Fernando Roldán carece de atractivo. Me atrevo a decir que le considero como compendio de estupidez masculina. Esta comedia, que me parece interesantísima, hubiera debido titularse: *Un marido insoportable.*

Hubo un instante de estupor. Repetí para que no hubiera lugar a dudas:

—Insoportable.

El locutor retrocedió, perdiendo su aspecto de hombre feliz. Se quedó mirándome con el horror de quien creyera tener entre las manos una hormiga y descubriese un escorpión. Estaba abrumado, como si gravitara sobre sus hombros todo el peso de los sufrimientos humanos. Jaime Oliver dejó de apoyarse indolentemente en el respaldo de una silla y me miró. Esta vez me miró de veras.

—¿Dice usted que...? —tartamudeó el periodista.

Saqué la barbilla y erguí los hombros.

—Usted me pidió mi opinión femenina. Aurora me parece una mujer completa. Una gran escritora y a la vez una gran mujer. Para ella, lo más importante de la vida no son sus famosos libros, sino el amor de Fernando. Para Fernando, lo más importante son los libros de ella. Con el pretexto de velar por la carrera de su esposa, la atosiga. «Eres genial..., eres eminente..., eres única...». Todo eso estaría muy bien si de vez en cuando se acordase de añadir: «¡Y qué guapa estás con ese vestido!».

El locutor, de puro nervioso, daba saltitos ante el micrófono. El público sonreía satisfecho. La atmósfera habíase caldeado. Oliver continuaba mirándome.

—Sin duda no tiene usted en cuenta que él demuestra amor a su esposa, supeditándose a los intereses de ella, admirándola, venerándola...

—Sí..., pero nunca le dice: «¡Qué guapa eres!» Y eso no impide que ella lo sea y que los otros hombres lo observen. Ni la gloria ni la fortuna compensan de la falta de un marido que sepa decir con oportunidad: «¡Eres la más bonita de todas!»

Mi interlocutor iba recuperando su antiguo aspecto de salud. Me echó una mirada incendiaria y repitió: «¡Eres la más bonita de todas!» Luego añadió:

—¿Cree que vale más un piropo que el sacrificio de una existencia?

—¿Por qué le llama sacrificio? Fernando vive también de la gloria de su mujer. Y él es de esos hombres con «morbo trabajador». —El público rio más fuerte y yo le hice eco—. Hay hombres que solo disfrutan trabajando. Sus ojos relucen de gusto cuando pueden decir a los amigos: «¡No tengo un minuto libre!». Olvidan que la vida posee una parte muy importante, la parte sentimental, que no debe vivirse de prisa porque es preciso saborearla. Si Fernando Roldán fuese el marido perfecto que pretenden, advertiría el peligro de que su mujer asociase la palabra «marido» con la palabra «trabajo». Y «marido» solo debe asociarse con «felicidad» y «amor». Este es mi punto de vista.

—No deja de ser interesante.

Me sobresalté, porque esta vez no era el locutor quien había hablado, sino el propio Jaime Oliver, aproximándose al micrófono con aquel irritante aire de superioridad. Su elegancia y desenvoltura me impresionaron un poco.

—Celebro, querido Enrique —esto fue dirigido al locutor—, que hayas traído ante el micrófono a una encantadora representación del romanticismo femenino. Vivimos en un mundo tan mecanizado que llegamos a olvidar que existen personas que solo desean un régimen de caramelos, bombones y miel.

Su sonrisa quitaba toda mordacidad a la frase, y el público celebró el comentario de su artista predilecto. Pero yo me di cuenta de que con aquello trataba de dejarme en ridículo, relegándome al estante de los objetos prehistóricos. Y todo por el grave delito de creer en el amor y en todas las cosas bonitas de la vida. Porque yo creía en el amor, a pesar de Pablito, Julio, Diego, Román y Arturo. Y estaba dispuesta a creer siempre que la existencia era algo más que una monótona sucesión de desayunos, comidas y cenas, y de lucha para conseguir estas a horas fijas... Yo era sentimental y romántica y no me daba vergüenza confesarlo. Deseaba enamorarme apasionadamente, pero iba perdiendo las esperanzas de encontrar un hombre que no fuese estúpido.

Ahuequé otra vez mis melenas. Abrí los ojos. Mostré el hoyuelo. Todo fue inútil. Oliver no se impresionó lo más mínimo.

—Claro que me encantan los caramelos, los bombones y la miel —repuse en el mismo tono de forzada amabilidad—. Y, además, me gustan los hombres conscientes de que poseen un corazón y de que también lo tiene la mujer que eligieron por compañera. Soy soltera y no soy escritora. Mi única habilidad consiste en hacer punto de media a una velocidad increíble. Si encontrase un hombre que solo me dijera: «¡Qué maravilla! Nadie hace punto tan bien como tú. ¡Teje, tesoro mío, teje, teje!», le envenenaría. No soportaría una vida entera oyendo decir: «Teje, teje». En el caso de Aurora, lo de «teje» se ha convertido en «escribe». No puede extrañar a nadie que cuando encuentra un hombre que en lugar de obligarla a escribir le dice: «¡No trabajes tanto y vamos a bailar un ratito, guapa!», se quede deslumbrada. A cualquiera le ocurriría lo mismo.

Me di cuenta de que había conseguido hacerme simpática al auditorio. Y también comprendí que, en cambio, me hice odiosa a Jaime Oliver. No me importó. Saboreé mi triunfo como una principiante que le roba sus mejores efectos al primer actor. Volví a mirarle desafiante. Mis ojos decían: «¿Y ahora qué…? ¿Creíste que ibas a turbarme…?» Él recogió el reto.

—Quizás ignore usted que el Círculo Femenino Madrileño organizó días pasados una simpática fiesta en la que fui invitado de honor… en representación de Fernando Roldán, este «marido perfecto» que no ha conseguido ganarse sus simpatías. —Hizo una pausa y comprendí que aquel hombre no ignoraba ninguno de los secretos del arte de representar: voz persuasiva, movimientos justos, silencios expresivos. Era un placer observarle, pero en aquel momento no me gustaba el espectáculo—. En dicha fiesta, seiscientas señoritas organizaron una «Peña Roldanista», simpatizando con ese tipo que usted detesta. Siempre me ha gustado la controversia y me parece que usted posee un auténtico espíritu combativo. Lanzo la idea de la «Peña Anti-Roldanista›, cuya presidencia sería obligado ofrecerle…

Aún procuré defenderme, queriendo decir la última palabra.

—Jamás he presidido nada, pero me encantaría presidir ese club. En todo caso, estoy dispuesta a dar la batalla en pro de las esposas decepcionadas, con el lema de: «*Maridos: acordaos de ser galantes con vuestras esposas*».

Retrocedí unos pasos, dando por terminada mi intervención.

El locutor lo comprendió así, dijo unas cuantas frases y despidió a los cuatro interviuvados. El espectador sabihondo me lanzó una mirada despectiva que expresaba:

«Esa niña tonta ha querido hacerse notar y no lo ha conseguido. Yo fui quien quedó de primera con el párrafo sobre Lope».

El chistoso me dejó paso, guiñando un ojo:

—¡Buen golpe! Muy bueno. ¡Ja, ja! Eso de «¡teje, tesoro, teje, teje…!».

La reseca no me miró. Dicen que hay modos ofensivos de mirar, pero también existen modos ofensivos de «no mirar». La «no mirada» de la reseca fue aguda como un estilete.

Pero la verdadera puñalada me la dio Jaime Oliver. Al pasar junto a él, dijo en alta voz, procurando que todos lo oyeran:

—La felicito por saber mantener sus opiniones. De buena gana le diría que es usted muy inteligente. Tratándose de una señorita que prefiere los piropos, me atrevo a decir: ¡Qué bonita es usted! Y estoy seguro de que nadie se atreverá a contradecirme.

No sé cómo logré bajar la dificultosa escalerita ni llegar dignamente hasta mi butaca. Nunca me había sentido tan torpe ni tan turbada.

Durante el tercer acto tuve una depresión nerviosa que atribuí al cansancio del viaje. Repentinamente dejó de interesarme la comedia y deseé no haber salido de aquel antro engalanado de damasco que eran las posesiones de doña Tula. Añoré la blanda cama de dos colchones que me esperaba y maldije el instante en que apareció el furioso cachorrillo para arrastrarme a aquella aventura nocturna con complicaciones radiofónicas. La depresión fue tan grande que casi deseé también no haber salido de Villamar ni desoído los consejos de mi pelotón de viejos... No haber conocido a Arturo..., en resumidas cuentas, no haber nacido. Mi carácter exuberante tenía estas fallas. De repente, empezaba a desinflarme como un globo pinchado, sintiéndome infinitamente triste, infinitamente abandonada, perdiendo casi la voz y la facultad de movimientos. Según mi abuela, estas depresiorres veníanme sucediendo desde pequeña. Por fortuna, solo me atacaba de tarde en tarde y no duraban mucho. Pero mientras subsistían, pocos seres bajo la capa del cielo sentíanse más desdichados que yo. Empezaba compadeciéndome tanto a mí misma, que acababa sollozando por la pobre Anita, huérfana y desamparada. Nunca tenía términos medios. O me consideraba una perrita vagabunda, apaleada y llena de pulgas, o brillante y conquistadora como... la propia Cleopatra, con quien doña Tula me comparaba. Si la nariz de Cleopatra había cambiado la faz del mundo, me sentía muy orgullosa de mi propia nariz. Todos los Ocampo de Alvear éramos perfectos en cuestión de narices. Mi tío abuelo Felipe tenía una naricita que era un poema. Pero no le gustaba que se lo dijéramos.

Me hallaba en las profundidades más negras de la sima depresiva cuando la voz del cachorrillo sonó a mi lado.

—¿Le importaría perder las escenas finales? —dijo inclinándose a mi oído. Sentí el perfume que emanaba de él, un aroma grato, limpio y tranquilizador. Al hablar de narices olvidé mencionar que el sentido más despierto que poseía era el del olfato. Antes de ver a una persona o un objeto, ya lo había olido. Y tuve siempre la manía de clasificar los olores, como lo clasificaba todo, acostumbrada a mis labores de archivera bibliotecaria. El cachorrillo olía a joven, el olor más delicioso del mundo.

—Claro que me importaría —dije por contrariarle, aunque en el fondo solo deseaba que me llevasen a un lugar solitario, donde poder llorar por aquel montón de miseria humana que era yo misma.

Vi que me había hecho la pregunta sin importarle la respuesta, porque, cogiéndome de un brazo, me hizo levantar con energía no exenta de amabilidad.

—Bueno, no importa —se excusó—. Yo le contaré el desenlace. Es preciso que vayamos en seguida a *Martino*.

Empujándome me condujo hacia la salida. En escena quedaron Fernando Roldán y su mujercita dirimiendo las últimas rencillas.

—¿Qué le pasa...? ¿No le ha gustado la obra?

Tirité aunque no hacía frío. No tenía ganas de molestarme en hacer ese imprescindible movimiento combinado de garganta, lengua y labios que producía palabras.

Pero a la fuerza tuve que poner en marcha la complicada maquinaria.

—Ya di mi opinión ante el micrófono. —La voz me salió tan ronca que carraspeé, repitiendo la frase para que no creyese que hablaba con un marinero borracho.

—¿Micrófono...? ¿Qué micrófono?

Se lo expliqué. No sabía nada. Indudablemente no presenció el espectáculo. Se permitió el lujo de sonreír.

Algo había cambiado en él. Ya no era exactamente un cachorrillo furioso, sino un perro contento que se relamiese ante la perspectiva de un plato de leche. ¿Cuál sería su plato de leche? Me puse en guardia. No me gustaba ser el plato de leche de nadie.

No lo era. Lo comprobé en seguida. Empezó a expansionarse con esa inoportunidad de los hombres, que creen que la mujer siempre está dispuesta a escuchar sus confidencias.

—Voy a jugar una carta decisiva, ¿sabe...? Disculpe mi brusquedad anterior. Estaba fuera de mí. Quisiera rogarle, señorita... señorita..., no recuerdo su nombre.

—Nunca lo supo —dijo de mala gana el marinero borracho—. Me llamo Cleopatra.

—Vamos..., estoy hablando en serio...

—Yo también. Me llamo Cleopatra Pérez, tanto si le gusta como si no le gusta.

Cerré los ojos. El esfuerzo de hablar pareció dar fin a mis días. En plena agonía oí la voz implacable:

—Cleopatra Pérez... ¡Qué cosa tan cómica! Supongo que se burla de mí, pero no importa. Lo tengo merecido.

Como iba diciendo, le pido mil perdones por los modales con que entré en su casa...

Reuní fuerzas para decir:

—Ya se disculpó antes. No hablemos de eso. Cuénteme el final de *Un marido perfecto*. Hice la proposición con la idea de echar un sueñecito mientras lo contaba. La estratagema fracasó. —No hay tiempo. *Martino* está aquí cerca. Lo que deseo pedirle es que olvide mi imperdonable grosería y trate de ser amable llevando este asunto con discreción. Deseo que hable usted con mi novia antes de que lleguen... los parientes.

—¿Qué parientes? —quiso saber el marinero aguardentoso.

—Alguien de mi familia va a ir esta noche a *Martino* a hablar con ella, y espero que eso me beneficie. Pero antes tiene usted que haberla convencido de que sus vaticinios eran inciertos. Dígale que yo no soy un... un rubio peligroso. —Rio y se puso tan atractivo que inmediatamente pensé que sí lo era. Pero la incipiente idea se perdió en el caos dramático y leopardino de mi mente—. En cuanto hayan hablado la dejaré a usted en un taxi y la enviaré a casita, ¿de acuerdo?

Me agobiaron los remordimientos. Mientras él estuvo bruto y fiero, la venganza me pareció placer de dioses. Viéndole así, en plan de cachorrillo feliz lamiéndose las patas, sentía tentaciones de caer a sus pies confesando mi vileza. Lo hubiese hecho, porque aquel chico despertaba mis instintos maternales, entrándome ganas de reclinar su cabeza contra mi pecho para hacerle cosquillas en las orejas. No tuve tiempo de cantar de plano. El coche se detuvo con suavidad y mi compañero anunció:

—Ya estamos en *Martino*.

Sentí un escalofrío. Me pareció que alguien decía:

«Ya estamos, Anita Revoltosa. Va a empezar la función de la que tú serás protagonista». Procuré entrar en *Martino* con el pie derecho.

※

Luces..., espejos..., más luces..., más espejos. Alfombras mullidas como césped. Mesitas con manteles color de rosa. Dos orquestas con uniformes operetescos. Una animadora negra cantando cosas brasileñas. Un *maître* obsequioso que se multiplicaba. Camareros de frac. Tres chicas ligeras de ropa vendiendo flores, muñecos y tabaco rubio. Olía a té, a *whisky* y a dinero. Veíanse sonrisas en todas las bocas, como si el gesto fuese obligatorio para poder ocupar una mesa en el carísimo *Martino*. Avancé tratando de no parecer tímida y de que nadie notara que acababa de llegar pocas horas antes en el correo de Villamar. Aspiré el olor a té, a *whisky* y dinero y me miré de reojo en uno de los espejos venecianos. Me sorprendió ver también en mis labios la inevitable sonrisa estereotipada. Comenzaba a pasar mi crisis de «globo desinflado». Sentíame Cleopatra en persona, pero Cleopatra a secas, sin el Pérez. El espejo me devolvió la imagen de una chica esbelta, cuajadita de curvas, con salientes donde debía haber salientes y entrantes donde debía haber entrantes. La melena con tonalidades caoba pudiera haber sido descrita como «una llamarada de cobre». Los ojos verdes, de gata, relucientes como nunca. La nariz agresivamente respingona y la boca amplia, carnosa, bien dibujada, obsesionante. Debo aclarar que estos adjetivos eran todos de Arturo, que solía añadir: «obsesionante y sabrosa».

Lo de obsesionante no me inclinaba a discutirlo. Lo de sabrosa, sí, porque él nunca la probó. Ni él, ni Pablito, ni Julio, ni Diego, ni Román. Ninguno, en fin. Era una chica algo rara en lo que se refería a besos. Estaba segura de que me enamoraría del primer hombre a quien besara. Y también sabía que jamás podría besar a un hombre sin estar antes enamorada de él. Esto me colocaba en una especie de callejón sin salida, pero no importaba.

El cachorrillo era persona conocida en *Martino*. El *maître* le saludó con deferencia y repuso a una pregunta suya:

—No. La señorita no ha venido aún, pero tiene mesa reservada. ¿Quiere seguirme...? Le seguimos hasta la mesa en cuestión, junto a la pista de baile, en el mejor sitio del local. Mi acompañante se sintió obsequioso.

—¿Qué va a tomar...?

Pedí un refresco y él un coñac doble. Tardaron mucho en traerlo y, durante el largo intervalo, mi pareja pasó por alternativas de esperanza y desaliento cada vez que un nuevo grupo aparecía entre los cortinones de terciopelo rosado que adornaban la entrada. Cuando trajeron lo pedido, el cachorrillo tenía un aire tan desolado y ausente, que sin fijarse empezó a tomarse mi refresco, por lo cual decidí beberme el coñac doble, que aumentó ante mis ojos lo rosado de la decoración de *Martino*. Hasta la gente empezó a parecerme sonrosada. Recordé una frase humorística, leída en una comedia de Oscar Wilde:

«... una orquesta vestida de malva interpretaba deliciosa música malva...».

Las orquestas de *Martino* también se especializaban en música color de rosa. Mis pies, calzados con zapatos modernísimos —mis vestidos y zapatos siempre fueron cuidadosamente diseñados por mí, para no vivir sometida a los horrores villamarenses—, danzaban por debajo de la mesa. Me hubiese gustado bailar con el cachorrillo, pero no había que pensar en ello. Añoré a Arturo, pareja de baile perfecta. Juntos ganamos el campeonato de tangos del hotel Playa y los premios, consistentes en un par de medias y un frasco de colonia.

Siguiendo el ritmo de la melodía, entorné los ojos y comencé a soñar: Anita Revoltosa convertíase en una muchacha de la alta sociedad y reinaba en todas las fiestas. Anita Revoltosa tenía siempre mesa reservada en *Martino* y amigos con coches grises, azules y verdes que se disputaban el privilegio de pasearla por Madrid.

Abrí los ojos volviendo a la realidad. Una realidad que me colocaba en la triste situación de chica sin dinero y sin empleo, perdida en aquella gran ciudad desconocida. Sentí un peso en el corazón, que ahogué con sorbos de coñac. No debía perder el ánimo. Siempre había sido un espíritu fuerte. Desde muy niña comprendí que mi abuela necesitaba ser amparada, y de las dos yo fui la protectora, aunque en cierto modo ella me tiranizase. Perdí a mi madre al nacer, y a mi padre —hijo de la abuela— a los seis años. Era chocante que sin haber conocido a mi madre, ni un solo día hubiera dejado de pensar en ella. Si hubo en el mundo un ser con hambre de madre, ese fui yo. Hubiérame sentido feliz teniendo una madrecita joven, guapa y comprensiva, a la que poder confiar mis problemas. De papá tenía pocos recuerdos. Era un Ocampo de Alvear auténtico, serio, reconcentrado, sin ambiciones. Mamá, en cambio, alegre, rubia y sevillana. ¿Cabe algo más delicioso que una sevillana rubia? Yo heredé sus ojos verdes, rasgados, un poco mongólicos. Mis pestañas, que medían más de un centímetro —las midió Arturo—, no alcanzaban el tamaño de las de mamá, según confesión de mi abuela.

A través de estas pestañas volví a mirar a mi silencioso compañero. Otra vez daba la impresión de ser una persona con su setenta y cinco por ciento muerto. Sentí pena por él. Suspiré y sacudí la cabeza, porque me estaba entrando sueño.

—La rubia tarda un poco —comenté. Llevábamos una hora y quince minutos sin hablar. Alzó los ojos. Volvía de tan lejos, que creí iba a preguntarme: «¿Quién es usted? ¿Qué hace aquí?»

—Es su costumbre... Un poco más de paciencia, se lo ruego —se limitó a decir.

Volví a contemplar a la gente. Como atraída por un imán dirigí la vista hacia la barra del bar, al otro extremo de la sala, desde donde otra persona me observaba con aguda insistencia.

«¿Quién es...? Conozco esa cara», pensé vagamente. Pero como llevaba ya tanto rato fisgoneando a las parejas que danzaban, casi todas las caras del local éranme familiares: la chica del vestido verde que juntaba su mejilla a la del muchacho aviador; la señora regordeta y el maniquí bajito, que debía de ser su marido; el caballero alto, de pelo gris, a quien yo acababa de bautizar como «Mr. Ryder, banquero de la City de Londres», y su *flirt*, una pelirroja preciosa, vestida de negro..., etc. Pero a aquel moreno de mirada aguda que me contemplaba no podía asociarlo con ninguna pareja. El cachorrillo no me dio tiempo a reconcentrarme.

—Voy a telefonear —dijo levantándose—. Discúlpeme. ¿Quiere tomar alguna otra cosa? Diré al camarero que traiga unos emparedados y otro refresco.

Otro refresco. Estuve por decir que para mí sería el primero de la noche.

Quedé sola en mi mesa y volví a mirar hacia la barra del bar, buscando el rostro que me intrigaba. No lo encontré. Casi a la vez sonó una voz a mi espalda.

—¿Quiere bailar, señorita?

¡Bailar! Ante mí se inclinaba un desconocido. No era un príncipe azul, a menos que los príncipes azules madrileños se hubiesen vuelto gordinflones, cincuentones, con gafas y traje castaño a rayas.

—¿Bailar? —repetí como si fuese la primera vez que en mis oídos sonase tal verbo.

Sudoroso y sonriente asintió:

—Si me concede el honor...

No me gustaba bailar con desconocidos, y mucho menos tratándose de desconocidos a los que podría archivarse bajo el rótulo de «*Hombres ni fu ni fa*». Pero me tentaba bailar en la encerada pista. Y no resistí.

Era un *slow*. Mi pareja resultó más ligera de lo que esperaba. Los dos nos dimos cuenta en seguida de que bailábamos muy bien. Esa fue mi perdición.

—¡Qué joyita! —murmuró con los ojos en blanco—. Casi no la siento entre los brazos. Es usted una sílfide... Es tan difícil encontrar una pareja perfecta...

Alentado por mi agilidad y perfección, comenzó a hacer fantásticos alardes inventando nuevos pasos y lanzando gritos de suprema felicidad.

—Un... dos... tres..., ¡ajá! Maravilloso. A ver esta vuelta... ¡Soberbio! Vamos a ver si acertamos en este trenzado... ¡Uf! ¡Ajá!... Hum ¡Colosal!

La gente nos miraba aguantando la risa. Perdí el compás y solté un pisotón al entusiasta de Terpsícore, recibiendo a cambio una mirada de pura decepción, como la madre que estuviera enseñando a su hijito a decir «papá» y le oyese de pronto gritar «chacha».

—¡Se ha equivocado...! A ver... Repitamos. Un... dos...

—Por favor... —supliqué.

—No se preocupe. No importa un pisotón más o menos. Estoy acostumbrado. Me paso la existencia bailando. Todas las tardes y todas las noches. Es mi locura.

—¿Y no se cansa? —Iba a decir: ¿y no adelgaza?», pero me contuve a tiempo.

—No. —Soltó mi mano para secarse el sudor y lanzó un refrán de lo más ordinario—: «Sarna con gusto no pica...». Es lo único que me gusta de verdad. Esto y los paraguas.

—¿Los... paraguas...?

—Soy fabricante. Hago verdaderas filigranas. Desde el bonito paraguas enano hasta el majestuoso paraguas pirámide. Tiene que ir a mi fábrica y se los mostraré. Este año hemos lanzado una serie de pingüinos que están causando sensación.

—¿Paraguas en forma de pingüinos?

—Solamente el puño. Pingüinitos que son un verdadero amor. Me gustaría que me permitiese ofrecerle uno.

Era demasiado. Al pasar junto a mi mesa vi que el camarero depositaba un soberbio helado. Con el valor prestado por la desesperación me desligué de los brazos triturantes, inventando disculpas.

Dije no sé cuántas cosas. Que me dolían las piernas, que estaba convaleciente de escarlatina, que mi novio iba a llegar, que era celoso, que odiaba los paraguas... Y que no bailaba más. Me encontré sentada de nuevo ante la mesa, concluyendo la aventura danzante. Por suerte, el helado era un éxtasis. Me metí en la boca la primera cucharada.

—Perdone... ¿Podría sentarme unos minutos? Tengo que hablarle.

Los acontecimientos se sucedían tan vertiginosamente que no me daban tiempo a respirar. Creí que sería otra especie de paragüero, pero me equivoqué. Era el hombre de la mirada aguda, a quien yo conocía de algo... Lo recordé todo en el mismo instante. Ningún otro poseía tanta personalidad, tanta elegancia ni tanta impertinencia. Y ninguno me había resultado tan antagónico, revolucionando mi espíritu combativo y poniéndome en pie de guerra solo con un centellear de aquellos ojos extraordinariamente oscuros.

—Es la segunda vez que tengo el gusto de hablarle esta noche. No sé si usted me recuerda. —Esto último, dicho con falsa modestia—. Soy Jaime Oliver.

Era el famoso actor en persona. Todos los ocupantes de las mesas cercanas nos miraban, es decir, «le» miraban. Yo estaba estupefacta preguntándome qué tendría que decir tan importante persona a la pobre Anita Revoltosa.

No tardó en saciar mi curiosidad. Se sentó, inclinándose para hablarme bajito.

—Ahorraremos tiempo y frases desagradables. Supongo que imaginará lo que tengo que decirle. Abrí unos ojos como platos.

—¿Qué...?

—Acabo de llevarme una sorpresa al averiguar que usted... era usted... En parte empiezo a darme cuenta del asunto. Posee un temperamento dominante.

—Pero...

—Y hay hombres que buscan eso: una mujer que los domine.

—Pero yo...

—Usted debe ser inflexible cuando desea algo. En el teatro me pude dar cuenta de su deseo de sobresalir, de llamar la atención...

—Pero...

—Me refiero al pequeño espectáculo que dio en escena.

—Pero...

—La tengo por una persona inteligente y, por lo tanto, sé que no se conformará con unos billetes. Enrojecí hasta los pendientes de perlas imitadas de mis orejas. Rugí con santa indignación:

—Señor Oliver...

Alzó la mano, una mano grande, nerviosa, de uñas bien cuidadas. Una mano que me hubiera gustado estudiar con detenimiento en otra ocasión. No solamente era doña Tula quien gustaba de estudiar las manos. En aquel momento sentía deseos de morder el dedo índice que me señalaba.

—¡Calma! —aconsejó con voz persuasiva—. Calma. Por esta noche ya se han acabado los espectáculos. Hablemos sin excitarnos, como dos personas sensatas. Es preciso que nos pongamos de acuerdo antes de que venga el muchacho.

La emoción y el disgusto hacían temblar mi voz.

—Señor Oliver..., nosotros no tenemos nada de que hablar. El hecho de que sea usted un hombre famoso no le autoriza a ofender a una chica que..., a una chica que...

Él arqueó una ceja.

—¿Ofender? No era esa mi intención. Por el contrario, estaba diciéndole que aprecio en cierto modo su mentalidad. Ahorremos palabras. —Se inclinó aún más hacia mí—. No puedo ofrecerle una gran cantidad de dinero, porque no soy rico. Sé que usted es ambiciosa. He pensado en compensarla de otro modo...

Sentí un escalofrío por la espalda y empecé a pensar en lo muy ingrata que había sido con mis tíos y tataratíos, impacientándome al oírlos hablar de «los peligros y asechanzas de la gran ciudad». Ahora probaba el amargo sabor de todo aquello: ¿Qué otra cosa podía pensarse...? Jaime Oliver, el famoso artista, estaba haciéndome una proposición *non sancta*.

—Confío en que aceptará mi propuesta en cuanto sepa de lo que se trata.

Llevaba veintitrés años considerándome una chica guapa. Contaba mi abuela que la primera vez que la niñera me puso ante el espejo, a los seis meses, di un suspiro de placer. Durante todo este tiempo había suspirado a menudo, dando gracias a Dios por los bienes recibidos. Pero de eso a imaginar que iba a enloquecer fulminantemente al ídolo de las multitudes... había una enorme diferencia. ¿Qué fatales encantos encontraría en mí un hombre acostumbrado a tratar a mujeres estupendas...? En el fondo perverso de mi subconsciente brotó una llamita de halagada vanidad. Inmediatamente el impulso malévolo fue apagado por un torrente de virtud femenina, heredado a través de generaciones sucesivas por todas las hembras de mi familia.

—¿Quiere hacer el favor de alejarse de mi mesa? —dije en un tono cortante que le impresionó—. Cuanto está usted diciendo me resulta... incalificable.

Me miró con el ceño fruncido durante largo rato, como si tratase de recordar el castigo que la ley prometía a los estranguladores de mujeres. Cuando habló lo hizo más pausadamente:

—No se precipite. No ha comprendido bien.

—Entendí perfectamente. No me crea una niña. Soy una mujer de mundo. Esto último era, naturalmente, un «farol» que me echaba a mí misma para darme ánimos. Me sentía tan poco mujer de mundo como Cirila, la sobrina del sacristán de Villamar, que solo salía a la calle anochecido, porque le daba vergüenza.

Hizo un gesto evasivo con las manos. Comprendí por qué el público se interesaba por él. Sus movimientos eran fascinadores. Las manos hipnotizaban. Y, sin embargo, a pesar de todo su efectismo, resultaba absolutamente natural. Él era así. No fingía ni representaba.

—Sé quién es usted —añadió—. Me he informado de su historia y de muchas particularidades.

—¡No es posible!

—Lo es. Sé que en este momento está usted entre la espada y la pared. Por eso me atrevo a hacerle una oferta. ¿Quiere dejar al chico y venirse conmigo?

Di un salto en la silla. Aquello excedía a todas mis aprensiones. Experiencias sacadas de calenturientas horas de lectura me convencieron de que el gavilán nunca acosaba a la paloma de un modo tan crudo y brutal en la primera entrevista. Pero quizá Jaime Oliver careciese de delicadeza. O quizás estaba acostumbrado a que ellas se le rindieran a la primera palabra. La situación empeoraba por instantes, derrumbando mi acopio de aplomo. Sentí deseos de echarme a llorar llamando a gritos a mi tío Felipe, a mi tío Godo, a mi primo Camilo, a mi tía Feliciana, a doña Tula e incluso al cachorrillo que me había abandonado tan vilmente. Miré a babor y a estribor buscando ansiosamente —esto de babor y estribor era una genialidad de Arturo, que nunca decía derecha e izquierda desde que hizo el servicio en la Marina—, pero no encontré sombra del cachorrillo ni a proa ni a popa. Entonces fijé la vista en el helado, luego en los pasteles, y cuando ya nada quedaba por mirar sobre la mesa le miré a él, al hombre de la mirada de halcón.

—¿Irme con usted...? —repetí como una tonta. Esta era la expresión exacta. Con solo dos palabras, aquel hombre famoso me había convertido en una tonta.

—Sospecho que eso le gustaría. ¿No forma parte de su ambición?

Como un eco repetí:

—¿Ambición...?

Sacó una preciosa pitillera de oro y me la tendió abierta. Yo la rechacé. Encendió un cigarrillo y contempló el humo con los ojos guiñados. La gente de las mesas cercanas seguía mirándole con arrobo; pero me pareció completamente ajeno a ello. Estaba, sin duda, muy acostumbrado a ser Jaime Oliver, el incomparable.

—Me figuro que soy la persona que mejor puede complacerla —añadió.

¡Inaudito! ¡Qué seguridad en el triunfo! Anita Revoltosa ahuecó una vez más sus melenas. Se cruzó de piernas. Abrió los ojos, agitando las pestañas kilométricas; reconcentró todo el fuego de su mirada en las pupilas y, sintiéndose Cleopatra, desafió a César.

César sostuvo la mirada, y observé que sus ojos tenían unos puntitos luminosos, como si gozasen de perpetuos fuegos artificiales.

Inició su sonrisa torcida y murmuró tras el ascua brillante de su cigarrillo:

—Esperaré a que se le acaben...

Creí oír mal.

—¿Que se me acabe el qué? —pregunté a mi pesar.

Sacudió la ceniza con displicencia.

—Las miradas perturbadoras. No las malgaste conmigo.

Seguí mirándole, sin variar de actitud.

—No se preocupe —dije—. Tengo más. Puedo ser generosa.

La sonrisa torcida se acentuó.

—Vamos... No se enfade, señorita... señorita...

—Cleopatra es mi nombre.

No pestañeó.

—Le va muy bien. Pero me parece que también se llamaba usted... —hizo un esfuerzo tratando de recordar— Ofelia..., ¿no es eso?

Bajé los ojos y arremetí contra el helado. Estaba recobrando mi aplomo y me empezaba a divertir. ¿Ofelia? Me gustaba.

—Me llamo Ofelia-Cleopatra. Fantástico, ¿verdad? Al nacer yo, mi tía Ofelia se peleó con mi tía Cleopatra por si me ponían este nombre o aquel. Mamá se sintió conciliadora y me puso los dos. Las tiitas exigieron que cada semana me llamaran de una manera.

¡Qué lúcida me puso la imaginación el coñac doble!

—¿Cómo debo llamarla esta semana...? —aceptó con desenvoltura—. No quisiera ofender a sus tías.

—Cleopatra. No se equivoque, por favor. Es una cuestión de familia bastante seria. Descruzó las piernas y me miró con nuevo interés.

—Volviendo a nuestro tema...

—Perdón. Querrá decir a «su» tema... Para serle sincera, aún no he comprendido de qué me hablaba. No ha hecho usted más que tartamudear disparates.

De toda la frase hubo algo que molestó al artista inimitable que presumía de dicción perfecta.

—¿Tartamudear...? No he tartamudeado en mi vida.

La puerilidad me hizo gracia. Al inclinarse hacia mí, y siguiendo mi costumbre, aspiré su olor. Un aroma incatalogable que me mareó. Olía a infinidad de cosas buenas que yo jamás había olido, pero que mis narices presentían. A piñas con vino de Madeira, a tabaco rubio, miel caliente, jabón caro, pinos bajo la lluvia, grandes hoteles, cuero de automóvil, ropa limpia, solomillos a la plancha...

No catalogué más porque volvió a recostarse en la silla, y mis nervios y mi nariz descansaron.

—Dejémonos de rodeos. Si en un principio le interesa acompañarme tiene que ser a condición de que deje en paz al chico.

—¿A qué chico...? ¿Se refiere al que me ha traído aquí esta noche...?

Me miró con verdadera sorpresa.

—Naturalmente. Me refiero a Armando.

El cachorrillo se llamaba Armando, y Oliver le conocía. Al menos, iba enterándome de algo.

—¿Por qué tiene usted ese empeño en que deje a Armando?

Aplastó el cigarrillo contra el cenicero.

—No se haga la inocente. Armando me lo ha contado todo. No tiene secretos para mí. —Hizo una pausa, buscando palabras adecuadas—. Sentiría molestarla, pero debo decir que el proyecto es inadmisible.

—¿Inadmisible? —pregunté con la boca llena de helado. ¿A qué proyecto se referiría? Aumentó su impresionante seriedad. Al perder su atractiva sonrisa torcida, volvía a ser el hombre de la mirada dura.

—Si hay algo que me interese en el mundo es la felicidad del muchacho. No permitiré que usted malogre su vida.

Otra vez era acusada de malograr la vida de un chico al que hasta entonces nunca viera... La insistencia me fastidiaba.

—Por favor —dije—. No se ponga pesado usted también. Déjeme justificarme. Se equivoca por completo si cree que yo...

No me permitió hablar.

—De una cosa puede estar segura... Mi hermano no hará nada sin contar conmigo... ¡Su hermano! Eran hermanos aquel rubio y aquel moreno tan opuestos. En nada se asemejaban. Solamente en su afán de mando y en su hostilidad hacia mí. ¡Caramba con la familia! Los Ocampo de Alvear y los Oliver estábamos resultando peor que los Capuleto y los Montesco...

—Siempre hemos estado unidos, y ahora más que nunca —continuó la versión morena de los Oliver—. Aunque solamente seamos hermanos de padre, la gran diferencia de años que median entre nosotros me hace considerarle como un hijo...

Era un modo de presumir como otro cualquiera. Si había tanta diferencia de edad, lo disimulaba muy bien. En aquel instante no representaba un año más de treinta.

—Él tiene un gran porvenir por delante —prosiguió la voz implacable—. Usted no es la mujer que le conviene.

—¿Qué...? —Se me cayó la cucharilla.

Lanzó su ultimátum:

—No habrá boda. Pierda las esperanzas.

※

De pequeña leí un cuento que me impresionó por titularse *Anita en el país de los despropósitos*. Aquella tocaya mía que caía de un avión sobre una tierra en la que cuanto se hablaba era preciso entenderlo al revés, y donde nadie contestaba acorde, empezaba a hacerse real, teniendo a Anita Revoltosa por auténtica protagonista. Me pasé la mano por la frente y cerré los ojos, para volver a abrirlos al momento. No soñaba. Estaba en *Martino*, la más lujosa *boîte* de la capital. La orquesta interpretaba una melodía que estuvo de moda quince años antes, dándole ahora compás de *blue*. Las luces se apagaron, quedando la sala iluminada por las lamparitas rosadas que lucían en cada mesa. Algunas parejas aprovechaban la suave penumbra para acercar más sus caras, estrechar más los brazos o cambiar un beso furtivo. El chico del saxofón, fotogénico y presumido, cantaba a media voz un estribillo que me pareció dedicado a mí:

Nunca lo sabrás... Nunca podrás comprender...

Efectivamente, eso me ocurría. No conseguía comprender todo aquel disparate comenzado en las polvorientas oficinas de Tula, Sociedad Anónima. En mi imaginación se mezclaban la cotorra Gilda, el caballo Leónidas, el Libro del Porvenir, el camafeo del viejo sardónico, las cartas de la baraja, los ojos del cachorrillo, el teatro, el micrófono, el fabricante de paraguas y Jaime Oliver. La coctelera de todo aquello era *Martino*, con sus alfombras rosáceas, sus cientos de espejos y sus lamparitas, de mesa simulando un tiesto con una rosa iluminada.

Nunca lo sabrás; pero quizás algún día
alguien te lo explicará...

Bueno, menos mal si alguien me lo explicaba de forma que yo lo entendiera, pensé siguiendo el hilo de la canción. De momento, mi comprensión marcaba cero. Dejé de mirar al saxofonista para contemplar a Oliver, que resultaba un espectáculo todavía mejor.

—Está padeciendo un error —dije tratando de aclarar las cosas—. Sin duda es cosa de familia.

—¿Error...? —Se puso alerta, recordándome el movimiento de un perro de raza que alzase las orejas—. Estoy seguro de que no. Pierda la esperanza si piensa engañarme. Armando me dijo esta noche que trataría de llevar a la muchacha al teatro para que hablase conmigo. Él creía que un cambio de impresiones entre los dos le favorecería... Por el contrario, yo estaba dispuesto desde el primer instante a hablar claro con usted. Ignoro por qué no me la presentó en el teatro. Insistió en que yo viniese aquí después de la función, y confieso que tuve una gran sorpresa al reconocer en la acompañante de mi hermano a la presidenta del Club Anti-Roldanista... He aprovechado el momento en que Armando se ausentaba porque deseaba hablarle a solas. No podemos perder tiempo. Puede volver en cualquier momento... ¿Qué responde a mi oferta?

—¿Su oferta...?

—Sea práctica. Voy a ofrecerle una compensación a cambio de que esa boda no se realice. Deje en paz a mi hermano y venga conmigo.

¡Magnífico! ¡Qué bondadoso corazón fraternal! ¡Los hombres eran unos monstruos!

—¿No le da pena jugar esa mala pasada a un hermano a quien dice querer tanto?

—¿Pena? Estoy seguro de hacerle el mayor favor de su vida.

—Eso no es muy halagador para mí.

—Perdone. No estamos ahora cambiando gentilezas.

—Estoy segura de ello.

El cinismo de aquel tipo me enfurecía. Nos miramos en silencio. Leí en sus ojos el deseo de colocarme sobre sus rodillas y azotarme con una correa.

—Está poniéndose en ridículo con esa insistencia. Me ofendería si no supiera que no soy la mujer que usted imagina...

Se encogió de hombros con un gesto tan elegante, que me hubiera gustado pedirle que lo hiciera otra vez.

—Sé qué clase de mujer es usted. Y porque lo sé, no me pierdo en conjeturas.

—¿Considera correcta su actitud...? ¿Le parece noble y generoso birlarle una conquista a su hermanito?

Abrió los oscuros ojos, tan llenos de lucecitas.

—¿Bir... lar... le...?

La expresión no era muy fina, y me arrepentí.

Mi abuela se quejaba de que me daba por copiar las frases menos distinguidas del vocabulario de mis amigos. Lo de «birlarle» era de Vicente, el repartidor de leche de Villamar, que, aunque no era precisamente mi amigo, me explicaba a todas horas que él no era capaz de «birlarle» a nadie cinco céntimos echándole agua a las jarras.

—Si no le parezco suficientemente buena para su hermano, ¿por qué he de serlo para usted?

Estaba jugando con él. Me divertía tomarle el pelo a un hombre tan orgulloso y engreído de sí mismo. Con una sola palabra podía deshacer el equívoco, pero esperé. Estaba bien claro que Jaime Oliver me confundía con otra persona. Esa persona solo podía ser la misteriosa rubia que no acababa de llegar nunca. Cuando todo se aclarase, quedaría en ridículo por haberle hecho una proposición vergonzosa a una chica ajena al conflicto familiar. ¡Cómo iba a gozar al verle confundido y en evidencia! ¡Qué fenómenos de hermanitos!

De momento parecía avergonzado. Por el contrario, la expresión de su rostro fue tan impertinente, que me irritó todavía más.

—¡Birlar una conquista! —repitió lanzando una risita despectiva—. ¿Ha llegado a pensar que...? —Volvió a reír, reclinándose más en la silla—. Temo haber sido mal interpretado... Estaba limitándome a ofrecerle un trabajo en el teatro cuando la invité a venir conmigo. —Me miró, regodeándose al verme tan colorada—. Armando me habló de su afición. Por poco temperamento que posea podrá hacer carrera junto a mí. Naturalmente, no debutará como estrella. Tendrá que empezar con pequeños papeles; pero el sueldo será generoso. Podríamos, incluso, fijar ya una cifra.

Citó una cantidad fabulosa.

El helado se derretía en la copa sin que yo me diera cuenta, absorta en la conversación.

—¿Qué ha dicho? —inquirí. Y él creyó que vacilaba.

—Bien, subiré un poco más. Un sueldo fantástico que no figurará en la nómina, puesto que será un acuerdo particular.

Yo repetí, como un eco:

—¿Todo ese dinero para mí?

Temió que me burlase. Se puso agresivamente serio.

—Naturalmente. Y viajes pagados.

Suspiré. No podía hacer otra cosa. Me ofrecían una fortuna y tenía que rechazarla.

—La única condición indispensable es esta: Armando debe ignorar que usted viene conmigo —puntualizó—. Tiene que realizar un viaje de estudios a Guinea. Me interesa que realice ese viaje de fin de carrera. Sus cursos de ingeniero han sido brillantísimos… Llegará muy lejos si se toma interés por la profesión.

Me encogí de hombros. Ya estaba harta de oír hablar del niño prodigio. Tenía sueño y el *tête-à-tête* con el eminente artista no resultaba agradable, dadas las circunstancias. Podía haber sido maravilloso si él hubiese querido que lo fuera. Pero no quería. Continuó haciendo proyectos, y a mí continuó escociéndome la risita lanzada y el burlón comentario con que acogió mi frase sobre el supuesto robo de conquistas...

—Mañana por la noche salgo para Sevilla con mi Compañía. Permaneceremos allí una semana y después iremos a Portugal. Daremos en Lisboa unas cuantas representaciones de teatro español. ¿Le interesa?

Ya lo creo que me hubiera interesado si la oferta me la hiciera realmente a mí... Recordar el mundo dentro de aquel ambiente terrible y fascinador que se escondía bajo las palabras «Compañía teatral». Dinerito abundante y viajes pagados...

—Debe aceptar. El tiempo y la separación harán que Armando la olvide. Y me figuro que también usted conseguirá calmar su «terrible» sufrimiento.

La frase hubiera sido encantadora de no ir acompañada de la despectiva sonrisa. Mi furor estalló.

—¿Sabe usted algo de sufrimientos y de corazones lacerados?

—¿Por qué no...?

—Los artistas carecen de intimidad espiritual. Fingen tantas pasiones en escena, que no pueden sentirlas en la vida real. Para ellos, el mundo es un simple espectáculo público en el que es necesario tener éxito, desplegando atractivo personal... Me horrorizan. Los considero como discos de gramófono que repiten las palabras escritas por otros más listos que ellos.

Creí que estaría indignado, pero me engañé. Ni un músculo de su cara se alteró. Incluso me dio la impresión de que mi rabieta le divertía.

—Me agrada su opinión —dijo con una burlona reverencia—. Hasta ahora nadie me había llamado disco.

—Disculpe mi excesiva franqueza. De vez en cuando les conviene a los ídolos bajar del pedestal y quitarse la aureola para oír unas cuantas verdades.

—Siento un gran alivio. La aureola me estaba produciendo jaqueca. Estoy mejor así, sin nada en la cabeza. Pero ¿de qué hablábamos?

—No recuerdo. Quizá del Club Anti-Roldanista...

Rio. Rio de veras y se puso guapísimo. Desvié la mirada porque me daba rabia encontrarle atractivo. Le odiaba. No sabía por qué, pero le odiaba.

—Bueno... ¿Acepta mi oferta?

—Si la aceptase, Armando se enteraría en seguida.

—Durante varios meses no podremos vernos. Después... el capricho habrá pasado. No tengo la menor duda.

Esta vez fui yo quien lanzó una risita irritante.

—¿De qué se ríe? —preguntó.

—De nada. De mis pensamientos. ¿Es que no puedo reírme...?

—Puede y debe hacerlo... La favorece mucho. —Estaba impaciente mirando a todos lados como si temiese ver regresar a su hermano de un momento a otro. Yo también empezaba a extrañarme de que el cachorrillo no diera señales de vida. ¿Se habría desmayado junto al teléfono?

—Puedo garantizarle un contrato por seis meses —insistió. Y a continuación se levantó, dando la conversación por concluida.

¡Seis meses! A razón del sueldo ofrecido y aun suponiendo que gastara la mitad, siempre me quedaría libre un capitalito con el que emprender cualquier negocio.

Me pareció oír una vocecita que gritaba: ¿Por qué no, Anita...? Trata de conseguirlo. Esto puede variar el rumbo de tu existencia... Es tu gran oportunidad. No la rechaces... Estos dos hermanitos se han atravesado en tu vida sin que los llamaras. Te han colmado de insultos injustificados, te han zarandeado moral y materialmente... Aprovéchate del equívoco y toma venganza. Cada uno de ellos se empeña en que eres una chica que no eres. Demuéstrales a ambos quién es Anita Revoltosa».

Me pasé la mano por las mejillas, que ardían. La atmósfera estaba cargada de electricidad y saturada de aventura.

—Señor Oliver —dije deteniéndole con un gesto—, estoy tentada de tomar en serio su oferta. A pesar del gran dominio que ejercía sobre sus gestos, noté que mis palabras le aliviaban inmensamente.

—¿De veras...?

Se inclinó un poco y de nuevo catalogué otros elementos componentes de su delicioso aroma. Olía a jardín en noche de verano, a revista americana de papel cuché. A guantes de piel de Suecia. A gardenias. A caja de cigarrillos recién abierta. Aspiré con disimulado deleite y sonreí a medias.

—Sí... Me gustaría mucho dedicarme al teatro.

—Conozco un lugar tranquilo donde podríamos seguir hablando. ¿Quiere acompañarme? ¡Irme! Dejar plantado al furioso cachorrillo. Vacilé. Él insistió:

—Es lo mejor que podemos hacer. ¿Vamos...?

Una vez decidida a cometer aquella locura, no quería retroceder. Asentí y nos levantamos.

—Saldremos por aquel otro lado —indicó.

Estaba en todos los detalles. Parecíamos dos personajes de una novela francesa pecaminosa. Pero la realidad era muy otra.

Uno en pos del otro atravesamos el conglomerado de mesitas. Junto a una de ellas se incorporó la rechoncha figura del paragüero, haciéndome una solemne reverencia. Estaba impresionado por haber bailado con la supuesta novia de Jaime Oliver. Al día siguiente se lo contaría a todo el mundo, seguramente.

Por mi parte, deseando que el petulante artista se diera cuenta de que yo no carecía de amigos, dirigí al entusiasta bailarín una atontadora sonrisa. Desde la puerta me volví para decirle:

—Cualquier día iré a ver esos pingüinitos...

La cara de asombro de Oliver me hizo comprender lo estúpida que resultaba la frase. Pero ya no tenía remedio. Estaba dicha.

Sacando la barbilla e irguiendo los hombros, volví a salir de *Martino* del mismo modo que entrara. Pero con diferente acompañante. Este no era un cachorrillo. Más bien un verdadero tigre.

Las manos del tigre sobre el volante tenían diferente aspecto. Carecían quizá de la rudeza de las del hermano, pero eran más nerviosas. A la vez que agarraban, acariciaban. Resultaban mucho más sensuales y hacían pensar que al tocarlas se sentiría una sacudida eléctrica.

No habló una palabra durante el trayecto que recorrimos en su coche —largo, cerrado y de color corinto—, y al fin me encontré sentada frente a él en un rincón de un pequeño café, sorbiendo una copa de benedictino. El contraste entre aquel local y el que acabábamos de abandonar era tan notable que sacudí la cabeza para ver si conseguía despertar de aquel sueño con ribetes de realidad que estaba teniendo. Al despertar, probablemente me encontraría aún en el tren y quizá las cosas no ocurrirían igual. Doña Tula en persona estaría esperando en la estación. Al subir al espléndido automóvil de su propiedad me diría, emocionada:

—Anita, pequeña mía, he de darte una sorpresa. Soy la marquesa de Chindasvinto, lo cual te oculté porque deseaba convencerme de que me querías por mí misma. Poseo una inmensa fortuna, que compartirás conmigo. Te consideraré mi hija, y todo tu trabajo consistirá en leer en voz alta novelas de amor...

Pero por más que continué agitando la cabeza, la copa de benedictino y Jaime Oliver continuaron ante mis ojos. Y también, un poco más lejos, dos camareros flacos y soñolientos y un anciano vendedor de lotería que tomaba café junto al mostrador.

Olía a aguarrás, a pasta de limpiar metales y a serrín.

—Supongo que no tendrá remordimientos —dijo el tigre feroz, atento a la operación de encender un nuevo cigarrillo.

—Ha adivinado —confesé—. Me gusta jugar limpio con todo el mundo... y temo haberme portado muy mal dejando plantado a su hermano.

Rematadamente mal, desde luego. Le había estafado mil pesetas. Tenía que devolvérselas. Seguramente aparecería aquella noche hecho una fiera en casa de doña Tula. Imaginaba la escena que se desarrollaría. Sentí un cosquilleo de risa.

—Debe de estar muy acostumbrada a esta clase de juegos, ¿no es así...? —preguntó Oliver secamente.

Vacié la copa antes de responder. Mis últimas dudas se disiparon. Aquel par de hermanitos creían tener derecho a tratarme mal. Yo les demostraría que no eran tan listos como se imaginaban. Recibirían una lección, y, a cambio de ella, yo ganaría dinero.

—Señor Oliver —dije con mi más impresionante dignidad—, ¿cree que porque los periódicos le llamen genial y admirable tiene derecho a mostrarse impertinente con la gente?

Recogió velas. Era demasiado astuto para discutir en un momento en que yo tenía los triunfos en la mano.

—Perdone —rogó. Pero el tono le salió lo menos sumiso posible.

—Me ha traído aquí para tratar de un negocio. Acepto en un principio la oferta de trabajar en su Compañía con el sueldo ofrecido. ¿Puede darme una garantía de esa oferta?

—Ahora mismo... Le haré una carta-contrato si le parece.

Más tarde podremos formalizarlo.

—Garantía de cobrar ese sueldo durante seis meses, viajes pagados... y...

—¿Se le ocurre algo más? —dijo con ironía.

—Me parece que no. A cambio de ello renunciaré definitivamente a mis proyectos de boda con el cachorrillo.

—El qué...?

—Cachorrillo. Un nombrecito cariñoso. Mi abuelita solía decir que yo era una criatura cargada de mimos.

—¡Ah! ¿Decía eso su abuelita? —comentó fingiendo gran interés.

—Me encanta el régimen de caramelos, bombones y miel —subrayé, repitiendo las palabras que me dedicara ante el micrófono.

—Y también los piropos —puntualizó.

—Eso más que nada. Resulta tan excitante...

Me miró comprendiendo que me burlaba. Volvió a encogerse levemente de hombros de aquella manera inigualable que me daba ganas de aplaudir, y sacó una vieja cartera que desentonaba con el conjunto de elegancias de que se rodeaba. Parecía abarrotada de papelotes, y adiviné que se trataba de uno de aquellos objetos con los que los hombres se encariñaban sin saber por qué, y de los cuales no se deshacían por nada del mundo. Una adorada birria que se caía de vieja.

—Cachorrillo —murmuró pensando en voz alta—. Es, en efecto, un cachorrillo. —Sacó una estilográfica, que, esa sí, era la maravilla de las maravillas, y comenzó a escribir.

—¿Quiere decirme su nombre exactamente?

El muy bribón no se había tragado lo de Cleopatra-Ofelia. Vacilé un momento. Deseaba hacer las cosas lo más legalmente posible para que no pudieran costarme un disgusto más adelante. El hecho de que ignorase el verdadero nombre de la rubia era un tanto a mi favor.

—Yo..., pues..., bueno... Lo de Cleopatra-Ofelia solo sirve en la intimidad, como puede suponer. Oficialmente soy Anita. Es decir, Ana María Ocampo de Alvear. El contrato debería hacerse a este nombre... Pero en cartel figuraré como Cleopatra.

Sin dejar de escribir, me dio una nueva muestra de su impertinencia.

—No tiene usted noción del ridículo... ¡Cleopatra! Para una *vedette* de revista no estaría mal. Mi Compañía es algo más serio.

Me mordí los labios.

—Insisto. Figuraré como Cleo Ocampo... No. No suena bien. Cleo Alvear. Eso es. Estupendo. ¿No le encanta?

No respondió, y comprendí que no le parecía demasiado mal. Desde luego, era un hallazgo. Repetí «Cleo Alvear» varias veces, imaginando que llegaría a ser glorioso. Me gustaba. Lo adopté en definitiva.

Me tendió el papel escrito y firmado. Estaba en orden. Había una cláusula por la que me comprometía a no contraer matrimonio durante los seis meses que estuviera bajo contrato, teniendo que indemnizarlo, en caso contrario, con una cantidad equivalente a todo el sueldo a percibir durante ese medio año.

—Es una cláusula terrible —protesté por darle la lata—. Yo podría enamorarme de otro hombre que no fuese el cachorrillo y...

—Una espera de seis meses es siempre beneficiosa. Incluso podría impedirle hacer alguna tontería. Debe usted de ser una persona muy... impulsiva.

—Mi abuelita decía que sí.

Firmé dos copias que tuvo la paciencia de escribir. No estaba enamorada y no esperaba casarme en seis meses ni quizás en seis años. En cambio, tenía una gran ilusión por llegar a ser rica y famosa.

Echó una ojeada a mi firma y guardó la copia que le pertenecía en la cartera-reliquia. Luego sacó unos billetes que depositó ante mí.

—Es un anticipo sobre su sueldo. Quizá necesite comprar algunas cosas.

Miré el dinero. Cinco billetes de mil pesetas. Me latió el corazón. Hacía siglos que no veía tal cantidad junta. Desde que muriera mi abuela, había luchado oscilando entre la Q. R. y la Q. A. (Quiebra Relativa y Quiebra Absoluta). Cogí el tesoro con las mejillas sonrosadas de emoción. Ya era tarde para retroceder. Cuando aquel hombre se enterara del engaño, se convertiría en un enemigo terrible, pero mi comtrato estaba a nombre de Anita Ocampo de Alvear, y esa importante persona era yo misma. No sería capaz de dar un escándalo ni de reconocer públicamente que se dejara embaucar por una muchachita provinciana. ¡Él! ¡El hombre que jamás cometía un error!

A pesar de todo, al guardar el dinero me sentí incómoda, como un paquete mal hecho. Procuré sonreír, pero sin hoyito.

—Gracias. Ahora debo irme.

—Está bien. Recuerde que mañana por la noche tiene que estar en la estación del Mediodía. Infórmese de la hora exacta en que sale el expreso para Sevilla.

—Me informaré. Y no tema; soy la puntualidad personificada. Mi abuela tenía la manía de llegar a los trenes cuando aún estaban entregadas a sus tareas las mujeres de la limpieza. Yo soy como ella.

—Está usted llena de virtudes.

—Me alegra que se dé cuenta.

—Lo antes posible deberá también entregar sus documentos a mi representante para que gestione su pasaporte. Como le he dicho, vamos a Portugal.

—Parece como si hubiese usted elegido el itinerario pensando en mí. —Abrí el bolso y saqué un sobre lleno de papeles que mi tía Feliciana me había dado antes de marchar—. Para que vea que soy perfecta en todo, puedo complacerle inmediatamente. Aquí está la versión oficial de mí misma.

Se quedó mudo de asombro.

—¿Cómo...?

—Mis documentos. ¿No es eso lo que quería...? Tenga mucho cuidadito y no los pierda. Me contempló durante dos minutos como a un bicho raro y, por fin, se echó a reír, pero con risa de verdad. En aquel momento adiviné que en el interior de Jaime Oliver luchaban dos personalidades distintas. Risueña una y grave la otra.

Desgraciadamente, el Oliver formal vencía más a menudo al Oliver humorista.

Reí también y me levanté.

—Me voy. Es tarde.

Se levantó en el acto.

—La llevaré hasta su casa.

No me convenía aquello.

—Se lo agradezco. Prefiero tomar un taxi.

—¿Por qué?

—Vivo con mi tía y no le gusta que me acompañen unos y otros —mentí—. Es mejor que nos despidamos... Buenas noches, señor Oliver. Le felicito por el gran negocio que ha hecho contratándome.

Entornó los ojos y dijo despacio:

—Estoy seguro de ello. Es usted mucho más peligrosa de lo que imaginaba. Mostré el hoyito.

—¿Peligrosa...?

—Para Armando, naturalmente. Lamento decirle que en mi Compañía no tendrá ocasión de desarrollar su táctica. Somos gente seria con una sola preocupación: trabajar. Por mi parte, odio la frivolidad.

Bajé los ojos modestamente.

—¡Qué lástima! Yo soy la cosa más frívola que existe. Procuraré corregirme. En adelante dedicaré mi vida a observarle.

Dio un respingo.

—¿Observarme...?

Dice Huxley que la gente famosa debe vivir de acuerdo con su reputación. Están obligados a ser interesantes. Confío en que usted no me defraudará... Bien... Buenas noches, jefe. ¿Debo llamarle jefe, patrón, capitán o señorito Jaime...? Teniendo en cuenta que durante seis meses será usted mi amo...

—¿Por qué no llamarme señor Oliver? Es menos complicado. —Viendo que me había detenido en mitad del local, preguntó, burlón—: ¿Esperamos alguna cosa o nos vamos?

Adiviné que aquel hombre me tenía mucha rabia. Ignoraba si por creerme la novia del cachorrillo o por mí misma.

—Perdone... Estaba aturdida. Son muchas emociones para una sola noche. Subconscientemente esperaba que tocasen el himno y acercaran su carroza. No recordaba que había usted venido de incógnito.

Sin responder, abrió la puerta para que yo pasara, y cuando me adelanté sentí que la mirada de halcón me estudiaba de arriba abajo.

El limpiabotas había ido por un taxi, que ya esperaba.

—Confío en que será una persona capaz de cumplir sus compromisos —dijo mientras me subía al coche.

—Lo soy. Armando no sabrá que voy con usted. Hasta mañana, señor Oliver.

—Hasta mañana, señorita... —Otra vez se le había olvidado mi nombre.

—Cleopatra. Cuando no lo recuerde, puede también llamarme M. L. E. —dije asomando la cabeza por la ventanilla.

Arrugó el ceño.

—¿Qué nueva extravagancia es esa?

—Tengo la manía de catalogarlo todo por letras. En cierta ocasión fui archivera... M. L. E. significa «Mi Lamentable Equivocación».

Se alejó mi taxi y aún continuaba él sobre la acera tratando de descifrar aquello.

Abrir el balcón, respirar hondo y pensar que estaba en Sevilla resultaba delicioso. Me estremecí de placer bajo el percal floreado del pijama, los pies desnudos sobre el suelo de mosaico multicolor y la melena revuelta tras ocho horas de sueño tranquilo.

—¡Sevilla! —dije—. ¡Sevilla...! —Y a la vez, acuciada por una sensación de vacío en el estómago, asocié el nombre de Sevilla con las palabras «gazpacho», «aceitunas», «gambas», «chatos de manzanilla». Y, resumiendo todas mis ideas en una, decidí—: ¡Tengo hambre!

Casi instantáneamente oí una voz quejumbrosa.

—Niña... Cierra ese balcón. Tengo una propensión horrible a las bronquitis.

Me perseguían las personas con propensión a las bronquitis. Cerré, pero me quedé fuera acodándome en la barandilla sin recordar que estaba en pijama. Muchos pares de ojos mirando audazmente en dirección a mí me lo evidenciaron. Entré en seguida en el cuarto.

—¡Caramba, carambita! —dije imitando a Gilda—. Los andaluces son atrevidos.

Doña Consuelines no me hizo caso. Aún continuaba hablando de su bronquitis y abotonándose la camiseta, aunque hacía un calor regular. Ninguna bronquitis podía abatir mis ánimos en aquel momento. Estaba contenta, con ganas de cantar y de dar saltos. Me eché en la cama y di una voltereta. Doña Consuelines me miró con ojos desaprobadores.

—¿Te has vuelto loca?

Hablé con la cabeza abajo y los pies arriba.

—¡Loca perdida! Me gusta Sevilla. Nunca había estado aquí. Es la tierra de mi madre. Yo también me siento un poco sevillana.

Volví a la posición normal y canturreé:
Viva Sevilla ¡y olé!
Viva Triana...

—No alborotes, hija, no alborotes. No me gusta llamar la atención.

—¿Llamar la atención de quién, doña Consuelines? Estamos solas en esta lujosa habitación del no menos lujoso hotel llamado... *Pensión Gómez*. Nadie se ocupa de nosotras.

Mi interlocutora suspiró:

—Ahora has dicho algo acertado. Nadie se ocupa de nosotras. Nadie nunca se ocupó de mí. Siempre fui una pobre mujer que luchó sola honradamente. Honradamente, ¿comprendes? Yo no soy de esas que... En mí no hay nada confuso...

No lo había, realmente. Doña Consuelo Mendoza, familiarmente llamada doña Consuelines, y más familiarmente aún apodada «Torturas Mentales», era, sin confusión posible, la característica de la Compañía, y también, sin duda alguna, una birria femenina. Birria y decente a carta cabal, según se decía para hacerle justicia. Su fealdad tranquilizadora, su edad respetable y su propensión a ver el lado amargo de las cosas me hizo, por contraste, simpatizar con ella. Desde el primer momento me atrajo aquel abismo de virtuosa fealdad. Como todo el mundo se burlaba de ella y yo le demostré durante el viaje cierta cordialidad, me tomó bajo su protección, recomendándome la *Pensión Gómez*, que ya conocía, y compartiendo la misma habitación, para que nos saliera más barato.

Empezó a referirme el sueño que había tenido. Según me dijeron, tenía por costumbre narrar todas las pesadillas que la aquejaban diariamente, pesadillas atroces que le valieron el apodo de «Torturas Mentales». Solo Freud hubiera podido explicar el motivo de que aquel ser tan apacible padeciese tan espantosas visiones.

A doña Consuelines se le hacía la boca agua describiéndomelas.

—Soñé que tenía la facultad de poder desarmar a las personas. Desarmarlas miembro por miembro, ¿comprendes? Igual que si fueran muñecos atornillados. Y desarmaba a toda la Compañía. Primero, a Oliver. Le quitaba las piernas y brazos y los colocaba en un montón aparte. Después a Bárbara Palma —se refería a la primera actriz, la guapa morena que trabajaba en *Un marido perfecto*—, pero solo conseguía quitarle uno de los brazos... Bueno, no te canso más. Desarmaba a todos, haciendo un enorme montón con brazos, cabezas y piernas. Cuando estaba contemplando mi obra, sonaba la voz del avisador: «¡Tercera llamada! ¡A escena!». Febrilmente traté de reparar el desastre. Los armé tan de prisa, que coloqué a Bárbara las piernas de Valdés, el apuntador. A Oliver le quedó la cabeza hacia atrás. A Suárez le faltaba un brazo. ¡Horrible! Cuando me desperté, estaba más cansada que antes de acostarme.

Y «Torturas Mentales», abrochándose el último botón, se bajó de la cama —yo ocupaba una turca en el rincón opuesto— y comenzó a calzarse, cambiando el curso de sus pensamientos hacia otro tema no menos pesimista. Empezó a dialogar con sus pies.

—Ahora os toca sufrir a vosotros, pobrecitos. Empieza vuestro martirio. Y todo porque la estúpida humanidad creyó necesario meteros en unos potros de tortura llamados zapatos, como si no fuese más lógico andar descalzo... Tengo que sacrificaros, hijos míos. Yo sola no puedo desafiar al mundo yendo sin zapatos por la calle y saliendo descalza a escena. No puede ser. ¡Adentro, hijos...!

No pude contenerme y rompí a reír. Doña Consuelines era un manantial inagotable de alegría para mí. Su pesimismo excitaba mi sentido del humor.

Tenía estatura corriente, y las piernas y los brazos, delgaditos como alambres. El pecho, hundido como una sima. Se teñía las canas dándole al cabello un tono rojizo tirando a violeta. La cara era blancuzca y blanda, como una rodaja de merluza cocida. Se pintaba los ojos bordeándolos con un círculo negro que le daba aspecto de fantasma cadavérico, pero de fantasma malintencionado que disfrutase dándole sustos a la gente. Como hubiera dicho Arturo, era «terriblemente soltera».

No se ofendió al ver que me reía. Estaba acostumbrada a que todo el mundo se riera en cuanto abría la boca, porque, entre otras cosas, era una actriz cómica eminente.

—Doña Consuelines, tengo hambre —dije cuando conseguí ponerme seria—. ¿No podríamos irnos por ahí a merendar?

—Querrás decir a cenar. Son las ocho y media. Hemos pasado todo el día durmiendo.

—¡Pero si aún hace sol!

—Los días son largos en junio. Vamos, no me entretengas. Tenemos que cenar para ir al teatro. Aunque no trabajes hoy, debes hacer acto de presencia. Supongo que no querrás que don Jaime te tome ojeriza. Le gusta la gente trabajadora. Es bueno, pero severo. ¿Cómo has conseguido que te contratara careciendo, según dices, de experiencia? Tendrías buena recomendación...

Yo me había quitado ya la chaqueta del pijama y me estaba lavoteando en una enorme jofaina llena de agua fría. La *Pensión Gómez* no era lo suficientemente cara como para tener agua corriente en todas las habitaciones.

—¿Recomendación...? Sí. Tengo un... un pariente a quien Oliver no le niega nada.

Cuando me sequé, vi que doña Consuelines me miraba de reojo, tratando de disimular la curiosidad que, como a los demás, le produjo mi repentina aparición la noche antes en la estación del Mediodía. Fue, en efecto, una llegada sensacional, acompañada de una llorosa doña Tula y de un jadeante Gaspar arrastrando la misma maleta que maldijera veinticuatro horas antes. Solo veinticuatro horas, que quedarían indeleblemente grabadas en mi vida...

La primera sorpresa la recibí cuando llegué a casa apretando con alegría el bolsillo, en el que guardaba seis mil pesetas y un contrato, y me enteré de que el cachorrillo no había aparecido a reclamar su dinero. Ni apareció tampoco durante todo el día siguiente, siendo esperado por una furiosa doña Tula, cuya dignidad profesional sangraba.

—¡Pretender que yo me retracte de lo que le dije a un cliente! —rugía—. ¡Jamás, aunque me desollase viva! ¡Lo que yo daría por haber estado aquí cuando llegó ese prójimo...!

Pero yo me alegraba de que no hubiese estado, porque, gracias a ello, comenzó mi aventura.

También tuve que secar sus lágrimas al enterarse de mi marcha a Sevilla. Habíame limitado a explicarle que una suerte inaudita me hizo conseguir aquel contrato la primera noche de mi estancia en Madrid. Lloró tanto, que hasta Gilda, la cotorra, acabó por gritarle: «¡Cállate, caramba!», lo que la hizo quedar muda en el acto, no sé si porque respetaba mucho a la cotorra o porque el manantial se había secado. Dejó de llorar y se empeñó en salir de compras conmigo.

¡Qué encanto de mañana dedicada a tiendas! ¡Qué delicia mis tres vestidos de tarde y los dos de noche, adquiridos por poco precio a una amiga de mi compañera, revendedora de ropas de un estudio de cine! Adquirí muchas otras cosillas, entre ellas unos pendientes de fantasía para doña Tula. Eran algo horripilantes; parecían dos ensaimadas; pero se encaprichó de ellos de tal modo, que hubiese sido una crueldad negarle su par de bollos.

Madrid me fascinó. Sus lujosos almacenes y el bullicio de la calle me electrizaron, obligándome a decirme a mí misma: «Volverás, Anita. Volverás a esta gran ciudad apenas entrevista. Irás de nuevo a *Martino* con un vestido deslumbrador, y no bailarás con viejos regordetes, sino con una pareja exclusivamente tuya... Un chico alto, de cabellos claros y manos fuertes...».

Sin saber por qué, idealicé a mi pareja como a una especie de cachorrillo, pero un cachorrillo amable que no pensara en novias huidizas. Recordé su voz diciendo: «Yo no soy un rubio peligroso», y me dije que lo era tanto como una carga de pólvora.

Por contraste, pensé también en el otro hombre moreno, serio, reconcentrado y pedante. ¡Un tipo odioso!

En la estación le vi unos minutos, el tiempo suficiente para que indicara mi presencia y situación a su representante, que se hizo cargo de mi persona. Luego desapareció entre las elegancias de su cochecama.

Yo fui colocada en uno de primera clase, entre un grupo de artistas que en los primeros momentos me recibieron con inusitada frialdad y que acabaron por compartir conmigo su tortilla de patatas y sus filetes empanados. Se trataba de gente de la Compañía.

A través del pasillo me dirigí infinitas veces al vagón restaurante, invitada por unos y otros a tomar café. Tantas tazas de café, que me impidieron pegar ojo en toda la noche, a pesar del cansancio que suponía hacer dos largos viajes en tan corto intervalo. Tomar café era el vicio de la gente de teatro, según pude observar. En una de aquellas primeras visitas al restaurante vi a Jaime Oliver ante una mesita, tomando café también, con Bárbara Palma. Los ojos de ella se posaron curiosamente en mí, y vi que se inclinaba a preguntar a mi compañero. Me sentí feliz por llevar puesta una de mis recientes adquisiciones: un trajecito beige que era una joya. ¡Qué hubiese dicho mi coro de viejos villamarenses al verme suprimir el luto por la abuelita! Érame, sin embargo, preciso que mis vestidos sirviesen para todo. El traje beige en cuestión era un amor. Ponía de relieve mis encantos de *fausse maigre*, haciendo hincapié en el *fausse* de un modo un poco escandaloso, aunque inevitable.

Oliver apenas se dignó mirarme. Ni con vestidos nuevos conseguía despertar su interés. Excusado está decir que él llevaba lo más elegante que nadie se puso jamás en un viaje. El representante me entregó un ejemplar de la primera comedia que yo debería ensayar y que tenía un título que se me antojó profético: *Grandes destinos*. Lo leí al comenzar el trayecto. Cuando me di cuenta del papel que se me adjudicaba, rugí de ira. Tuve que ahogar mi decepción royendo la punta de mis guantes y diciéndome que era natural que Oliver no tuviese el menor interés en hacerme célebre, puesto que le resultaba odiosa.

No fue la brevedad del papel lo que me indignó. No me hacía ilusiones de debutar con grandes parlamentos. Supuse que haría doncellitas pizpiretas y atractivas muchachas del gran mundo que resultasen decorativas, aunque apenas despegasen los labios. Pero nunca imaginé que el tipo de señora Aldama que me fue adjudicado hubiese sido descrito por el autor como «anciana elegante de sesenta años»... ¡Inaudito!

El representante me dijo que tendrían que maquillarme. Naturalmente. ¿Cómo iba, si no, a resultar anciana con mi rostro fresco y mis veintitrés años pimpantes...?

Estudié el breve papel a una velocidad de vértigo. Mis diálogos eran los siguientes:

ACTO PRIMERO

SEÑORA ALDAMA. — (*Riendo.*) ¡Por favor, querido amigo, no me adule de ese modo!

ACTO SEGUNDO

SEÑORA ALDAMA. — (*Con ojos espantados.*) ¿Quién? ¿Yo?

ACTO TERCERO

SEÑORA ALDAMA. — (*Radiante.*) ¡Si parece imposible!

TELÓN

Dudo de que ningún artista ganase nunca tanto dinero por decir tan poco. Con seguridad, después de Bárbara Palma, era yo la persona mejor pagada de la Compañía.

¡Qué gigantesco error el de Oliver...! Gozaba saboreando mi secreto. Una refinada venganza que me compensaría de todas las malas jugadas que tratase de hacerme. Por lo pronto, yo aprovecharía la oportunidad de perfeccionar junto a él mi temperamento artístico..., si es que lo tenía.

En aquel atardecer sevillano, confiaba en que sí. Todo lo veía de color de rosa.

—*Viva Sevilla y olé...*
Viva Triana.
Que está loquito por mí
me dice al oído...

Doña Consuelines volvió a llamarme al orden.

—¿Por qué tienes que cantar a todas horas? —gruñó con cierta benevolencia—. Nunca me han gustado los cánticos. Tuve un pretendiente, tenor de grandes vuelos, que en cada frase intercalaba un gorgorito. «Consuelo, encanto mío, ¡do, re, mi, fa!» «Te adoro, chatita, ¡sol, la, si, do!». Lo dejé. Luego me arrepentí. Hizo una gran carrera.

—¿En la ópera...?

—No. Es administrador de Correos de Montebajo, un pueblecito de Levante. Abandonó el teatro. No se le oía ni en las primeras filas.

Aún me estaba riendo cuando concluimos de arreglarnos y nos sentamos a tomar una sencilla pero sustanciosa cena en el comedor de la pensión, ocupado por gentes de diversas clases. Nos instalamos con dos figuras de la Compañía: el matrimonio Valdés, conocidos por *la Belle et la Bête*. Ella era una damita joven, delgada, rubia y espiritual. Él, con su metro noventa de estatura, cien kilogramos de peso y nariz aplastada de boxeador. ¿Por qué habría elegido una profesión tan sedentaria como la de apuntador aquel hombre, al que uno imaginaría mejor con un hacha cortando árboles? Sin embargo, la *Belle* parecía encantada con su *Bête*. Continuamente le acariciaba el cogote y le llamaba «chiquito». Él se dejaba querer y ponía cara de hipopótamo mimoso. Nos acogieron afectuosamente, y durante la cena escuché tantos chismes de teatro, que a los postres ya me consideraba una veterana por el hecho de no ignorar que la Barret se había separado de Gámez, y que Benito, el de Novedades, acababa de perder en accidente de automóvil a su suegra y a sus tres cuñadas, por lo cual todo el mundo se apresuraba a felicitarle. Salimos al fin a la calle. Teníamos el tiempo justo para tomar café, el inevitable café, antes de la función. La noche sevillana, ardiente, bulliciosa y sensual, nos envolvió al salir del portal y atravesar una plaza con jardines para desembocar en la famosa calle de las Sierpes. Una callecita estrecha, asfaltada, que parecía insignificante si Andalucía no le prestara su encanto convirtiéndola en una de las más interesantes del mundo. Aspiré fuerte. Olía a canela, a jazmines, a pimienta, a azahares y a alegría. También la alegría tenía su aroma. Doña Consuelines tiraba de mí porque me empeñaba en detenerme ante todos los escaparates iluminados.

—¡Vamos, hija mía! Se te pega la nariz al cristal...

Nunca en mi vida escuché tantos piropos. ¡Qué ardor el de los sevillanos! Si yo fuese en efecto «la señorita que prefería los piropos», según frase del odioso Oliver, habría estado satisfecha. ¡Qué ardor y qué osadía apenas encubierta por la sonrisa cortés! Los ojos chispeantes, enormes, abrasadores.

Me dejé caer en una butaca de mimbre en la terraza de un café y por segunda vez exclamé:

—¡Caramba con los andaluces! Me siento trastornada. Voy a tomar un helado.

Me trajeron un helado enorme, en una copa preciosa, acompañado de unas galletitas de coco. Los compañeros me miraron desaprobadoramente, censurándome por el gasto superfluo. Tendría que ser cauta, porque ellos ignoraban que yo era una ricacha. En la nómina figuraba con el sueldo mínimo. Disimularía mi pasión funesta por los helados y los tomaría a escondidas.

A los cinco minutos de habernos sentado empezaron a llegar nuevos elementos de la Compañía. El grupo se iba ensanchando, y al poco rato parecíamos una *troupe* de circo con elefantes y todo. Nunca se había visto tan concurrida la terraza del pequeño bar titulado *Oro de Ley*. Los hombres que entraban y salían se detenían a mirarnos y comentaban:

—Son los cómicos que debutan en el San Fernando.

Enrojecí. Una vocecita me gritó: «¿Eres una cómica, Anita?». Pero como ya había sido vendedora de bocadillos y pitonisa, ahogué la voz de mi conciencia metiéndome en la boca una gigantesca cucharada de helado. ¿Qué esperaba mi familia de mí? ¿Que volviese a Villamar y acabara casándome con Amadeo, el solterito predilecto de las mamás, que además de ser sobrino del farmacéutico era bajito, nudoso y retorcido, con la espalda llena de pelos, según pude advertir en la playa? Tantos pelos, que parecía llevar colgado un manto de felpa. Ser abrazada por aquello equivalía a caer de golpe en las selvas del Amazonas.

Pensé en Arturo, sin saber por qué, en su espalda dorada por el sol, tan doradita como una tostada que estuviese a punto.

—¡Buenas noches a todos!

Con la velocidad de un relámpago creí estúpidamente que quien saludaba era el propio Arturo, cargado con su cartera de muestras de polvos matarratas, de jabones y de ligas para caballero. Nada me hubiera extrañado encontrarlo en la calle de las Sierpes. Ni tampoco en el Congo.

Pero no era Arturo. Se trataba de un desconocido que fue saludado con grandes aspavientos.

—¡Caramba, si es el Mago!

Miré al hombre que se acababa de detener ante nosotros y que respondía al singular apodo de «Mago». Rondaría la treintena y era más bien bajo que alto, de una delgadez reseca, pero atrayente, poseyendo huesos estéticos. Llevaba los cabellos demasiado largos y sus inteligentes ojos brillaban tras unas gafas modernas.

Sin contestar apenas, el Mago cogió la única silla libre y se sentó en ella, a caballo, ante nuestro velador, es decir, ante el velador primeramente ocupado y que fundara toda la tribu de veladores. Sin perder la sonrisa fue mirando a todos, uno por uno, hasta detenerse en mí. Su sonrisa se acentuó.

—Hola, Carita Nueva.

Devolví el saludo:

—Hola.

—Carita nueva y bonita.

—No sé si será bonita. Nueva, no. La estoy usando hace mucho tiempo.

—¿Hace quince años tal vez...? —Sin esperar mi respuesta, se volvió hacia los otros y continuó hablando—. Estoy contratado para ir con vosotros a Portugal.

Siguió un coro de exclamaciones.

—¿De veras? ¡Qué suerte!

—Oliver me contrata para *Grandes destinos*.

—Es una buena noticia. Necesitamos una inyección de optimismo. La Compañía parece una comitiva fúnebre. Somos demasiado serios.

No me habían parecido demasiado serios, pero callé escuchando a unos y a otros con los ojos bien abiertos y la boca llena alternativamente de helado de vainilla, fresa o chocolate. De todo había en aquella copa mágica. Cuando llegase al fondo quizás encontrase una moneda de oro, como en las tortas de Reyes de mi infancia.

Doña Consuelines, alias «Torturas Mentales», tomaba la palabra:

—Soñé hace días contigo, Mago. Un sueño rarísimo. Figúrate que íbamos juntos por una calle llena de gente, y de pronto yo empiezo a disminuir de tamaño. Tú decías: «Pero Consuelines, ¿qué te pasa...? Ya solo me llegas a las rodillas». Yo trataba de estirar el cuello, pero era inútil. Tan solo alcanzaba a tus tobillos. Veía tus calcetines de rayas y los cordones de los zapatos al borde de mi nariz. Te hablaba y no me oías. La gente se detenía gritando: «¡Mirad qué cabeza tan cómica andando por el suelo!». Y es que ya solo era eso, una cabeza sin cuerpo. Entonces tú te agachabas, ponías mi cabeza debajo del brazo y decías: «Hay muchos chicos por este barrio y no quiero que te tomen por un balón de fútbol, Consuelines...».

Mi compañera de habitación estaba consiguiendo un éxito. Todos la escuchaban boquiabiertos. Un muchacho vendedor de mojama, que se acercó a escuchar, salió huyendo con ojos de espanto. Al concluir la narración, «Torturas Mentales» suspiró, bebió un sorbo de café y se recostó en el sillón. El Mago reía bajito.

—Siempre te dije que tu porvenir estaba en Hollywood. Pero como guionista. ¡Qué gran imaginación la tuya!

La interpelada bajó los ojos modestamente.

—Sí. Tengo un subconsciente algo deformado. Una vez conocí a un psiquiatra en el tren y me dijo que era una demente en potencia.

Tras de lo cual abrió el bolso, sacó un pañuelo, se sonó ruidosamente y empezó a comer los cacahuetes que alguien dejara en el platillo.

Poco después nos dirigíamos todos en grupos hacia el teatro.

Me sentía excitada. Empezaba mi nueva vida bohemia. Aquella bohemia que entraba por la puerta de los artistas y que reía, gozaba y lloraba entre bastidores, respirando nubes de polvo, olor de cremas rancias y atmósferas de chismes y cuentos. El dios del pequeño mundo era Jaime Oliver. Un dios elegantísimo que, dando buen ejemplo de puntualidad, estaba ya en su camarín. Cepillándose el traje se hallaba su criado, un ser melancólico a quien todos llamaban Ciprés.

Conforme pasábamos ante la puerta entreabierta tuvimos que saludar.

—Buenas noches, señor Oliver.

Algunos decían:

—Buenas noches, don Jaime.

Yo me limité a murmurar:

—Buenas noches —mirando hacia otro lado. Como a todos, me respondió con cierta amabilidad:

—Buenas noches.

Asistí a la divertida escena del reparto de cuartos. Más o menos la Compañía entera gruñó quejándose de que su camarín era el más incómodo y amenazando al representante con decírselo a don Jaime. Pero nadie se lo dijo. Media hora después, todos estaban vistiéndose y pintándose para efectuar el estreno en Sevilla de *Un marido perfecto*.

Yo fui quien realmente no tuvo suerte compartiendo un cuartito incómodo con otra chica llamada Luz, que, aunque de poca categoría artística, me daba consejos como si fuese Bárbara Palma. Era una morena menuda y vivaz, de cara provocativa y mentalidad de hormiga. Entre otras cosas dijo, mientras se arreglaba para su breve aparición en el segundo acto:

—… y sobre todo no pierdas el tiempo con don Jaime, si es que has pensado en eso. No se fija en las chicas de la Compañía. Frecuenta la alta sociedad, ¿sabes? Es el ídolo de condesas y duquesas. Se lo rifan, hija. ¡Y qué guapo es! ¿Verdad? Pero no hay quien consiga pescarlo. Aunque debe divertirse lo suyo.

A través de la puerta oímos la voz del Mago preguntando:

—¿Puedo pasar, niñas?

Luz gorjeó alegremente:

—¿Qué andas zascandileando por aquí?

—Busco bellezas para mi colección. ¿Puedo colocaros en mi álbum atravesadas con un alfiler? ¿O preferís colocarme en el vuestro de objetos feos e inservibles?

Se sentó en la única silla libre, a caballo, como de costumbre. Luego me miró con descaro. Vuelta de espaldas, fingí abstraerme colocando frasquitos sobre el tocador. Adiviné que sonreía.

—Carita Nueva no quiere al Mago. No sabe que para hacer carrera en el teatro es preciso quererme un poco. Un impuesto que no hay más remedio que pagar.

Me volví a mirarle.

—Supongo que será usted uno de esos personajes ricos e importantes que ayudan a las pobrecitas principiantes.

Se echó a reír. Empezaba a resultarme simpático.

—¿Rico? ¿Importante...? ¿Oyes esto, Luz...?

Luz no oía nada porque el avisador la mandó salir a escena. Quedamos solos en el pequeño cuarto, que olía a polvos de arroz.

—Soy más pobre que las ratas y menos importante que una hormiga, ¿sabes, Carita Nueva? Déjame que te tutee. Somos compañeros.

Me encogí de hombros.

—¿Eres actor...?

—Solo en la vida real. Represento el papel de chico alegre y encantador.

—¿Y no eres un chico alegre y encantador?

Se quitó las modernísimas gafas y las limpió cuidadosamente. Tenía unos ojos grises muy aceptables bajo las cejas hirsutas, en las que cada pelo marcaba una dirección, como si tuviese personalidad propia. La mirada resultaba dulce e insistente, de miope.

—¿A ti qué te parece?

—Que no eres mal actor. Resultas algo alegre y algo simpático...

Volvió a sonreír, se puso las gafas y me inspeccionó de arriba abajo. Al fin dijo:

—¿Por qué has hecho esta diablura?

Me desconcerté.

—¿Diablura...?

—Esta diablura de trabajar en el teatro. No perteneces al ambiente. Se nota a la legua.

Me divirtió su perspicacia.

—¿A qué ambiente pertenezco, pues?

—Eres una hija de familia acomodada y pacata. La oveja negra que escandaliza a las tías con sus comentarios vanguardísticos a la hora del té.

—¿Y qué más...?

—Nada más. Vuelvo a repetir mi pregunta: ¿por qué has hecho esta diablura?

—Supongo que habrás oído hablar de una cosa denominada vocación artística...

—¡Hum...! Con esa boca y ese pedacito de nariz estás predestinada al matrimonio. Eres demasiado bonita. Cualquier otro camino te resultará peligroso. ¿Cómo te llamas?

—Cleo Alvear. ¿Y tú?

—Respondo por el bonito nombre de Luis. Luis Guevara. Resulta suave, ¿verdad...? Yo también lo soy.

—¿Por qué te llaman Mago?

—Aunque mi modestia se sienta herida, debo aclarar que consideran que tengo unas manos mágicas.

—¿Eres músico?

—Solo maquillador. Un oficio como otro cualquiera. Pero soy el mejor maquillador del mundo.

—¿Maquillador? ¿Esos que pintan las caras...?

Puso los ojos en blanco y alzó los brazos al cielo.

—¡Oh, la inexperiencia de los debutantes! Sí, hijita. Soy un pintacaras, si quieres llamarlo así. Generalmente trabajo en los estudios de cine, pero ahora Oliver me ha contratado para toda la temporada. En *Grandes destinos* representa a un hombre deformado por un accidente. Requiere un maquillaje muy trabajoso. Yo seré el encargado de afear ese rostro que tanto encanta a las mujeres.

Por segunda vez en media hora oía hablar del encanto de Jaime Oliver.

—A ciertas mujeres —corregí—. A mí me parece un pedante insoportable.

Frunció el ceño y lo defendió calurosamente con la honrada generosidad que los hombres demuestran unos hacia otros y que desgraciadamente nosotras no sabemos imitar.

—¿Pedante? Nada de eso. Es un artista genial y un hombre sencillo. Vale más que toda la pandilla teatral junta. Es el aristócrata de nuestro teatro. El único que le da un poco de tono... Un verdadero gran señor. Siento que no te sea simpático.

Temí haber sido indiscreta.

—No he dicho que no me sea simpático. Solo que...

—Solo que aún no te ha dicho piropos, ¿verdad? No te apures. Si tú te empeñas te los dirá... Pero preferiría que dirigieras tu artillería hacia mí. Estoy ya tan predispuesto...

Era el primer hombre que me hablaba con amabilidad desde hacía dos días, y mi corazón lo agradeció. Le dirigí la sonrisa del hoyito y él sonrió, alborotándose el cabello.

—Vamos a divertirnos mucho en Portugal, ¿quieres? Nada temas de mí. Soy un buen camarada y sé respetar a las muchachas que merecen respeto. Pero... ¿por qué vamos a esperar hasta Portugal? ¿No nos hallamos en Sevilla, la tierra mágica que los folletos cantan en todos los idiomas...? ¿Tienes que actuar esta noche?

—No. Pero no esperes que me vaya por ahí contigo a la *Venta de Eritaña* o a otro sitio por el estilo. Recuerda que pertenezco a una familia pacata...

—... de la cual eres la oveja negra...

—Pero no lo suficientemente negra.

Suspiró.

—Está bien. Iré a buscarte mañana temprano para mostrarte Sevilla a la luz del sol. Supongo que aún no tendrás el feo vicio de los cómicos de perder la mañana durmiendo. ¿Dónde te hospedas?

Se lo dije.

—Bien. Iremos a ver Triana, el Guadalquivir, la Torre del Oro y «toítas las cosas». ¿De acuerdo? Se lo prometí, y con la promesa se fue a seguir zascandileando por los cuartos de las actrices. Tenía la impresión de haber encontrado un amigo. Bajo aquella aparente capa de frivolidad debía de esconderse un carácter interesante.

Doña Consuelines me habló de él mientras regresábamos a casa después de la función. Afirmó que, en efecto, era un genio en su profesión, aunque no sabía administrarse. Había estado en Hollywood ganando un dineral, y regresó a Europa siguiendo a una francesa que después le dejó plantado y sin un céntimo. Todos le consideraban un buen muchacho.

Al salir leí en la tablilla el siguiente aviso:

MAÑANA A LAS TRES DE LA TARDE ENSAYO DE
«GRANDES DESTINOS»

Me corrió un escalofrío por la espalda. La perspectiva del ensayo me impidió dormir.

Doña Consuelines soñó aquella noche que estábamos las dos en Nueva York, pero no éramos mujeres, sino perritas vagabundas que husmeábamos dentro de todos los cubos de basura.

«Torturas Mentales» no descansaba un minuto.

✤

La mañana pasada en el Parque «María Luisa» en compañía del Mago resultó agradabilísima. Me chocaron el color del cielo y de la tierra en Sevilla. El primero, azul celeste, y la segunda, castaño fuerte. Sentados bajo la estatua de Bécquer en la glorieta del mismo nombre, el Mago se puso sentimental y me recitó aquello de:

Porque son, niña, tus ojos
verdes como el mar, te quejas...
Verdes los tienen las náyades,
verdes los tuvo Minerva
y verde es también la pupila
de las huríes del profeta...

Yo, alentada, recité otra rima del inmortal poeta:

*¿Qué es poesía?, dices mientras clavas en mi pupila
tu pupila azul.
¿Qué es poesía? ¿Y tú me lo preguntas?
Poesía eres tú...*

Y una vez rendido este tributo a Bécquer nos dedicamos a contar chistes y a reírnos de tal modo que un guarda del parque se contagió y los empleados cargados con la manga de riego se mezclaron en nuestra charla con su simpática campechanía andaluza, contando chistes de un color subido. Tuve que levantarme con el pretexto de ver de cerca un macizo de narcisos. El Mago se moría de risa.

Recorrimos a pie no sé cuántos kilómetros. En la plaza de San Fernando echamos de comer a las palomas, fuimos a Triana, subimos a lo alto de la Giralda, paseamos en barca por el Guadalquivir, nos embriagamos con el encanto de la primavera andaluza. Al fin, exhaustos, nos hicimos llevar en taxi a un restaurante instalado en un patio al aire libre, lleno de tiestos de geranios que resaltaban sobre los azulejos multicolores.

El Mago se había lanzado a invitarme a almorzar, pero yo insistí en que pagaría mi parte. Nos sirvió una chica con flores en el pecho y tomamos una sopa de mariscos riquísima, una carne picante y jugosa, ensalada, melón y café. ¡Ah! Y bebimos jerez, naturalmente. El Mago tuvo que aflojarse el cinturón. Yo temí que la cremallera que cerraba mi vestido beige estallase de un momento a otro.

—Me siento feliz —murmuré.

Mi compañero encendió un cigarrillo y, sin preguntarme si fumaba, me lo metió en la boca. Lo acepté, no queriendo decir que era mi primer cigarrillo:

Alzó su copa y brindó:

—Por Cleo Alvear, la chica más linda del mundo. Por Sevilla, la tierra más estimulante. Por el jerez, el vino más alegre. —Bebió—. Tengo entre las manos las mejores cosas del universo.

—Entre las manos es mucho decir —bromeé.

—Me gustan los simbolismos.

—Igual decía Arturo.

—¿Quién es Arturo?

—Mi novio.

Estiró el cuello.

—¿Tienes novio?

—Tenía. Murió.

—¡Pobrecillo! ¿De qué...?

—Murió solo para mí. Creo que continuará viviendo para el resto de la humanidad. Si no me mintió en el itinerario, a estas horas debe de estar por Villagarcía con su M. D. C. R. P. I.

—¿Qué horrible cosa es esa...?

—Muestrario De Cosas Ridículas Pero Indispensables. Así lo bauticé yo. Es viajante de comercio. Se puso arisco.

—¿Le quisiste mucho?

—Unos días me gustaba, otros me fastidiaba y otros me enfurecía.

—Pero te acuerdas de él.

—También recuerdo a mi gato Pelufo, que murió de pulmonía...

Rio y volvió a ponerse alegre. Se inclinó sobre la mesa y me echó una mirada insinuante. Tan insinuante que me puse colorada, tragué el humo y empecé a toser.

Me quitó el cigarrillo y lo tiró.

—¿Por qué no dijiste que no fumabas?

—¿Lo has adivinado...?

—Claro. Coges el cigarrillo como si fuese una pluma estilográfica. Tienes que acostumbrarte a fumar bien, porque en escena tendrás que hacerlo a veces.

—¡Son tantas las cosas que tengo que aprender! —dije con pesadumbre.

—Yo te ayudaré. Tengo cierta experiencia. Háblame de tu vocación.

—Mi vocación se limita a unas cuantas representaciones en compañías de aficionados. En la intimidad familiar soy un prodigio haciendo imitaciones de las personas famosas.

Por broma imité a doña Consuelines, y le hizo tanta gracia que me obligó a repetirlo. Luego imité a Bárbara Palma, a Oliver y al propio Mago.

—¡Eres fantástica, chica! Fantástica... Una gran observadora. —Sus grises ojos chispearon tras las gafas—. ¡Qué diablillo!

—Por desgracia, este don de saber imitar no me sirve de nada. Preferiría tener grandes facultades dramáticas. De todos modos, no podré lucir mi talento con el papelito que me han dado en la nueva obra. Estoy desolada.

—A todas las debutantes les parece que su papel debiera ser soberbio y glorioso. No te desanimes. De cualquier frase se puede sacar algo.

—¡Pero si es que aparezco como una señora anciana!

Se sorprendió muchísimo, porque aquello no entraba en las costumbres de Oliver, a quien no gustaba que los jóvenes tuvieran que caracterizarse de viejos. Ignoraba yo por qué habría hecho una excepción conmigo. Indudablemente por humillar mi coquetería.

Se estaba haciendo tarde para el ensayo y tuvimos que tomar otro taxi. Mi nuevo amigo me dejó en la entrada del teatro dándome una amistosa palmadita en la espalda para infundirme ánimos. Al atravesar la puerta de los actores y deslizarme por el pasillo lleno de trastos hasta la escalera que conducía a mi cuarto repetí mi papel de carrerilla, lo cual no era difícil dada su brevedad.

Tropecé con doña Consuelines, que bajaba apresurada, dándose aire con un abanico del tiempo de Maricastaña que había vuelto a estar de moda.

—¿Ya estás aquí? Temí que no llegases. Vamos a empezar.

Subí en dos zancadas a mi cuarto, cogí el cuadernillo en el que estaban impresas las palabras «COMPAÑÍA DE JAIME OLIVER» y más abajo «*Grandes destinos*», «Papel de señora Aldama», y sin detenerme un minuto y con el corazón latiendo como un tambor bajé al escenario. Habíanme advertido que ese día haríamos «paso de papeles», es decir, que cada actor se limitaría a leer su parte en el momento adecuado.

Allí estaba ya Jaime Oliver, sentado en una butaca junto a la concha. Bárbara Palma hojeaba a su lado una revista. Oliver vestía un traje gris claro, que le hacía parecer más joven y menos severo.

El segundo apunte dio la serial de empezar. Todos nos preparamos. Unas sillas marcaban la situación donde estarían los muebles.

Empezó el ensayo. Estábamos en escena seis personajes. Se trataba de una fiesta.

Habló la Valdés, la rubia esposa del apuntador. Habló doña Consuelines. Hablaron dos hombres y, al fin, tuve que hablar yo. Sentía las pulsaciones del corazón en la yema de los dedos. Las piernas se me ablandaron como cuando bebía cerveza. Hablé al fin:

—«Por favor, querido amigo. No me adule de ese modo».

Me salió la voz del marinero borracho. Pero tremendamente borracho tras una orgía de dos semanas.

Suavemente, sin mirarme, Oliver indicó:

—Repítalo, ¿quiere?

Y yo, muerta por dentro:

—«Por favor, querido amigo. No me adule de ese modo».

Oliver, implacable:

—Otra vez. Un poco más alto, pero matizando. —Mis manos chorreaban sudor, como las cataratas del Niágara.

—«Por favor, querido amigo. No me adule de ese modo».

Tuve la impresión nítida de que había dicho: «Por favor, querido amago; no me adule de ese mido», pero no fue así, indudablemente.

—No tan seria —intervino Oliver—. Tenga en cuenta que lo dice en respuesta a una broma. Usted parece que está furiosa.

Lo estaba. Furiosa y aterrada, en pleno ataque de histerismo que me incitaba a dar chillidos y a saltar al patio de butacas corriendo por entre las filas. Pero no me moví de allí. Oliver continuó:

—Trate de sonreír.

Mostré los dientes como una yegua amaestrada que no tratase de disimular la edad.

—«Por favor, querido ami...»

Oliver me interrumpió: Se levantó y avanzó. Su peculiar olor me hizo recordar *Martino* y Madrid y las horas alegres vividas allá y que tan lejos me parecían.

—No se ponga nerviosa —dijo con energía no exenta de amabilidad—. Procure ser natural. —Tomó el papel de señora Aldama y leyó mi frase—: «Por favor, querido amigo. No me adule de ese modo». Repítalo así. Es muy sencillo.

Con mi facilidad de imitación, y como si fuese el eco de su propia voz, repetí la frase. Todos me miraron estupefactos, creyendo que me burlaba de Jaime Oliver. Ignoro si él también lo creyó. Se volvió a sentar y, tras dirigirme una enigmática mirada, aprobó:

—Muy bien. Sigamos.

Las cataratas de sudor frío dejaron de manar. Ya no tuve que hablar de nada hasta el acto segundo. Durante aquel descanso me tranquilicé y observé. Oliver me fascinaba. Era sin duda un gran director que estaba en todos los detalles. Bárbara Palma, gozando de un privilegio solo permitido a las primeras figuras, leía su papel sin matizarlo, pero Oliver no. Ensayaba como si estuviera ya representando ante el público, lo cual animaba a los demás. Se sabía su papel perfectamente. Con toda seguridad, en sus años infantiles fue el Juanito de la escuela. Esto lo pensé con rencor feroz, que aún me duraba.

Mi frase del segundo acto marcó otra interrupción. Al decir:

—«¿Quién? ¿Yo...?» —con ojos espantados, Bárbara Palma se inclinó hacia Oliver.

—Perdona, Jaime. ¿No es una pena que una chica tan bonita interprete el papel de anciana? —dijo a media voz.

Oliver, que estaba cerca de mí, junto a doña Consuelines, agitó la cabeza negativamente.

—No. Está bien así...

Volví a decir: «¿Quién? ¿Yo...?», y nadie me interrumpió.

Siguió el ensayo. El trance difícil había pasado. No se ensayarían aquella tarde más que dos actos y, por lo tanto, yo había acabado.

En contra de los consejos de «Torturas Mentales» y en vista de que nada tenía que hacer allí, me marché a pasear por Sevilla.

Eran las seis de la tarde. El sol brillaba alto. No sabía exactamente qué hacer, pero tenía dinero en el bolsillo y estaba alegre, como reacción por el sufrimiento pasado. Comprendí que mi carrera teatral no iba a estar sembrada de nardos y rosas.

Anduve a la deriva y por fin me permití el lujo de pasear en uno de aquellos coches de caballos, típicos de Sevilla. Ordené al cochero que me llevase por donde quisiera, y el caballo regordete se lanzó a un trotecillo agradable haciendo tintinear los cascabeles con que iba enjaezado. El aire sabía dulce, el sol calentaba sin molestar, los hombres me piropeaban desde las aceras, las mujeres me miraban con curiosidad y yo me sentía princesa imperial dentro de mi carroza. Repartí sonrisas entre mis súbditos. Por dos veces mandé detener el carruaje e hice señas a un vasallo vendedor de helados para que me entregase un cucurucho de barquillo relleno de nata con un copete de fresa. La segunda vez, el cochero, guasón como buen sevillano, se echó a reír.

—Josú... La señorita es una borracha de helaos...

Le convidé a uno, y el espectáculo de cochero y señorita chupando sus respectivos y gigantescos cucuruchos dobles hacía reír a la gente al paso del vehículo. No me importó. Consciente de que aquel papel de nueva rica era maravilloso, gocé todo lo que pude de la situación. Me sentía llena de ternura y de benevolencia hacia mis semejantes. Hubiera deseado ser obispo para ir repartiendo bendiciones.

—¿Qué edificio es aquel? —pregunté al cochero, porque por dos veces habíamos pasado ante él y me pareció suntuoso.

—El *Andalucía Palace*, señorita.

Pagué y me bajé allí, contemplándolo a mi sabor. Arturo me había hablado muchas veces del *Andalucía Palace*. Viajaba como representante de una fábrica de medias, y sesenta veces me relató una odiosa anécdota en la que tomaba parte una dama extranjera, ocupante de la habitación número no sé cuántos, seis pares de medias de nailon y el propio Arturo. Nunca conseguí conocer la historia entera, porque cuando llegaba al interesante momento en que la dama extranjera le decía a mi exnovio: «Es usted un guapo chico español», Arturo ponía ojos maliciosos y concluía: «Bueno, chiquita. El resto no soy capaz de contártelo...».

Me encontré, sin saber cómo, en el vestíbulo del hotel. Llevaba mi vestido *beige*, y este detalle me infundía valor. Curioseé, imaginándome a Arturo en aquel ambiente elegante, con su maleta muestrario, sus trajes bien planchados y sus camisas raras.

Estaba lleno de gente que no reparaba en mí. Fingí buscar a una imaginaria persona con inquieto interés. Una vez satisfecha mi curiosidad, di media vuelta, dirigiéndome a la salida.

Hasta aquel momento, podía asegurar que había pasado un día feliz y agradable, exceptuando el mal trago del ensayo. Suponía que las horas que faltaban hasta acostarme en mi turca, cerca de doña Consuelines, transcurrirían apaciblemente. Pero no iba a suceder así.

Comenzaron de nuevo mis sobresaltos cuando, al salir, tuve que apartarme para dejar paso a un viajero cargado con un pequeño maletín, que el portero se apresuró a coger. El maletín casi me golpeó, y lancé una exclamación de inquietud temiendo por la suerte de mis finísimas medias. El viajero volvió entonces la cabeza y me miró. Yo le miré a él. Él dijo: «¡¡Ah!!» y yo dije: «¡¡Oh!!» Inmediatamente se detuvo, volvió a mirarme, y en lugar de decir: «¡Ah!», dijo: «¡Oh! Y yo, por variar, dije: «¡Ah!»

Las luces del vestíbulo dieron de lleno sobre sus cabellos claros, sobre el rostro tostado y los anchísimos hombros. Llevaba una chaqueta deportiva y una corbata de rayas que me resultó familiar. El hoyito de la barbilla parecía más acentuado que nunca.

—¿Es... usted...?

Estaba visiblemente turbado. Casi tanto como yo, que no sabía qué hacer con mis manos y con mis pies. De todos los hombres del mundo, aquél era con quien menos deseaba tropezarme.

—¡Ho... hola! —respondí—. Sí. Soy yo.

El cachorrillo, que no se tenía por peligroso, inició una forzada sonrisa. Me extrañó que sonriera, cuando creí que se preparaba a darme mi merecido.

Bruscamente empezamos a hablar a la vez, diciendo lo mismo:

—Perdone..., yo quisiera explicarle...

Nos callamos. Él volvió a hablar:

—Acabo de llegar... No esperaba encontrarla aquí... Pero celebro decirle...

Le interrumpí:

—Comprenda mi situación...

Interrumpió:

—Al menos tiene que saber el motivo de...

Me cogió por un brazo y me hizo volver a entrar en el vestíbulo.

—Espere un instante. Siéntese. —Señaló un blando sofá, mostrando otra vez aquel dominio masculino que me irritaba. Pero me senté con las piernas temblonas. Y esperé mientras él firmaba en el registro y cambiaba unas palabras con una mujer que le acompañaba. Hasta aquel momento no me había dado cuenta de que el cachorrillo iba acompañado. Sin duda por la famosa rubia. La miré con invencible curiosidad.

No era precisamente rubia, sino pelirroja. Tenía una silueta modernísima y vestía admirablemente. Llevaba el cabello cortito y alborotado con una onda que se le escurría sobre un ojo y que ella echaba hacia atrás con gracioso gesto. Pero no era ninguna jovencita. Bastante mayor que su pareja. Los treinta años debió de dejarlos atrás hacía mucho tiempo. De todos modos, era una de aquellas mujeres que parecían simbolizar un mundo de exquisiteces, de joyas, de perfumes, de viajes, de orquestas y de bombones de trufa.

Armando le explicó algo, mirando varias veces hacia mí. Luego, siguiendo a un botones, se dirigió hacia el ascensor. El cachorrillo acudió a mi lado.

Yo estaba apabullada, con una crisis de pesimismo agudo. Toda aquella farsa, sobre la que estuve construyendo castillos en el aire, se venía abajo ruidosamente. Armando acudía a Sevilla con su rubia, y el hermanito se enteraría de toda la verdad.

La lengua se me pegaba al paladar pensando en los ojos con que me miraría Oliver cuando lo supiera. Me asustaba mucho más el famoso artista que su inquieto hermano, quien también tenía cuentas que ajustar conmigo.

Viéndole llegar abrí el bolso y saqué mil pesetas, mostrándoselas.

—Tenga —tartamudeé—. Se las hubiera devuelto antes si se hubiese presentado ocasión... Miró el dinero con cara de asombro.

—¿Qué es eso...? —dijo sentándose junto a mí.

—Su dinero. El dinero que me dio la otra noche. No me lo gané.

Bajó los ojos como avergonzado.

—¿Pretende devolvérmelo? De ningún modo... Usted cumplió lo pactado.

Lancé un grito de sorpresa.

—¡¿Qué...?!

Se inclinó para explicar:

—Claro... Soy yo quien realmente se portó de un modo estúpido... Tengo que pedirle disculpas. No comprendí nada.

—Entré en su casa desconsideradamente..., la arrastré a *Martino*... —Sacudió la cabeza y miró la alfombra como un niño malo que se avergonzara ante su mamá. En aquel momento me pareció más cachorrillo que nunca. Sentí deseos de alzar su cara, apoyando mi dedo en el hoyito de la barbilla—. Mi única disculpa es que aquella noche estaba loco.

Sonrió y advertí que su sonrisa carecía de alegría. También me pareció que en dos días había adelgazado terriblemente. ¿El amor le hacía aquel extraño efecto...?

Con remordimiento dije:

—No debe disculparse. Soy yo la que...

—No, no. Usted tuvo demasiada paciencia. Fue una buena chica. Mi grosería dejándola sola en *Martino*...

Me erguí en el asiento.

—¿Cómo...?

—Sí, cuando fui a telefonear. ¿No recuerda? Ya no volví más. Me marché a la calle, olvidándome de que usted estaba allí. Me olvidé de todo. Estaba loco... Seguramente tuvo usted que pagar la cuenta.

Conque ¿era eso...? Se fue, dejando a la pobre Anita en *Martino*... Menos mal que la pobre Anita sabía cuidarse sola.

Mi innata honradez me impelió a contestar:

—Yo no pagué nada.

—¿Ah, no...? Hizo muy bien. Soy conocido. Se pagará después. —Alzó la cabeza y por vez primera me miró «mirándome»—. Sé que debí ir a su casa a disculparme, pero..., bueno, no lo hice. He vivido unas horas de terrible agitación. Esta madrugada decidí coger el coche y venir para acá. No imaginé que la encontraría. Parece increíble.

Tragué saliva con el mismo trabajo que si engullera un huevo duro entero.

—Sí... La vida está llena de sorpresas...

No quise añadir que él sembraba la mía de algunas tan fuertes que mi corazón empezaba a flaquear. En aquel momento me sentía enferma crónica de todas las enfermedades conocidas. Pero no podía dejarme arrastrar por la desanimación. Tenía que levantarme, salir del hotel, ir a la *Pensión Gómez*, coger mi maleta y volverme a casa de doña Tula con las orejas gachas. ¡Adorable doña Tula! Nunca me pareció su casita tan acogedora, ni Gilda, la cotorra, tan deliciosa. ¿Por qué me habría alejado de semejante paraíso...?

—¿Ha venido a trabajar aquí? —preguntó.

No mentí al afirmar. Pero no indiqué cuál era mi trabajo.

—Pronto me iré. Quizás esta noche.

Cortésmente murmuró:

—¿Tan pronto...? —Y en el mismo instante nos vimos interrumpidos por la presencia de la mujer causante de aquel lío. La pelirroja, que había vuelto a bajar en el ascensor, se aproximó a Armando, poniendo familiarmente la mano en su hombro.

—Perdona; te has quedado con la llave de mi maleta —dijo con voz agradable—. Siento interrumpir...

Intenté incorporarme en el sillón, y lo conseguí, aunque la maniobra era difícil. Se me cayó el bolso al suelo, y Armando lo cogió casi en el aire. Luego se creyó en la obligación de murmurar:

—¿No se conocen ustedes...?

Iba a descubrirse una de mis mentiras.

Ella diría que no, que jamás me había visto antes de aquel instante. Y comprendería que yo no era la «vidente» que le había echado las cartas. Pero aquella mentirilla me parecía ya insignificante, comparándola con la otra.

Empecé a decir:

—Yo...

Pero ella se adelantó:

—No tengo el gusto.

Cerré los ojos esperando los comentarios iracundos. Era una pena que Armando se convirtiera otra vez en un oso enloquecido de ira.

No se convirtió. Con toda corrección, pero sin interés, él hizo las presentaciones.

—Norina, esta señorita es aquella de quien te he hablado. La famosa Cleopatra que lee el porvenir. Es curioso que la hayamos encontrado, ¿verdad? —Se volvió hacia mí—. La señora Norina Alberti.

El nombre me resultaba conocido, no sabía de qué. En aquel momento, si me hubiesen presentado a mi propio tío Godo, le habría saludado con un impersonal: «Encantada, caballero».

La mujer pareció contenta de conocerme.

—¿Lee en la palma de la mano? ¿Adivina el porvenir de veras...? —Rio echando atrás la onda de su pelo—. Me intrigan mucho esas cosas. Venía diciéndoselo a Armando, que es un incrédulo.

No entendía nada. Ella siguió:

—Estoy viviendo unos días emocionantísimos. Me gustaría que usted me dijera si... ¡Oiga! ¿Por qué no se queda a tomar un aperitivo conmigo?

—Lo siento. No me es posible aceptar. —Tomando carrerilla proseguí—: Siento de veras todo cuanto ha ocurrido. No debe usted hacer ningún caso de las adivinadoras. Son supercherías... —Me volví hacia Armando—. Como usted puede ver, yo no fui quien le dijo a esta señorita que usted era un rubio peligroso...

La frase resultaba tan pueril, que yo misma tuve conciencia de ello. Armando avanzó un paso, y ella rompió a reír.

—¿Qué está diciendo? ¿Un rubio peligroso? ¿De qué habla...? —El cachorrillo lo entendió perfectamente.

—Se equivoca... —me dijo—. Esta señorita no es... no tiene nada que ver con... con el asunto de que tratamos hace dos noches.

Abrí la boca. Un espejo cercano reflejó mi imagen, la imagen de una chica esbelta, vestida de *beige*, con las mejillas arreboladas y los ademanes nerviosos.

—¿No es su... su rubia...?

Negó él, avergonzado:

—No, no... La señora Alberti es una amiga que venía a Sevilla y a quien traje en mi coche. El alivio me hizo sentir ligera como una nube. Volvían a brillar las luces. Volvía a encontrarme en Sevilla. Pero no... Aún no podía cantar victoria.

—Olvide todo aquel desagradable asunto. Pude darme cuenta cuando hablé por teléfono desde *Martino* de que sus predicciones a... aquella persona no influyeron para nada en los planes, formados ya de antemano. Todo pasó.

Suspiré. Alrededor de mí, el mundo volvió a adquirir proporciones normales. En el vestíbulo reinaban el orden y el confort. El ejército de botones y de camareros se deslizaba silenciosamente, atendiendo llamadas y sirviendo aperitivos.

Pero el conflicto no había hecho más que aplazarse un poco. En cuanto los dos hermanos hablasen, el equívoco se aclararía. Imaginaba el estúpido diálogo que sin duda tendría lugar. Posiblemente, Oliver diría, viéndole aparecer:

—¿Viniste a buscarla? Eres un idiota. No te la podrás llevar. Durante seis meses está ligada a mí por un contrato. Y Armando, estupefacto:

—¿Está aquí...? ¿Quién...?

—Ella... La muchacha que llevaste a *Martino*. Tu famosa Ofelia-Cleopatra. La cabeza de chorlito con quien deseabas casarte. Mírala... ¡Ahí la tienes...!

Y habría llegado mi hora H. Porque el cachorrillo lanzaría la bomba final.

—¿Esa...? Si apenas la he visto dos veces en mi vida...

Horrible. La perspectiva me dejaba las arterias convertidas en estalactitas. Lo mejor era renunciar a todo y huir. Escribiría una carta a Oliver y me marcharía.

Pero la huida era una cobardía indigna de Anita Revoltosa. En resumidas cuentas, yo no había firmado el contrato con nombre supuesto. Oliver armó solito todo el lío. Se empeñó en contratarme y en no dejarme casar con su hermano. Muy bien. Me había contratado, y ninguna boda tendría lugar entre aquel muchachote rubio y yo. Mi único delito había sido ocultar que acababa de conocerle hacía dos horas.

Empecé a cobrar ánimos. No debía retroceder ante el primer contratiempo. Tenía un contrato. Tenía un trabajo espléndidamente pagado y no me lo dejaría arrebatar. ¡No, no y no!

Armando estaba explicándole a Norina que yo la había confundido con otra amiga suya. Ella aceptó la situación, insistiendo en que me quedara para echarle las cartas. En vista de mi insistente negativa, me tendió su mano izquierda abierta.

—Sea buena y dirija al menos una mirada. Dígame solo una cosa: si voy a tener éxito en Sevilla.

—Pero... aquí..., delante de todo el mundo...

—¿Prefiere que subamos a mi cuarto?

—No, no.

Cogí la mano ferozmente y simulé estudiarla con interés. Olía a jazmín, casi con demasiada intensidad. Entorné los ojos, pasé la yema del dedo índice por aquella topografía carnosa, y mi sentido del humor empezó a funcionar otra vez. De buena gana hubiera gritado:

«¡Cubre la mano de la gitana con una moneda y te dirá tu suerte!».

Hubiese deseado ver las caras estupefactas de aquella gente tan *chic* que pasaba y repasaba por el vestíbulo.

Norina descubrió mi sonrisa.

—¿De qué se ríe...?

Veo que la esperan muchas cosas buenas... Muchas emociones.

—De eso estoy segura...

—Tendrá suerte, aunque a ratos le parezca que no. Confíe en un rubio que estará cerca. Huya de un moreno que tampoco andará lejos.

Su respiración se agitó.

—¿No será al revés...?

Recocí velas, porque no quería más disgustos.

—¡Ah! Es que hay dos morenos. Uno de ellos es el que le conviene. El otro, no. —Sonreí—. No puedo decirle más de momento.

Se echó a reír.

—No está mal. Dos morenos...

—Y un rubio, no lo olvide.

—Y un rubio —repitió con menos entusiasmo.

Miré de reojo al cachorrillo, comprendiendo que entre aquella pareja no había el menor asomo de *flirt*. Observé que él me estaba mirando con curiosidad.

Norina volvió a hablar:

—Bueno, no quiero quedar en deuda con usted. Ya me dirá lo que le debo por esta consulta. Hice un gesto displicente.

—No vale la pena. Ahora no estaba trabajando.

Eché a andar hacia la salida, y los dos me acompañaron.

—Tiene gracia que se dedique a esto —dijo ella.

Me detuve.

—¿Por qué?

—Discúlpeme. Al mirarla se piensa en otros ambientes. Es usted muy guapa y muy elegante. ¿Nunca se le ha ocurrido trabajar en el cine o en el teatro?

Dije que no con tanta energía, que Armando me miró asombrado. Me despedí de prisa y él me tendió la mano.

—¿Estoy perdonado? —dijo a media voz.

Nadie podría dejar de perdonarle mientras pusiera una cara como aquella.

—Claro que sí... ¿No me guarda rencor?

Suspiró con amargura.

—No. ¿Por qué...? Las cosas han sucedido como tenían que suceder. No se preocupe. Buenas noches...

—Buenas noches...

Me fui. Durante un rato paseé como una autómata por calles desconocidas. Anduve tanto, que repentinamente me sentí fatigadísima y decidí marcharme a casa y meterme en la cama. Eran las nueve de la noche. Doña Consuelines estaría cenando para ir al teatro. Hice tiempo, dando lugar a que se marchara. Así no tendría necesidad de hablar. Cuando volviese, me fingiría dormida.

Al día siguiente me enfrentaría con la realidad. Tendría que hablar con Oliver durante el ensayo. Seguramente él llevaría ya horas maquinando venganza, tras descubrir su *lamentable equivocación.*

El cuartito de la *Pensión Gómez* estaba vacío. «Torturas Mentales» había alzado el vuelo diez minutos antes.

Como no tenía sueño, aproveché para lavarme la cabeza y darme en la cara un masaje con crema limpiadora. Con una toalla a guisa de turbante y apagando la luz, me asomé al balcón, contemplando las estrellas y la animación nocturna.

Todo el mundo caminaba apresurado, dirigiéndose a sus hogares, donde serían esperados para cenar en familia. Todos tenían un hogar, menos yo. Me sentí melancólica. Mis parientes no eran malos, pero sí egoístas, con el egoísmo natural de la vejez. Ninguno me ofreció un sitio en su hogar con verdadero interés. Y allí estaba yo en Sevilla, terriblemente sola, envuelta en una serie de aventuras peligrosas.

Entré en el cuarto, bajé las persianas y, en vista de que mi pelo estaba casi seco, me metí en la cama, tratando inútilmente de conciliar el sueño.

Oí regresar a mi compañera y entablar diálogos con sus pies, llamándolos pobres y queridos mártires.

Repentinamente empecé a llorar bajito, y llorando me dormí.

Sentí una brusca sacudida. Estaba soñando que Oliver me tenía atada a un árbol y que me pegaba con un látigo, lo cual era presenciado por el cachorrillo, que reía a carcajadas.

—Por favor... No me peguen más...

—¡Vamos! Despierte. Es tarde y tiene una visita esperando.

Abrí los ojos, volviendo a la realidad. Las monstruosas flores del empapelado del cuarto me recordaron que estaba en la *Pensión Gómez*. Y en Sevilla.

La que me despertaba era la criadita, una chica de dieciséis años, descarada pero simpática.

—Buenos días —dije con voz de cerradura sin engrasar—. ¿Qué pasa? ¿Qué quieres?

—Es muy tarde. Ahí fuera hay un joven.

Recordé que el Mago había quedado en ir a buscarme, como el día anterior.

—¡Santo Dios! Pues ¿qué hora es?

—Las once. Doña Consuelo se marchó de compras hace un rato.

Me levanté de un salto, me estiré e hice unos cuantos movimientos de gimnasia. La chica no me quitaba ojo.

—¡Cuidao que ez usté guapa y qué pelo tan bonito tiene...!

Oír cosas así, tan temprano, resultaba agradable y estimulante.

—No me lo digas; voy a ponerme insufrible. Anda, sé buena y tráeme el café. Mientras me vestía, tras de lavarme con agua helada, tomé el desayuno, devorando cuatro tostadas de pan con mantequilla.

La laca de las uñas necesitaba ser repasada, y la repasé. A través de la puerta habló otra vez la criada:

—Ese señor dice que se dé un poco de prisa.

Nada había que me irritase tanto como el que me hicieran arreglarme a toda velocidad.

—Dile que no sea pelma. En seguida estaré.

Oía que repetía mis palabras textualmente, e imaginé el mordaz comentario del Mago al oírse llamar pelma.

Me puse un vestido estampado que me estaba a maravilla. Me pinté los labios, cepillé cincuenta veces mi pelo, y me consideré por fin tan pulida como la perrita *griffonne* que fuera a ser llevada a la exposición canina. Una gota de perfume —ámbar— en la oreja derecha. Otra gota en la izquierda —Primavera—, ambos frascos de muestra, regalados por Arturo, y abrí la puerta.

En la sala, amueblada con dos mecedoras, una mesita de mimbre, dos sillones con fundas blancas, una estera de coco y muchas macetas, esperaba mi visita.

—Buenos días. Perdonarás lo de pelma, pero me fastidia que me metan tanta prisa cuando... Callé, tapándome la boca con la mano, como hacía de pequeña al asombrarme de algo. Mi visitante, que estaba de espaldas mirando por el balcón, habíase vuelto. No era el Mago.

¿Cómo pude confundir ni un minuto la figura menuda de mi amigo con aquella otra, alta, esbelta, atildada y personalísima? Jaime Oliver me saludó con una leve inclinación de cabeza. Tenía el ceño de sus peores momentos.

—¡Es usted! —dije como en los melodramas antiguos, y estuve a punto de llevarme la mano al corazón.

—Perdone que la haya molestado. Necesito hablarle en seguida... —Miró alrededor—. Aquí no es posible.

Se refería a las múltiples entradas y salidas de algunos huéspedes, que nos miraban curiosos.

—Vamos al comedor —dije—. A estas horas estará vacío. —Le conduje a través del pasillo, que olía a verduras cocidas y al insecticida de las camas. Oliver destacaba en aquel ambiente como un brillante legítimo en un escaparate de baratijas.

Nos sentamos ante una mesa que tenía ya puesto el mantel y un florerito muy cursi con dos margaritas amarillas.

Parecía que fuésemos a comer amigablemente.

—Tiene gracia que todas nuestras conversaciones transcurran sentados a la mesa —dije sin poder contenerme.

No hizo caso de mi frase. Se quedó mirándome con los duros ojos de halcón y dijo con firmeza;

—Armando está aquí.

Me limité a poner cara de tonta.

—Anoche hablé con él —añadió.

Bueno... Ya no había remedio. Apreté los puños dispuesta a soportar el chaparrón.

—Comprenderá que esto lo cambia todo —dijo.

Hice un gesto que no comprometía a nada.

—Cuando le ofrecí el contrato fue con el simple objeto de separarlos, de quitarla de su camino. Lo más seguro era tenerla bajo mi vigilancia.

Asentí como si tuviera un tic nervioso.

—Nunca intervine en las cuestiones sentimentales ajenas. Pero esta vez era todo distinto. Porque usted era distinta.

—¿Yo...?

Me sentí halagada.

—La historia de su joven vida dejaba mucho que desear (perdone mi franqueza), y en cuanto cambié la primera palabra con usted me di cuenta del peligro que corría mi hermano. Es usted terriblemente lista...

—¿Sí...?

—Tanto, que procura que los hombres no se den cuenta de lo muy lista que es. Adopta un tono burlón porque cuando los otros hablan, usted ya sabe lo que van a decir. Tiene un cerebro peligrosamente despierto.

—¿Peligrosamente?

—Es coqueta y no emplea su talento para nada bueno.

Me enfadé.

—¿Ha venido tan temprano para decirme todo eso? —golpeé la mesa con el mango de un tenedor—. Déjese de rodeos. No perdamos tiempo. Viene a pedirme que rescinda mi contrato, pero no lo conseguirá. Pienso seguir trabajando en su Compañía durante seis meses, tanto si quiere como si no quiere. Lo mismo da que me adjudique papeles de vieja o que me obligue a salir imitando al difunto Gandhi. No se librará de mí.

Hubo un silencio molesto, durante el cual entraron por el entreabierto balcón todos los rumores callejeros. Miré a mi contrincante y le vi desorientado, como si no quisiera dar crédito a sus oídos.

—¿Por qué tendríamos que rescindir el contrato? —dijo al cabo.

Me tocó el turno de asombrarme.

—¿No?

—Nada más lejos de mi ánimo.

Mordisqueé la uña de mi pulgar.

—¿No habló anoche con... con el cachorrillo?

Asintió.

—Entonces...

Hizo un gesto de impaciencia.

—Armando está muy deprimido, como es lógico. No sospecha nada. Fue una suerte que no apareciese usted por el teatro. Telefoneé aquí y me dijeron que estaba durmiendo... Entonces pedí que no la molestaran.

Había armado toda esa historia. No dejaba suelto ningún cabo.

—¿Qué es lo que Armando no sospecha? —pregunté con viva curiosidad.

—Ignora que trabaja en mi Compañía. No sabe dónde se halla usted. Solo me dijo que aquella muchacha por la que estaba interesado se había marchado con otro hombre y que no quería volver a hablar de ella. Esto fue todo. Insistió en que era un asunto liquidado.

Me recosté en la silla, apoyando la cabeza contra la pared. Por inaudita suerte, la catástrofe no se producía aún. Era fantástico...

—Dentro de una semana embarcará en Cádiz con dirección a Guinea. El viaje le distraerá y cambiará sus pensamientos. Es muy joven...

Las cosas seguían marchando viento en popa para mí. Armando se iría y yo también podría marcharme tranquilamente a Portugal. La alegría me impidió permanecer tranquila. Me levanté y me senté en la mecedora. Oliver tuvo que cambiar su silla de posición para mirarme. Puse ojos de infinita tristeza.

—Los hombres olvidan fácilmente —dije.

Se puso un poco nervioso.

—Usted también olvidará.

—¡Nunca!

Se encogió de hombros.

—Abreviemos —atajó sin compasión—. Lo que quiero decirle es que... —Se interrumpió—. Por favor, ¿no puede estarse quieta un momento?

Se refería a la mecedora, que yo balanceaba con energía. Me detuve.

—Lo que quiero decirle es que no estoy dispuesto a arriesgarme a que Armando la encuentre en el teatro.

Tampoco me convenía a mí.

—Ese encuentro sería inevitable si usted apareciese. Hasta el martes de la semana próxima no embarcará. Y es justamente el tiempo que nosotros tenemos que permanecer en Sevilla.

Volví a balancearme.

—Supongo que lo que usted desea es que yo no me acerque al teatro. Estoy dispuesta a complacerle para que vea que no soy una chica tan mala. Lo peor es que no podré ensayar *Grandes destinos.* Claro que mi papel no necesita muchos ensayos... —puntualicé con sarcasmo.

Oliver suspiró de alivio.

—Me dedicaré a recorrer Sevilla como una turista adinerada —continué—. Me lo puedo permitir con ese dineral que usted me paga... por no hacer nada.

Se apresuró a poner los puntos sobre las íes.

—No, no... Todavía me interesa menos que ustedes se encuentren en la calle..., lo cual no dejaría de ocurrir.

Encrespé el plumaje, dispuesta a la lucha.

—¡No pretenderá que pase ocho días encerrada en esta habitación!

Por un momento me miró con deleite.

—Sería una gran idea... —La lucecita de sus ojos se apagó—. No. Comprendo que no puede ser... Usted no lo soportaría... He pensado otra cosa. Reúna lo más imprescindible en una maleta. Tengo abajo el coche.

La mecedora quedó inmóvil.

—¿Adónde vamos...?

—No se alarme. Ganará con el cambio. —Echó una mirada despectiva al comedor de la *Pensión Gómez*—. Voy a llevarla a un sitio delicioso. Serán ocho días de vacaciones...

Me levanté de la mecedora y volví a sentarme en la silla, acodándome sobre la mesa. Él tuvo que volver a cambiar de posición. Le miré en silencio.

—¿Por qué me mira? —dijo irritado.

Me sentí Anita Revoltosa.

—Creí que estaba acostumbrado a que le contemplasen. Pensaba en que, por obra y gracia de su voluntad, en cuarenta y ocho horas me he convertido en un juguete que usted maneja a su antojo. —Imité su voz y sus actitudes—: «¿Quiere dejar *Martino* y venir conmigo?»,

«¿Quiere dejar Madrid y venir a Sevilla?», «¿Quiere dejar Sevilla y venir...?» Dios sabe dónde. —Volví a hablar normalmente—. Es excesivo, señor Oliver.

—Prodigioso —comentó.

Admiré la sonrisa torcida.

—¿El qué es prodigioso?

—Su imitación. Creí oírme a mí mismo. ¿Dónde aprendió eso?

—Fui siempre una niña prodigio que hacía las delicias de las reuniones. Pero, volviendo a nuestra discusión...

—No discutíamos. Hablábamos.

Sin saber por qué, su mirada se había hecho benévola.

—¿Le gusta el campo? —preguntó.

Hice una mueca.

—Lo soporto bien. El sol, las moscas, las vacas, las flores y todo eso...

—Entonces no dude más. Hará una cura de reposo en un lugar encantador.

Me alarmé.

—¿Va a internarme en un sanatorio?

—No, claro que no. Lo de cura de reposo lo dije en el sentido de que aquello es saludable... Y un poco tranquilo. ¿Le disgusta la soledad?

—Si es absoluta, me aterra.

—No será absoluta. Tendrá una criada que la acompañe.

Abrí los ojos con loca curiosidad.

—¿Se trata de un desierto?

—Solo de una casa que he utilizado en varias ocasiones. Pertenece a un amigo mío. Me la cede cuando quiero ir a pescar o a hacer el ermitaño. Está a pocos kilómetros...

—¿Er... mi... ta... ño...?

—El año pasado permanecí allí mes y medio.

—¿Solo...?

Asintió.

—¿Y qué hacía?

—Leer. Meditar. Escribir. Pescar.

Callé un momento.

—El dueño no estará... —insinué.

—Por supuesto. Se marchó anoche a San Sebastián. Me dio la llave. Dispongo de la casa, y va usted a habitarla. Ea. No perdamos tiempo.

Callé, abrumada.

Aquel ajetreo empezaba a fastidiarme. Pero ¿qué otra cosa podía hacer? A mí me convenía menos que a nadie que Armando descubriese el lío.

—Con lo bien que lo estoy pasando en Sevilla —me lamenté con gesto de niña enfurruñada—. Con lo emocionantes que son los ensayos cuando tengo que decir aquello tan difícil de: «¡Por favor, querido amigo, no me adule de ese modo...!». Con lo que me divierto saliendo con el Mago... —Maliciosamente añadí—: Con los piropos que se oyen en Sevilla....

Se levantó.

—Es muy lamentable, sin duda. Sin embargo, tendrá muchas ocasiones de disfrutar de esas cosas... en todas las ciudades que visite.

¿Era una galantería o un sarcasmo? No conseguí adivinarlo.

—Está bien. Cedo. Pero solo me quedaré en ese paraíso si lo encuentro a mi gusto.

—Le encantará. ¿Puede estar lista en media hora?

—En veintinueve minutos.

—Volveré a buscarla.

—¿Qué diremos a los demás...? ¿A «Torturas Mentales» y a ese chico que vendrá a buscarme a las doce?

—¿Un chico...? ¿Qué chico...? ¿Para qué?

No quise decir que era el Mago.

—Para esa horrible y pecadora aventura que se llama tomar vermut. ¿Es que no puedo tener amigos?

Dejó la frase sin contestar.

—Ponga unas líneas a Consuelo diciendo que regresa a Madrid en el coche de unos amigos míos porque su tía se ha puesto mala. Yo explicaré lo mismo en el teatro. Diré que me enviaron a mí el telegrama y que vine a advertirla.

Recorrimos el pasillo a la inversa.

—Nunca me aceptarán como a una compañera normal. Aparezco y desaparezco cuando menos se espera.

Suspiré. Mi corazón estaba lleno de suspiros aquella mañana.

Sus últimas palabras fueron:

—Dentro de media hora, ¿eh?

Se marchó. Me encerré en mi cuarto y preparé el equipaje a una velocidad loca. Bajé la escalera cuando se cumplían los veintinueve minutos justos.

No debí confiar en los hombres. Tuve que aguardar un cuarto de hora en el portal hasta que surgió el coche color corinto, conducido por su propietario. El interior aparecía abarrotado de paquetes.

Dije un mudo adiós a la deliciosa Sevilla y me coloqué junto al conductor.

Continuaba la serie de aventuras, que hubiera podido titularse: «Anita, la de los inciertos rumbos».

Seguíamos las márgenes del río, y una fresca brisa atenuaba el calor del mediodía. El sol despedía torrentes de luz cegadora, como el reflector de un teatro.

Habíamos dejado atrás la ciudad, siendo recibidos por el hermoso paisaje campestre. La hierba fresca olía a gloria, los setos estaban llenos de flores, las cigarras cantaban con frenético entusiasmo, y la alegría de la primavera se me metió en las venas, haciendo evaporarse mi mal humor.

Me dije que era agradable pasear en coche con el famoso Jaime Oliver, a quien todos los periódicos de la mañana, depositados sobre mi falda, dedicaban elogiosos artículos. Un Oliver que repentinamente se humanizara, como si se sintiese agradecido por mi condescendencia. Claro que su amabilidad se limitaba a soltar cada diez minutos una corta frase. El resto del tiempo estaba cuajado de lagunas de silencio, tan pesadas como un mes seguido de lluvia.

Tenía ganas de canturrear. Contuve mis alardes de soprano en consideración al serio personaje sentado junto a mí. Además, me interesaba que creyera que mi corazón estaba deshecho, porque tal sufrimiento me daba cierta ventaja sobre él.

—¿Falta mucho? —pregunté cuando ya habían transcurrido cuarenta minutos desde que quedaron atrás las últimas casas sevillanas. También habíamos atravesado pueblos encantadores con casitas encaladas y llenas de flores.

—Un cuarto de hora escaso.

Nos apartamos de la carretera general, internándonos por caminos vecinales llenos de baches. El paisaje cambió, haciéndose más verde y frondoso. Los viñedos fueron alternando con pequeños bosques de pinos, y los macizos de helechos crecían más altos. Subimos una pequeña colina, y otra vez distinguí la plateada cinta del río. No se trataba del orgulloso Guadalquivir, sino de un riachuelo que aparecía y desaparecía zigzagueando.

Sentí apetito. Era la hora de comer. Pasamos ante una casa rodeada de árboles cuajados de fruta. Se me hizo la boca agua. Nos detuvimos, al fin, en un pueblo, ante la puerta de una tienda. Me regocijé pensando que compraría algo sabroso. Pero salió a los diez minutos con las manos vacías.

De nuevo en marcha, me aclaró:

—Ya está arreglado.

—¿El qué...? ¿Se había estropeado algo...?

—Me refiero a lo de la criada. Este es el pueblo más próximo a la «Guarida del Solterón». Es el nombre de la casita.

—¡Guarida del solterón...!

—Enviarán una muchacha para que se quede con usted. Quise traerla ahora, pero no pudo ser. La llevarán esta tarde en el carro. Es hija de los dueños. Son gente de confianza.

—La guarida. ¡Qué terrible nombre! Recuerde que no me quedaré si no me gusta... No dijo nada, lo cual me hizo pensar que era capaz de dejarme abandonada a mi suerte, aunque protestara.

Los muelles del coche saltaban por las desigualdades del camino. Una de las veces, mi cabeza dio contra el techo, y Oliver no pudo contener una sonrisa. Pero a los dos minutos fue él quien soportó el golpe, y entonces yo dejé oír un «ja, ja» irritante.

Llegó el fin tras una revuelta de la carretera.

—Ya estamos —anunció abriendo la portezuela.

Miré a todos lados.

—Aquí no hay ninguna casa.

Me señaló un bosque de pinos.

—Miré hacia allá, entre los árboles.

Avancé, tambaleándome sobre mis altos tacones, poco deportivos.

Era una construcción de troncos de madera clara, como las que yo solo viera en las películas o en *Collier's*. Una veranda, a la que se subía por cuatro escalones, rodeaba todo el edificio. A la luz del sol resultaba encantadora, el sueño dorado de una pareja en luna de miel.

Los pinos habían sido cortados formando un pequeño claro, del que partía un sendero que se adentraba en el bosque, llegando hasta el cercano río.

Oliver sacó la llave y entró para abrir las maderas de las ventanas.

Lancé un «¡oh!» de asombro. La primera impresión no pudo ser más grata.

Había una enorme sala, estupendamente amueblada con grandes divanes floridos, un aparador lleno de loza sevillana, mesitas pequeñas con pantallas, almohadones, alfombras.... Al lado, un pequeño dormitorio del mismo estilo, un cuarto de baño minúsculo y una cocina como una cáscara de nuez, con cacharros de vidrio plástico.

—Está siempre limpia y dispuesta —dijo Oliver—. Esa gente de la tienda viene a limpiarla. ¿Le gusta?

Yo estaba mirando el risueño paisaje a través de la ventana de la cocina. No fui capaz de disimular.

—Es preciosa... Si fuese rica, tendría también mi «Guarida de Solterona». Pero ¿está seguro de que vendrá la criada? Me moriría de miedo aquí sola.

—Claro que vendrá. No se preocupe. ¿Quiere ayudarme a entrar esos paquetes que están en el auto?

Volvimos cargados con un montón de cosas que él desempaquetó ante mis ojos curiosos.

—Conservas... Supongo que le gustarán. De todos modos, le traerán huevos y carne diariamente. ¿Es golosa? Aquí hay galletas de chocolate. Pasas de Málaga... Salmón en aceite... Aceitunas... Langosta... Jamón de York... Cuatro botellas de jerez, tres de coñac, dos de champán. Más galletas.

Le interrumpí:

—¿Tiene interés en que me ponga hecha una bola y solo pueda hacer papeles cómicos? Sonrió, entregándome una maletita monísima.

—Es mi radio portátil. Como aquí no hay electricidad, le será útil.

—¿No hay electricidad?

—No. Pero, en cambio, tiene agua corriente. Hay un depósito y una instalación complicada que viene del río. Le enseñaré a encender las lámparas de petróleo.

—¿No podríamos comer algo primero?

Mi aspecto famélico le hizo gracia. Se echó a reír.

—Tiene razón. Yo también estaba sintiendo algo raro.

Fuimos a la cocina y nos dedicamos a abrir latas, que vaciamos sobre platos de plástico color verde manzana. Cogimos sendos tenedores y vasos llenos de jerez y salimos a la veranda, colocándolo todo sobre una mesita de mimbre.

Él trajo dos sillones y nos instalamos frente a frente, ante un panorama cuajado de viñedos.

—Aquí estamos otra vez ante una mesa —dijo adelantándose a mi comentario.

Me eché a reír.

—Al menos, esta vez comeremos de veras.

¡Qué rico sabía el jamón de York, y las aceitunas, y el salmón con mayonesa...! Nos habíamos olvidado del pan, pero comíamos galletas de chocolate, y la mezcla resultaba una gran novedad.

«¿No es absurdo, Anita? —me dije mientras bebía un sorbo del vino más alegre del mundo, según el Mago—. Hace cuatro días estabas en Villamar recorriendo la estúpida calle Mayor para despedirte de tus estúpidas amigas. Y ahora te encuentras perdida en la provincia de Sevilla, que es casi como decir en el cielo, comiendo a solas con un famoso artista, por cuyo autógrafo se matan las chicas a la salida del teatro. ¿No estás loca de alegría? ¿Cuándo pudiste aspirar tú, pobre pueblerina, a una cosa así? ¿Qué darías porque Arturo pudiese verte...?».

—Sí... Arturo, Pablito, Diego y Felipe... —dije en voz alta, respondiendo al diálogo entablado conmigo misma. Oliver dejó en suspenso el bocado de salmón que iba a llevarse a la boca y preguntó con asombro:

—¿Qué...? ¿Qué dice...?

Bebí para disimular.

—Nada, no era nada. A veces pienso con tanta intensidad, que mis pensamientos toman cuerpo y hablan por cuenta propia.

—Tuve la impresión de que estaba usted llamando a mucha gente...

—No haga caso. Mi abuelita decía que yo era demasiado cerebral.

No hizo el menor comentario, como si no le interesásemos nada ni mi abuelita ni yo, lo cual me pareció una desconsideración. Solo le interesaban, al parecer, el salmón y las aceitunas.

Seguimos comiendo en silencio, y de pronto comentó, señalando al río:

—Me gustaría saber si hay tantas truchas como el año pasado.

—¿Eh? —dije yo. Estaba aún pensando en la abuelita, y era un salto excesivo pasar de ella a las truchas.

—El anterior verano conseguí algunas estupendas. Si le gusta pescar, encontrará toda clase de aparejos en el armario. —Sacó un cigarrillo e hizo pabellón con las manos para encenderlo. Luego se excusó—: Perdón. No sé si usted fuma.

Acepté.

—Un amigo me ha dicho que debo aprender a fumar. Es indispensable en una mujer fatal.

—¿Una qué...?

—Mujer fatal. ¿No cree que lo soy?

Se inclinó a darme lumbre.

—No creo en fatalidades —dijo suavemente—. Tiene usted la manía de personalizar. Es una manía muy femenina... y una muestra de su coquetería. ¿Nunca puede ser completamente natural? Protesté:

—Pero si soy naturalísima...

Consultó su reloj y se levantó.

—Las cuatro. Tengo que irme. Ya no llegaré al ensayo.

—¿Me va a dejar sola, sin nadie con quien hablar?

—¡Vamos, no se ponga tonta! Aquí estará muy bien. Mañana vendré a ver cómo sigue. —Dando la vuelta a la veranda, se dirigió hacia el pórtico—. Le agradecería que me dijese francamente si quiere que le traiga alguna cosa de Sevilla. Libros..., dulces, revistas...

—Me parece que hay todo lo necesario —rechacé enfadada.

—¿Tiene reloj? El de pared está estropeado. Quédese con el mío.

Se quitó el que llevaba puesto en la muñeca y me lo dio. Aún conservaba su calor. Era una preciosidad, de oro, con la correa algo usada.

—Gracias.

Eché a andar cariacontecida. De pronto me puse a reír nerviosamente.

—¿Qué le hace gracia? Es usted una criatura desconcertante.

—Me río de lo ridículo que es todo esto. ¿No lo comprende?

No lo comprendía. Apareció su ceño y me lanzó una mirada de conmiseración, como si yo fuese una pobre loca.

—Es absurdo que me haya tenido que esconder como se esconde la mermelada para que el niño no la coma —expliqué.

—Un símil bastante bonito.

—Se preocupa demasiado por Armando. No es tan pequeñito, ni usted tan viejo...

Sin contestar, se dirigió hacia el coche. Sentí repentina angustia viéndole alejarse. Nuevamente le recordé lo de la criada, a lo cual asintió con aquel gesto de impaciencia masculina que indicaba estar harto del tema.

Me aproximé al coche cuando se disponía a arrancar.

—No deje de venir mañana —supliqué con voz temblona, y él cesó de mirar fríamente hacia la carretera para mirarme con incipiente enternecimiento.

—Aún no le he dado las gracias —murmuró casi a la fuerza— por su condescendencia en venir. Estoy preguntándome...

Calló, arrepintiéndose de lo que iba a decir.

—¿Qué es lo que está preguntándose?

Fingió volver de las nubes con un gesto que tenía mucho de teatro. Luego me regaló con una agradable sonrisa.

—... cómo una muchacha puede ser de hielo y de fuego a la vez.

Abrí los ojos. Mostré el hoyito.

—¿Hielo y fuego...? La abuelita decía que...

—¡Por amor de Dios! ¿No puede dejar en paz a su abuela? Me hizo un saludo con la mano y dio marcha atrás para dar la vuelta. Quedé de pie en el pórtico hasta que el coche desapareció a lo lejos. Luego entré melancólicamente en la «Guarida del Solterón», entregada a mis pensamientos.

—Hielo y fuego...

❦

Me pareció que tenía muchas cosas que hacer para entretenerme, pero luego resultó que, en cuanto hube fregado los platos sucios, sacado las cosas de la maleta, cambiado el vestido estampado por una falda y una blusa sencillas, me encontré sin ninguna otra tarea que realizar.

Eran las cinco de la tarde. Nuevamente recorrí la casa de punta a punta, abriendo los armarios y husmeándolo todo. Descubrí varias novelas policíacas y un montón de revistas, que puse sobre el sofá, en el que me apelotoné. Tenía las ventanas abiertas, y una brisa agradable agitaba las cortinas de cretona, trayendo todos los aromas del campo.

En definitiva, aquel lugar sería un paraíso... contando con compañía. De todos modos, decidí sacar provecho de la situación. Mi vida, durante la última semana, había sido excesivamente agitada, y un poco de reposo me vendría bien.

—De hielo y de fuego...

Era la única frase sutilmente halagadora que yo había escuchado de labios de Oliver, y no conseguía olvidarla, distrayendo mi atención de la lectura de la revista.

—De hielo y de fuego...

Y aquellos ojos de halcón mirándome con amabilidad... Por contraste, recordé la cara del hermano cuando, inclinándose hacia mí, murmuró la tarde anterior: «¿Estoy perdonado...?», en un tono de chico mimoso, tan diferente al de Jaime. Si él pudiera sospechar que en mis pensamientos le llamaba Jaime a secas, sin más ceremonia, se ofendería cruelmente. Era orgulloso.

—De hielo y de fuego...

Pensando en el rubio y en el moreno, me quedé dormida. Cuando desperté era casi de noche. Durante un segundo me desorienté, no sabiendo dónde estaba. Por las ventanas entraba la humedad del río y el canto de los grillos. A la débil luz del atardecer busqué a tientas la caja de cerillas y recordé que, desgraciadamente, Oliver no me había enseñado a encender la lámpara de petróleo. Maldiciendo mi imprevisión, gasté doce cerillas en buscar en el armario alguna vela. Al fin encontré un cabo retorcido, cuando ya estaba a punto de llorar de desesperación.

Coloqué la vela en una botella vacía y la deposité sobre la mesa, sentándome de nuevo en el sofá sin saber qué hacer. ¿Cómo no habría venido la maldita criada, enviada por el maldito Oliver para acompañarme en aquella maldita casa? Me retorcí las manos, y para distraerme hice crujir mis nudillos, como me enseñó de pequeña mi tío bisabuelo Godo. Luego golpeé el suelo con el pie, odiando al hombre que me había metido en tan odiosa aventura.

A la luz de la llama destacaban las truculentas portadas de las novelas policíacas. Rostros horrendos, cadáveres sangrientos, puñales amenazadores... Los crujidos de la madera hacían palpitar mi corazón. A lo lejos sonó el canto del búho.

Cerré dos de las ventanas, dejando abierta una sola. ¡Qué nochecita me esperaba! ¿Por qué me habría fiado de aquel antipático que me arrastraba a tantas locuras...? ¿Qué le importaba a él que yo muriese de pánico o de tedio? Si conseguía sobrevivir hasta el día siguiente, volvería a Sevilla a decirle unas cuantas frescas. En aquellos instantes sentía ganas de arañar aquel rostro de expresión impertinente. Le odiaba, y también a su hermano, el rubio que quería comerse la mermelada. Y ni siquiera era yo la mermelada...

Miré su reloj con hostilidad, aunque en el primer momento me gustó llevarlo puesto. Un reloj con las mismas características del dueño. Lujoso, elegante, de buena marca...

Volvió a crujir la madera. Contuve un grito y casi lloré. A través de la ventana distinguía las recortadas copas de los árboles como manchas negras sobre el fondo azul marino del cielo.

La «Guarida del Solterón». Estaba resultándome una bromita pesada.

Decidí marcharme en cuanto amaneciera. Iría andando hasta el pueblo, donde me facilitarían el medio de volver a Sevilla. ¡La escenita que le esperaba a aquel monstruo de Oliver no la había representado en ninguna de sus comedias...! Hielo y fuego... Vería de lo que era capaz esa extraña combinación de frío y caliente.

Miré la vela con angustia. El cabo ya no era cabo, ni siquiera soldado raso. Solo unas gotitas de cera temblequeantes que sostenían una llamita danzarina.

Al fin se apagó.

Dos lágrimas de rabia, gordas como aceitunas, rodaron por mi nariz. Igual que los moribundos recuerdan en rápidas visiones todo el curso de sus vidas, así yo, convertida en una lástima viviente, hice desfilar en la imaginación a mamá, a la abuela, a mi colección de tíos, a mi colección de novios, a mi amigo el Mago, a doña Tula, a doña Consuelines...

Lloré un ratito. Luego volví a hacerme crujir los nudillos uno a uno. Sonaron todos. A mi tío bisabuelo le fallaban siempre tres, lo cual le daba mucha rabia.

En el mismo instante oí a lo lejos el ruido de ruedas y di un brinco en el asiento. Abrí la puerta y me asomé a la veranda. La luna en cuarto creciente me permitió distinguir el carro, que se detenía a lo lejos, y una figura que saltaba de él, cargada con un cesto. El carro volvió a alejarse y la figura fue aproximándose hacia la casa.

¡Un ser humano! ¡Compañía! Era sin duda la criada.

Nunca en su vida fue aquella chica tan bien recibida en parte alguna. Esperé anhelante. La figura estaba más cerca. Y por cierto una figura menuda, asombrosamente menuda.

Al fin, chica y cesto llegaron. Una voz con marcado acento andaluz saludó alegremente:

—Buenaz nochez, zeñita. Zoy la chica que mandan der cormao... ¿Cómo eztá la zeñita? ¡Caray, qué ozcuro eztá ezto! ¿No tié uzté luz...?

—Estaba... estaba esperándola... ¿Quiere pasar y encender las lámparas...? —tartamudeé.

—Pos no que no —repuso con agrado. Y avanzó entre tinieblas, indudablemente conocedora del lugar. Le entregué la caja de cerillas, que yo no soltaba de la mano. Maniobró con destreza y al momento la luz iluminó la bonita sala, alejando todos los fantasmas. Me sentí tan aliviada, que sonriendo me volví hacia la mujer.

¡Hacia la mujer! Viéndola se me cayó el alma a los pies.

El personaje que Oliver mandaba para alentarme, acompañarme y cuidarme no mediría más de un metro y cuarto, ni contaría más de ocho o nueve años.

La decepción fue tan grande, que, no sabiendo si llorar o reír, opté por lo último, y la chica, que tenía una cara muy alegre, me hizo coro en seguida.

El rostro era gracioso, los ojos muy vivos. Se peinaba en dos trenzas subidas alrededor de la cabeza, sujetas en el centro por un lazo rojo.

—¿Eres tú la que vas a quedarte conmigo? —dije desesperada.

Radiante, asintió:

—¡Pos no que no...! Y con mucho guzto. Poco que me guzta a mí zervir a laz zeñoras. El año pazao me coloqué en caza der médico, pero mi madre me zacó porque loz niñoz me tiraban de laz coletaz. A ezo no hay derecho, ¿verdá, uzté...?

Dije que, efectivamente, no lo había. Yo no le tiraría de las coletas, podía estar segura.

—Pero —insistí—, tienes muy pocos años...

Rio. Tenía también la risa a flor de piel.

—No tan pocoz. Ez que zoy muy bajita. En mi caza tós zomos bajitos. A mi padre le llaman «Er Cañamón». Yo ya he cumplido los trece.

Desde luego no los representaba. Parecía un bebé, pero un bebé redicho que jugase a «persona mayor».

Siguió encendiendo lámparas, iluminando también el dormitorio y la cocina. La guarida adquirió confortable aspecto.

Me enseñó lo que llevaba en la cesta. Un paquete con su ropa, dos docenas de huevos, un kilo de carne y un garrafón con leche.

—¿Dónde vas a dormir? No hay más que una cama —dije sin pizca de ánimo.

Me señaló el sofá.

—Ahí mismo, no ze preocupe. Pero ¿qué le paza a uzté...? ¿Eztá enferma...? ¿Por qué no ze acuezta?

Era una buena idea. Los huesos me dolían. La chiquilla sacó sábanas y preparó el lecho en un santiamén.

—¿Cómo te llamas?

—Juanilla, pa zervirla.

—¿No tienes alguna hermana mayor que tú...?
—No, zeñora. ¿Por qué?
—Me asusta un poco estar las dos solas en esta cabaña.

Se echó a reír.

—¿Miedo? ¿De qué? Aquí nunca paza ná. Solo el año pazao, cuando aquer loco ze ezcapó del encierro de Zevilla y vino hazta aquí y mató a un hijo de Pepillo er botellero, que ze lo tropezó en er bozque y lo dejó acribillaíto... Bueno, acribillaíto de puro eztrangulao. Pero le cogieron... No hay que azuztarze. Si tié uzté miedo ze lo diré a mi padre cuando venga mañana con er carro a traer er pan, y él discurrirá arguna coza. Tós dicen que «Er Cañamón», ez un tío mu lizto. Ande, acuéztese.

La chica tenía una serenidad que sosegaba. La historia del loco que dejó «acribillaíto de puro estrangulao» al hijo del botellero me obligó a cerrar la ventana. En seguida me acosté. La cama era blanda y deliciosa. Al momento, Juanilla entró a arreglarme el embozo con una eficiencia que daba risa.

—¿Quiere que le caliente un poco de leche?

¿Leche? Recordé que tenía apetito.

—No he cenado y tengo hambre —confesé.

Juanilla se puso en jarras con cara de espanto. El hecho de no haber cenado le parecía trágico.

—¡Dioz mío! Tenga paciencia y le traeré argo bueno. ¡Qué dizparate quearse con laz tripaz vacíaz! Pos no que no...

Y la niña sabihonda se fue a la cocina, y yo, reclinada en el almohadón de plumas, me dejé cuidar, porque era una sensación grata y desconocida para mí.

Tras un ir y venir apresurado, adornado con ruido de platos y chirriar de aceite friéndose, Juanilla hizo una entrada triunfal, portadora de una bandeja llena de cosas buenas.

Dos huevos fritos, dos salchichas, patatas en cuadraditos, jamón y pan blanco.

Lo repartí todo con ella. Ya había cenado, pero a los trece años no importaba cenar dos veces. La cena me supo a gloria.

Encargué que dejase encendida toda la noche la lámpara de la cocina. Apagué la de mi cuarto y procuré dormir, aunque mi cabeza era un caos.

Oliver..., Armando..., el Mago..., el estrangulador...

El calor del cuarto, con todas las ventanas cerradas, me asfixiaba. Ya tarde caí en un sopor pesado, y no desperté hasta muy entrada la mañana.

※

Fue Juanilla quien me despertó canturreando en la cocina. Yo creo que se puso a cantar a propósito, no encontrando mejor modo de hacerlo, dado lo avanzado de la hora.

Al abrir los ojos tuve exacta noción de que estaba en Andalucía escuchando aquello de:

La enterraron por la tarde
a la hija de Juan Simón...
Era Simón en el pueblo
el único enterrador...

Podía haber elegido algo más alegre, sin duda, pero Juanilla lo cantaba tan animadamente, que en lugar de emocionar se sentía casi alegría porque se hubiera muerto la hija de Juan Simón y porque su padre fuese el único empleado del cementerio.

Salté de la cama y abrí las ventanas, sintiendo ganas de cantar yo también ante aquel prodigio de luz, de color y de penetrantes perfumes. El solterón eligió un magnífico sitio para guarida. Asomé medio cuerpo fuera de la ventana como si quisiera abrazar el encantador paisaje. A la derecha los pinos y el río, como un cristal deslumbrante. A la izquierda un campo de viñedos que se prolongaba hasta el horizonte. Y como fondo, para hacer resaltar los colores del cuadro, la tierra, de un tono cobrizo fuerte, y el cielo, tan azul... tan azul... que entraban ganas de piropearle.

Recordé una canción aprendida en la niñez y me encontré tarareándola:

—*Viva mi tierra bendita,*
que es un destello del sol.
Quien no quiera a una española
no sabe lo que es amor...

Juanilla acudió al ruido con grandes muestras de alborozo. A la luz del día me pareció aún más chiquitina de cuerpo, aunque con cara de vieja. Me instó a que saliera a tomar el desayuno en la veranda, y así lo hice. Me sirvió chocolate humeante y unos picatostes muy bien hechos.

Hacía un día perfecto. El sol calentaba de firme. La sensación de que no tenía nada que hacer sino gozar de todo aquello me embriagaba.

Fui a mi cuarto y rebusqué en la maleta hasta dar con mi traje de baño, mis pantalones cortos y mi blusa playera. Aquel fue mi último atuendo veraniego. Me puse el bañador azul pálido, cuya compra se había llevado mis ahorros de todo un año. Encima vestí los pantalones y la blusa y calcé unas cómodas sandalias.

—Voy a bañarme —anuncié a Juanilla, que no hacía más que asomarse a mirarme con invencible curiosidad—. Volveré a la hora de comer.

Cogí unas cuantas revistas y bajé de un salto los cuatro escalones que separaban la veranda del suelo. Canturreando aún, avancé por el sendero abierto en el pinar.

Era un pinar perfecto, no uno de aquellos bosques de pinos espesos y cerrados que siempre me impresionaron. Era un bosque de árboles espaciados, cuyas ramas se tocaban lo suficiente para formar sombra. La fragancia resultaba extraordinaria, como si la naturaleza hubiese querido verter en el lugar todos sus perfumes.

Pisé con cuidado la alfombra de agujas secas, escurridiza. Me agaché y cogí una piña, entreteniéndome en abrirla mientras caminaba. No tenía piñones, pero me gustaba el olor a resina. Al fin llegué junto al río.

Había al borde del agua una franja de arena fina y blanca, tan suave al tacto que me hizo añorar mi hermosa playa de Villamar.

Siempre fui la bañista número uno del pueblo. La que se daba el primero y el último baño de la temporada.

Había tal costumbre de verme pasar en dirección a la playa a primeros de mayo, que la gente solía decir: «Ya es hora de quitar las mantas de las camas. La niña de Ocampo ha comenzado a bañarse». Y a finales de octubre: «Hay que sacar los abrigos y sacudirles la naftalina. Ya no se baña Anita Alvear».

Yo era simultáneamente la niña de Ocampo y Anita Alvear.

Pablito, el de las paperas, ni novio poeta, me llamaba Sirena y me hizo una poesía que empezaba así:

¡Quién fuera el mar que te mece...!
¡Oh Sirena, Sirenita...!

La abuelita, que era muy exigente, insistía en que aquello de «el mar que te mece» resultaba cacofónico, pero yo defendía a Pablito, porque la abuela solo encontraba mérito en Campoamor y odiaba las libertades de los poetas modernos.

Me quedé en traje de baño y comprobé con satisfacción que mis brazos y mis piernas mantenían su habitual tono dorado. En seguida me acerqué a la orilla. No se trataba de un río peligroso, sino de un arroyo clarísimo.

Me chapucé con deleite. El agua era hielo puro. La prefería así. Me hacía sentirme más viva. Quería permanecer bien despierta para gozar del placer que me producían el agua fría, el cielo azul y la tierra fragante.

Aunque el arroyo no era caudaloso, se podía nadar. Me sumergí hasta el fondo con los ojos abiertos. Un pececillo plateado pasó rozándome. Quise cogerlo y se me escurrió. Los guijarros de colores semejaban piedras preciosas que reposaran en un cofre de plata. Cogí un puñado y volví a la superficie. El aire libre me supo a champán helado. Volví a sumergirme y estropeé el paseo de una familia de peces diminutos que, en fila india, había salido sin duda a hacer sus compras mañaneras. Cuando regresasen a casita contarían que un monstruo de color azul los había asustado.

El monstruo de color azul abandonó por fin el agua y se tumbó boca abajo sobre la arena ardiente. Dejé de pensar en todo, limitándome a sentirme vivir, estremeciéndome de gusto bajo la caricia del sol.

Casi me adormecí. De aquel marasmo me sacó, al cabo de un rato, el sonido de una voz.

—Buenos días... La niña me dijo que la encontraría por aquí...

Me incorporé atontada. Jaime Oliver me turbaba con su mirada. Empecé a decir sandeces, de puro azorada.

—Sí... Aquí estoy... Me... me he bañado.

Era evidente. Mi cabello y mi bañador aún chorreaban agua.

—Me... me gusta mucho bañarme... Sí... siempre me baño... Ha... hace muy buen día... ¡Qué ridícula e incomprensible sensación de vergüenza! El traje de baño me era tan habitual como a un bebé sus faldones. Sin embargo, en aquella soledad, ante aquel paisaje de río, bosques y viñas, me sentí enrojecer hasta la raíz del pelo.

La culpa de ello la tenían sus ojos. Aunque por corrección no me miraba, yo sabía que los ojos de halcón lo veían todo a la primera ojeada.

—Ya... ya me iba a vestir —dije. Y contemplé con ansiedad un salvador macizo de helecho que se alzaba a poca distancia.

—La esperaré —dijo sentándose discretamente en la orilla, de espaldas al macizo.

Vertiginosamente me puse los pantalones y la blusa y al minuto estuve de nuevo junto a él, que se distraía, como todos los hombres que se sentaban frente al agua, en tirar chinitas, haciéndolas rebotar en la superficie. ¿Qué reflejo subconsciente de la mentalidad masculina los impulsaría a ese inevitable juego de las piedrecitas? Hasta mi tío bisabuelo Godo, la última vez que bajó a la playa en 1930 fue para coger una piedra y tirarla. ¡Qué manía!

—Ya estoy lista dije sentándome a su lado. Y se sorprendió por mi rapidez. Me explicó que había venido temprano porque no quería perder el ensayo. Deseaba saber cómo pasé la noche. Repliqué que muy mal, a causa de la criadita liliput.

Me aseguró que trataría de arreglarlo, pero que de todos modos ocho días se pasaban pronto.

Le pregunté si *Un marido perfecto* seguía llenando el teatro. Dijo que sí.

—Estará muy satisfecho de sí mismo —murmuré.

Me miró creyendo que hablaba en broma.

—¿Por qué?

—Porque su vida es un puro éxito... Hay tan poca gente que consiga clasificarse en el mundo como triunfadora...

Lanzó otra piedra al agua.

—¿Qué es el triunfo? —dijo como si pensara en alta voz.

—No busque más lejos. Usted mismo. Ocupa un primerísimo puesto en su profesión. Tiene gran personalidad. Es rico... El público le adora...

Sonrió.

—Todo eso estaría muy bien si yo sintiera afición por mi trabajo.

Di un respingo.

—¡¡Cómo!! ¿Va usted a decirme que no le gusta ser actor...? ¡Vamos! No se ría de mí... ¡Si es usted artista de los pies a la cabeza! No podría ser otra cosa diferente...

Mi entusiasmo le sorprendió.

—¿Por qué no podría ser otra cosa diferente?

—Su voz..., sus gestos..., su tipo..., su modo de mirar.. Todo usted es distinto a los otros hombres. Tan distinto como el día y la noche. Cuando usted habla, la gente tiene que mirarle. Y le miraría aunque no fuese actor, lo cual le colocaría ya ante la posición de representar para un público.

Callé, temiendo que mi exceso de entusiasmo le asustara. A mí también me estaba asustando. ¿Estarían reblandeciéndose mis sesos con tanto sol?

—Sin embargo, insisto en que no elegí esta profesión. Me la dieron. Una vez en ella he procurado sobresalir, como es lógico. Mi madre fue una gran actriz. Quiso que yo fuera actor. Y lo soy. ¿Sigue considerándome un triunfador?

—Con más motivo... Pero no querrá decirme que carece da vocación. No se puede ser tan buen actor si no se tiene.

Se pasó la mano por el cabello.

—Me gusta el arte por el arte. Pero hay algo que no puedo resistir. El artista famoso no tiene derecho a vivir en la intimidad. Usted me lo dijo en un momento de furia y se hizo eco de mis propios pensamientos. La gente acaba por creer que tiene derechos de vida y muerte sobre sus artistas favoritos... Les rodean, halagan, exigen... Acaban por asfixiarlos espiritualmente. Hasta los que se consideran mejor educados y más discretos pierden esa discreción cuando se dirigen a un artista: «¿Qué es lo que usted piensa?» «¿Cómo vive?» «¿Qué come...?» «¿Qué lee...?». Llega un momento en que el ídolo se mira al espejo y no se encuentra a sí mismo... Es solo un muñeco de cuyos muelles tiran los otros. Hace los gestos que los demás esperan, dice las frases que sabe habrán de calificar de ingeniosas. En resumen, cometen un asesinato.

—¿Un asesinato...?

—No le asuste la palabra. Es exacto. Yo podría decirle, por ejemplo, que Jaime Oliver no existe.

Di un brinco. El sol le sentaba peor que a mí.

—¿No existe?

—Al menos, el Jaime Oliver creado por el público. La gente se quedaría muy asombrada si pudiese vislumbrar lo que es en realidad Jaime Oliver.

No pude contenerme.

—Daría algo por saberlo.

Me miró.

—¿Por qué...? ¿Curiosidad de público?

—No... Nunca he tenido ídolos, se lo aseguro. Simple curiosidad humana. ¿Qué le habría gustado ser, de no dedicarse al teatro?

—Ingeniero —dijo con rapidez.

—¿Como... Armando?

El nombre nos sobresaltó.

—Adoro la soledad y los anchos espacios. Tengo un carácter bastante huraño, aunque le parezca mentira. Y me paso la vida rodeando de gente. Claro que no he renunciado a mis aspiraciones. Y las realizaré antes de que consigan devorarme del todo.

—¿Qué género de vida es el que le gusta?

Con toda sencillez explicó:

—Este.

Hizo un ademán que abarcó el paisaje, la alegría y la libertad.

—Compraré alguna gran finca en algún sitio y haré vida natural y humana, sin artificios, de los que estoy tan cansado.

—Se aburrirá...

—No, con una compañía que me guste.

Empecé a pensar en qué clase de compañía sería aquélla y si se referiría a una compañía femenina.

—¿No echaría de menos la emoción de los estrenos, los halagos, la sensación de ser un personaje importante?

Sonrió y escogió otra piedrecita con gran cuidado.

—¿Soy un personaje importante?

—No finja modestia. Bien sabe que sí.

—Todo es relativo. Quizá resulte importante para usted... porque trabaja a mis órdenes. Pero ¿qué puedo importarles a los millones de almas que viven, por ejemplo, en China, o en la India, o...?

—¡Vamos, vamos! No se salga por la tangente. Tampoco a usted le importan los chinos ni los indios... La diferencia es recíproca. —Cambiando de tono dije—: Sea sincero. ¿Qué ha desayunado esta mañana, que está tan furioso?

Se echó a reír, al fin, y por primera vez nos miramos frente a frente sin hostilidad.

—¿Pretende que haga una confesión...?

—Me encantaría.

—No he conocido a nadie que diga «me encantaría» con tanta vehemencia como usted. Bueno... El caso es que me desperté hoy descontento de mí mismo.

—Y eso es todo, ¿no? —inquirí, burlona.

—Por culpa suya.

—¿Mía...? —Mostré el hoyito. Se fijó en él y en seguida lanzó otra piedra al agua. Tuve la sensación de que me había quitado el hoyito y lo había tirado.

—Estuve abusando de mi autoridad... y de la situación trayéndola aquí a la fuerza.

—No vine a la fuerza. Nadie podría hacerme ir a la fuerza a ningún sitio. Mi abuelita lo decía... —Me tapé la boca—. Perdone por mencionar a mi abuela.

—No he tenido ocasión de tratarla mucho... —dijo.

—¿A quién...? ¿A mi abuela? —me asombré.

—A usted... Estoy hablando de usted. Cuando supe que Armando estaba metiéndose en un amorío con complicaciones matrimoniales, pedí informes suyos a una persona de confianza... Siento decirle que los informes fueron desastrosos...

Yo también lo sentía. En aquel instante en que por vez primera hablaba normalmente con Jaime Oliver, me escocía el hecho de que me considerase una mujer equívoca. Confundiéndome con La Otra, por supuesto.

—No debió hacer caso de habladurías —protesté—. Soy... soy... una chica seria. A veces el mundo se ensaña con una persona cualquiera, desacreditándola sin razón.

No se dejó convencer fácilmente.

—Bueno..., dejemos eso... De todos modos, temí haberme portado con excesiva rudeza.

—¿Rudeza...? —De repente olvidé sus impertinencias y recordé solo las dos o tres amabilidades que me dijera desde que lo conocí... Me había llamado lista... Y peligrosa (lo cual también era halagador), e incluso mencionó algo sobre hielo y fuego...—. No se disguste por mi causa... No quiero aumentar sus muchas preocupaciones. Estoy bien aquí... Aunque no lo crea, a mí también me apetece la vida tranquila al aire libre... Me agradaría vivir en una finca..., pero cerca de la ciudad. Quisiera tener una casa con habitaciones grandes y confortables... Un cuarto lleno de armarios con mucha ropa que guardar dentro. Un jardín con flores, sin jardinero que me regañase por cortarlas... Un huerto... Un huerto enorme con coliflores, tomates, patatas...

—... árboles frutales —apuntó.

—Y una piscina.

—Con césped alrededor.

—Exacto. ¿Cómo lo sabe? Es mi casa.

—Y también la mía.

Reímos.

—No me lo imagino haciendo de labrador con esas manos... —dije.

Se las miró.

Por un instante sentí un absurdo deseo: coger una de ellas, meterme dentro y cerrar.

Suspiré sin saber por qué. Sacudí la cabeza. Me pareció como si el tiempo se hubiese parado. Le miré.

Todo seguía igual y él continuaba hablando.

—Tampoco las suyas son de labradora...

Reí.

—A pesar de mis proyectos sobre coliflores y patatas, prefiero el mar al campo —confesé—. De niña fabriqué una balsa con los restos de una piragua, icé bandera negra y me dediqué a la piratería, arrastrando a la aventura a mi primito de seis años. Naufragamos en seguida, mi primo se constipó y mi tía no le volvió a dejar salir conmigo...

—Ya era peligrosa para los hombres en aquella época, ¿no...?

Me molestó en el momento en que empezábamos a ser casi amigos.

—Al menos ya ve que no soy peligrosa para usted... —refunfuñé.

Se sacudió la arena con parsimonia, levantándose.

—Siempre personalizando... —murmuró.

Como no me levantaba me dijo:

—¿No viene? Tengo que marcharme.

—Está bien. Adiós.

¡Qué agradable me resultó la sonrisa torcida! Me tendió la mano. Creí que era para saludarme y se la di. Tiró de ella y me hizo poner de pie.

—No tome tanto sol, le puede hacer daño. Acompáñeme hasta el coche. No sea rabiosilla... Echamos a andar a través del fragante pinar. Aún olía mejor que antes. Cogí otra piña y él me imitó. Le gustaba hacer lo mismo que a mí: ir quitándole trozos y oliéndolos. El primer contacto de su mano había encendido en mi interior unas lucecitas.

—Siento que se marche tan pronto... Los días se me van a hacer largos estando tan sola.

—Le he traído unos libros... Huxley... Me dijo que lo leía.

—¿Yo... ¿Cuándo...?

—Cuando citó aquello de que «las personas famosas tienen la obligación de ser interesantes»... Me halagó que recordara mi frase. Es decir, la frase de Huxley.

—Se lo agradezco mucho —dije—. Pero... ¿por qué no viene mañana temprano y organizamos una partida de pesca?

Se detuvo.

—¿Pesca?

—Creí entender que esa era una de sus aficiones.

—Lo es.

—También a mí me gusta... Prepararé el almuerzo...

—Pero el ensayo... —se defendió, seducido a medias por la idea. En su imaginación veía espléndidas y relucientes truchas.

—¿Por qué no ensayan después de la función de noche?

Allí estaba yo, el último mono de la Compañía, disponiendo sobre lo que podían hacer o no hacer.

Vencieron las truchas.

—Está bien —aceptó—. No resisto a la tentación, pero recuerde que vendré muy pronto. Vi alejarse el coche y regresé a la guarida, donde Juanilla, locuaz y dicharachera, me explicó que su padre había estado a llevar el pan, acordando que por la noche enviaría al hermano de Juanilla para que durmiese en la guarida y nos acompañara.

—Pero bueno... ¿dónde va a dormir tu hermano?

—No ze preocupe, zeñita. En cuarquié lao. En roscao en er zuelo...

Me lo imaginé como un enorme perro de lanas ladrando cada vez que oyese ruido. Los paquetes llevados por Oliver resultaron ser libros y dulces. Unas yemas cristalizadas que hacían rudo contraste con Huxley. Pasé la tarde leyendo y metiendo la mano en la caja de yemas. Una vida «terrible».

A las nueve de la noche surgió la nota cómica con la llegada del hermano de la criadita, el supuesto perro guardián que acudía a defenderme de todos los peligros.

Mediría un metro treinta y tenía un año más que la chica. Con sus pantalones cortos, su cara descarada y sus ojos maliciosos era un digno descendiente del «Cañamón». Mi colegio aumentaba.

Compartí la cena con los peques y me fui a acostar.

Nuestro valiente defensor veló toda la noche... dormido como un tronco.

¡Ah! En el sofá...

Fue la pobre Juanilla quien tuvo que enroscarse en el suelo.

Ignoro por qué nos gustarán los hombres a las mujeres.

※

La primera palabra que acudió a mi imaginación al abrir los ojos al siguiente día fue una de dos sílabas:

—¡Trucha!

Como si sirviese de acicate para ponerme en movimiento, di un brinco y me entregué a un frenesí de actividad que comenzó por despertar a los bebés, que dormían a pierna suelta.

Luego me duché con agua fría, me desayuné y entré en la cocina. Abrí el armario para inspeccionar las conservas. ¿Qué le gustaría a Oliver? Si era un excursionista normal, la tortilla de patatas y los filetes empanados. Pero quería añadirle algún toque de fantasía al menú. El toque de fantasía fueron unos bocadillos bien untados de mantequilla y rellenos de un picadillo de lechuga y crema de queso. El «Bollo Anita», que se hacía al minuto, y unos melocotones de muy buen aspecto. Incluso preparé café, que vertí en un termo. Había descubierto una maleta maravillosa con tazas, platos, cubiertos y todo lo indispensable para una comida campestre. La maleta se convertía, además, en mesa. No olvidé ni el mantel ni las servilletas.

Juanilla y Rafaelón seguían mis idas y venidas con el mismo interés que si se tratara de una película de Bob Hope. Guardé también las pocas yemas cristalizadas que quedaban y que mis niños vieron desaparecer con nostalgia.

Una vez pasado el frenesí alimenticio me entró el frenesí de la coquetería. ¿Oué me pondría? Revolví mis ropas furiosamente, temiendo haberme dejado en Madrid unos pantalones que me sentaban a maravilla. Por fortuna estaban. Tuve el buen acuerdo de dejar en casa de doña Tula las ropas de luto solamente. El blusón estampado en colores chillones, simulando anclas, timones y redes puestas a secar, era calificado por la abuelita de disfraz y por mí de «apoteosis marítima», pero todas las amigas me lo envidiaban. Con él aparecí retratada en un periódico de la provincia:

«Elegantes muchachas de Villamar…».

La abuelita no comprendía el porqué de aquel plural siendo yo sola la fotografiada. Tuve que explicarle que aquella era la «jerga» periodística.

Me vestí y sujeté mis cabellos con un pañuelo rojo y azul. Por dos veces me quité la pintura rosa de los labios, pareciéndome que el dibujo no había salido perfecto. El pasmo de Juanilla y Rafaelón aumentó hasta el infinito. Al verme, el chico lanzó una risotada:

—¡Ojú, paece un zeñó disfrazao!

Y tras aquel desahogo escupió por la ventana con tan buena puntería que manchó el cristal. Di severas instrucciones a Juanilla para que mandase a casa a su hermano. Con la condición de que no volviera. Prefería pasar miedo.

Me senté en el primer escalón a esperar. A poco oí la bocina, que ya me resultaba familiar. Me puse nerviosa como una tonta.

Saludó desde lejos con la mano. Luego bajó de un salto. Me pareció más joven y con nuevo aspecto. Se debía al hecho de que no llevaba cuello ni corbata. Vestía pantalones grises y una camisa de mahón azul eléctrico, que me enloqueció.

—Buenos días... Como verá, he madrugado —saludó con animación—. Entraré a buscar los aparejos de pesca.

Al entrar en la casa pareció entrar también con él una ráfaga de atmósfera masculina y enérgica. Revolvió en un armario empotrado en la pared y eligió amorosamente dos cañas de pescar y dos pares de botas altas.

—Es también agradable pescar dentro del agua —dijo.

Por primera vez me recordó un poco al cachorrillo. Parecía un niño ilusionado con un día de vacaciones.

¿Era este el verdadero Jaime Oliver, el Jaime Oliver que nadie conocía? ¿Por qué azares de la vida tenía que ser yo, una muchachita de Villamar, quien le viese tal como era? Sencillo, reservando intacto y sin malear el fondo de ingenuidad que latía en el corazón de todos los hombres. Porque siempre había pensado que los hombres no salían nunca de la infancia. Eran niños más o menos crecidos y más o menos insoportables, a los que no siempre era posible dar azotes.

Allí estaba, en aquel momento, el Jaime Oliver niño, empeñado en cargar con la maleta de la merienda, las cañas y las botas.

—No, no —protesté—. Tiene usted que dejarme llevar algo.

Echó a andar en dirección al auto, de donde sacó un bote de metal.

—¿Qué es eso?

Me lo mostró como si se tratara de un tesoro. Un tesoro maloliente, por cierto.

—Cebo para las truchas. ¿Creyó que me olvidaría del detalle principal? Hay moscas de todas clases.

Insistí en que me permitiera llevar las cañas, que era lo más ligero. No conté con que era lo más incómodo. Se me enganchaban en las ramas y me obligaban a ir mirando al cielo.

—Hay que andar un poco para llegar a un sitio adecuado —explicó—. No podemos ir en el coche porque el camino es intransitable.

Echamos a andar. Yo tras él, como un perro tras de su amo. Íntimamente iba moviendo la cola, de pura satisfacción. Me apetecía el paseo, la pesca, la comida y hasta el llevar las odiosas cañas, que era la tarea más molesta que hiciera en toda mi vida.

Íbamos por un sendero estrechito que bordeaba el río. Eran las diez de la mañana. El sol caldeaba la tierra anunciando un día ardoroso. Los insectos zumbaban y el bote que Oliver llevaba con tanto amor apestaba a efectos del calor. Pero él, el hombre elegante por excelencia, iba encantado con su bote y con la peste. El poder de las truchas era incalculable.

Balanceando las cañas trataba de seguirle, apretando el paso. Ni una sola vez volvió la cabeza, y empecé a pensar en que me había tomado un trabajo inútil arreglándome con tanto detenimiento. Decididamente, yo no despertaba su interés. Mirando sus anchas espaldas y sus morenos brazos traté de imaginármelo haciéndole el amor a una mujer. Ya le había visto hacérselo a Bárbara Palma en escena, pero era diferente. ¿Estaría enamorado? Me hubiera encantado saberlo.

Se me enredaron los anzuelos y tuve que detenerme a desenredarlos. Él ni siquiera se enteró. Corrí luego para alcanzarle. Mi optimismo se estaba disipando. Sentía calor y ganas de llorar.

—Ya estamos —anunció al fin, ajeno a todo mi drama íntimo. Era tiempo. Un metro más y habría caído exhausta. Con seguridad, el entusiasta pescador habría seguido andando, ignorando mi cadáver, que quedaría colgado de las cañas.

El río, en uno de los múltiples zigzags, se ensanchaba y en aquel recodo formaba una corriente, que saltaba sobre las piedras levantando nubes de espuma. A ambas orillas, la vegetación era exuberante. Las flores salpicaban los helechos, produciendo un efecto precioso.

Dejamos nuestros enseres bajo la sombra de una encina. Con un suspiro de deleite empezó Oliver a hurgar en el perfumado cebo con aquellas manos tan bonitas, cuyos movimientos fascinaban al público.

—Vaya usted eligiendo un buen sitio —me aconsejó alegremente—. Yo elegiré las moscas.

Con toda franqueza..., yo había echado una mentira al asegurar que era aficionada a la pesca. Tenía una caña en la mano por vez primera en mi vida.

Jamás me interesaron las emocionantes descripciones de mi primo Camilo sobre la pesca de lubinas. Antes de conocer a Arturo, tuve un pretendiente que no me desagradaba. Al comenzar la temporada de playa descubrí que el vehemente muchacho era un entusiasta de la pesca submarina. Pescaba debajo del agua con uno de aquellos fusiles especiales, y apenas llegábamos a la playa se ponía un monstruoso bozal que facilitaba la respiración, calzaba unos horribles pies de goma en forma de aletas de tiburón y, convertido en pesadilla dantesca, desaparecía. Durante las horas de sol solo lograba distinguir de él una especie de periscopio de submarino, que formaba parte del «uniforme». Naturalmente, conocí a otro chico que andaba sobre la tierra y pasé el verano bailando con él: monstruos marinos, no. Desde entonces, mi antipatía por la pesca había aumentado.

—¿Nos ponemos las botas ahora? —pregunté al jefe de la expedición.

—Si le parece, pescaremos un rato desde tierra, a ver cómo se presenta el asunto. ¿Ha elegido ya un sitio?

Me encogí de hombros.

—Aquí mismo estaré bien.

Me senté sobre una piedra plana y relativamente cómoda y agarré la caña. Él se rio.

—Ahí no conseguirá que pique nada.

Pero, considerando que había encontrado la piedra ideal, no me moví.

—Probaré suerte.

Me dio la tapadera de la lata con un montón de moscas artificiales y se alejó unos metros, dando vueltas y revueltas para estudiar el terreno. Se instaló al fin, como un gato que, tras de mullir el almohadón, descubriese la postura adecuada.

—¡Buena pesca! —me deseó. Y yo le devolví su buen deseo, mientras con cara de asco clavaba el cebo en el anzuelo como se lo viera hacer a él.

Lancé la caña y esperé.

Pasó media hora.

Pasaron tres cuartos de hora.

Se cumplieron sesenta minutos justos. Lancé un bostezo.

—Si se agita tanto no conseguiremos nada —me increpó—. Hay que guardar inmovilidad absoluta.

—No puedo guardar inmovilidad absoluta —me exasperé—. No soy un faquir…

—Tampoco yo.

—Pues lo parece.

—Soy un buen pescador.

—¿Sí…? Aún no ha cogido ni un boquerón.

Se sintió ofendido.

—No suele haber boquerones en los ríos.

—Ni truchas. Eso es una leyenda. Temo que solo haya ranas. No conozco a nadie que haya pescado una trucha… ¿Qué es una trucha? Pura utopía…

Tenía ganas de hablar, unas ganas delirantes, aunque fuese para decir idioteces.

—¿Quiere callar un poquito? —dijo el verdugo.

Callé, desesperada.

Pasó otra media hora. Miré el hilo de mi caña con apasionante interés. Y también a mi compañero, inmóvil como un poste.

Esta era la excursión divertida por la que yo me había tomado tantos trabajos... Lo mismo me hubiera dado estar allí sola.

Abandoné la piedra Y me tumbé sobre la hierba, cara al cielo, sujetando la caña con los pies. Al menos estaba cómoda.

—¡Eh! ¿Dónde está...? —gritó Oliver temiendo sin duda que me hubiese arrastrado la corriente. Saqué una mano para que sobresaliera de la peña que me ocultaba.

—Aquí —dije de mala gana—. Tumbada en el suelo. Forma parte de mi sistema.

No respondió. Otra vez estaba «en trance».

En voz bajita empecé a hablar mal de Oliver, como hacía de pequeña cuando alguien me regañaba y no podía contestar. Eso me desahogaba mucho.

En el momento en que estaba llamándole bicharraco dañino sentí un brusco tirón en los pies. Había ocurrido una increíble novedad. Me incorporé agarrando la caña con terror y dándole vueltas a la devanadera.

—¡Jaime! —grité—. ¡Jaime! —Y él se incorporó como si le hubiese picado una avispa al verse interpelado con tanta confianza. Pero al ver lo que ocurría se olvidó de las conveniencias sociales y acudió a auxiliarme gritándome consejos.

—¡Cuidado! ¡Cuidado...! Más despacio... ¡Que se le va a escapar...!

No se escapó. Cuando llegó junto a mí ya tenía yo fuera del agua una reluciente trucha que daba los últimos coletazos, maldiciéndome en su agonía. La emoción fue tan aguda, que sentí un ridículo deseo de saltar y de gritar y de estallar en sollozos. En aquel momento comprendí el porqué de tantos clubs de pesca esparcidos por el mundo.

Oliver —ya no era Jaime, por supuesto— arrancó el pez del anzuelo y lo miró con ojo crítico.

—Una buena pieza —dijo alegremente—. ¿Ve como no era una utopía...? La felicito. Veremos si yo también tengo suerte.

Volvió a irse, y yo quedé de nuevo sola con el cadáver de mi víctima. La metí en un cesto para que no atormentara mi conciencia. Con nuevo entusiasmo volví a lanzar la caña con su nueva mosca y esperé. Solo transcurrieron diez minutos para que se repitiera el milagro. Increíble. Volví a gritar:

—¡Otra! ¡Otra...!

Dio un salto.

—¿Es posible?

Lo era. Allí estaba la pobre compañera de la difunta, más gorda todavía que la anterior.

Oliver me miró perplejo.

—No acabo de comprender su sistema...

Me balanceé con las manos a la espalda.

—Tengo mis métodos. He pasado media vida pescando.

—Empiezo a creerlo...

Se fue. Yo dejé la caña y decidí preparar la comida. Abrí la maleta, la coloqué en forma de mesa y distribuí platos y cubiertos. Cuando todo estuvo listo me acerqué por detrás, di unas palmadas y simulé el sonido de un gong.

—El señor está servido —dije con una reverencia.

No me creía tan cerca, y le produje tal sobresalto que la caña estuvo a punto de escapársele de las manos.

—¡Demonio...! ¿Qué le ocurre ahora...?

—Vamos a comer.

—Aún no tengo apetito.

—Yo sí.

Vaciló, estuvo a punto de decir algo tajante, pero se contuvo y se levantó, acercándose al río para lavarse las manos cuidadosamente. Después se las secó con un pañuelo blanquísimo, que dejó tendido sobre una peña. Estaba en todos los detalles, como de costumbre.

—¿Qué tal se le ha dado la mañana? —pregunté con malísima intención.

Agitó la cabeza, abrumado.

—¡Nada! Parece mentira...

La costumbre de actuar en el teatro le hizo dar a aquel «¡nada!» un acento tán dramático que me hizo reír. Me lanzó una mirada decepcionada y rencorosa.

—¿Por qué se ríe...

—Hace un día ideal, ¿no cree?

No dijo ni sí ni no. Llegamos ante la mesa y echó una ojeada a la comida.

—¿Tortilla? —comentó con desgana—. ¿Filetes empanados? ¿Cómo no se le ocurrió asar las truchas...?

Enfurecida, repuse que yo no tenía su imaginación. Sin molestarse, insistió:

—Es la mejor comida del pescador.

—¿Por qué no se las asa usted mismo y se las come...?

Me miró con fijeza, se levantó y se fue.

Se había propuesto estropearme el día. Estallé:

—¡Señor Oliver! —grité consternada.

Asomó la cabeza por entre los árboles.

—¿Por qué se va? Perdone si le he ofendido.

—No me ha ofendido. Estoy buscando ramas secas para encender la hoguera.

Consiguió encenderla, dejándome asombrada. Puso las truchas sobre las cenizas y, con el mismo cuidado e interés que ponía en todas sus cosas, permaneció atento al asado, como una madre amorosa que velara por el sueño de su hijito. Cuando estuvieron a punto, colocó las truchas sobre una gran hoja de viña y me las tendió.

—Pruébelas —invitó con su peculiar sonrisa—. Usted las pescó.

Dije que no, que solo quería tortilla, pero su sonrisa era tan seductora que nos comimos las truchas en un «mano a mano» vertiginoso, y también la tortilla y los filetes.

Tras de tomar el café nos tumbamos un rato sobre la hierba.

—El café estaba muy bien hecho... Cosa rara. Las mujeres no saben hacerlo —comentó.

—¿Por qué tiene tan mala opinión de las mujeres? —murmuré medio adormilada.

—Dios me libre. No tengo mala opinión. Solo creo, como Milton, que son un hermoso defecto de la naturaleza.

—Qué desagradecido... —dije—. La legión de sus admiradoras es ilimitada.

Guardó fría reserva.

—Me fastidian esas cosas que tienden a rebajar una profesión que considero tan seria como otra cualquiera.

—¿No es sensible a la admiración femenina? Por lo general, todos los hombres sacan el pecho y se alisan las plumas ante el menor elogio.

—Y ahora repito yo: ¿por qué tiene tan mala opinión de los hombres...?

—La tengo pésima.

—Algún día encontrará alguno que le haga variarla.

—¡Ojalá no tenga un hermanito metomentodo! —deseé ardientemente.

Y volvió a exclamar con su frase habitual:

—¡Siempre personalizando!

Callamos. Creí que se habría dormido, pero al cabo de un gran rato alcé un poco la cabeza y descubrí sus ojos fijos en mí. Me ruboricé.

—¿Qué mira? —pregunté por decir algo.

—Repitiendo sus palabras, otra vez diré yo también: «¿No está usted acostumbrada a que la contemplen...?»

—Usted mira de un modo diferente.

Aquello le hizo gracia.

—¿Por qué?

—No sé... Sus ojos son una instalación completa de rayos X. Llegan hasta el esqueleto. Desde que le vi en escena pensé que había algo raro en ellos.

—Pues no hay nada. Son un par de ojos simplemente.

—No se haga el desentendido. ¿Qué miraba?

—La miraba..., esto es todo. Estaba diciéndome a mí mismo que es una pena que... calló.

—Siga... No se interrumpa. Me pone nerviosa.

—A veces parece una chiquilla tan ingenua... —murmuró a su pesar.

—¿Y eso le da pena...?

—Todo lo contrario... Lo que lamento es que...

—... que yo sea una mermelada indigesta, ¿no?

Se incorporó, apoyándose sobre un codo.

—¿Mermelada?

—¿Ya no se acuerda del símil? La mermelada que usted escondía porque echaría a perder el estómago del hermano menor. —Fue a hablar y le atajé—: ¡Siempre personalizando!

¿No es eso lo que iba a decir?

Sonrió.

—Iba a decir otra cosa, pero ya no la digo.

La curiosidad me venció.

—Por favor, dígala. ¿Se refería a mermeladas...?

—A jalea de manzana. —Estaba burlándose, pero no me importaba—. La manzana resulta más simbólica. —Le brillaban los ojos con una expresión nueva. Y la instalación de rayos X seguía funcionando sin restricciones. Cambió de tono y dijo—: Me hace gracia su capacidad ilimitada y pagana de divertirse.

Le interrogué con la mirada. Luego con los labios:

—¿Pagana...?

—Es una palabra que se me ha ocurrido viéndola tumbada sobre las hierbas. Posee usted una maravillosa avidez de vivir. Parece que quisiera experimentar a cada minuto la vida plena. En sus ojos se alberga siempre una intensa felicidad, como si su alma gozase de eterna fiesta.

Me sentí turbada.

—Nu... nunca creí que se molestara en estudiarme tanto.

Arrancó una rama de sauce y se la llevó a los dientes. La camisa azul, con los primeros botones desabrochados, dejaba ver la morena piel de su cuello y el comienzo de su pecho. Estaba terriblemente atractivo, pero no se daba cuenta. No era el Jaime Oliver creado por el público. Era el verdadero Jaime, hablando como si pensara en voz alta.

—Es usted un tema interesante —confesó—. A la primera mirada me pareció electrizante como un perturbador fenómeno atmosférico. Comprendí que Armando estaría perdido si yo no intervenía.

—Usted no les tiene miedo a los fenómenos atmosféricos. Es usted una especie de pararrayos espiritual. ¿No es cierto...?

—Tengo treinta y seis años —dijo—. He vivido muy de prisa e intensamente. Sé defenderme de las tempestades.

—El mejor transatlántico naufraga si surge un escollo que no figuraba en su mapa —protesté—. Y conste que no estoy personalizando en este momento. No me considero un escollo lo suficientemente importante como para hacer naufragar a un *Normandie*...

Rio y volvió a echarse; haciendo almohada de su propio brazo.

Miré el cielo azul, el río y la tierra, con sus peñascos grises unidos por el musgo y los helechos, sus setos tachonados de flores silvestres y sus innumerables hojas tiernas que brotaban por todas partes. Olía a verano, un incipiente verano que acababa de decir adiós a la primavera y que se presentaba lleno de vitalidad, incendiando la sangre. Tuve la impresión de que el bosque, hasta entonces lleno de rumores, contenía su aliento para escuchar nuestras palabras. El cabrilleo del sol en el agua, la blanda agitación de la hierba, el susurro de las ramas agitadas por la brisa, todo aquel encanto que me rodeaba me produjo una felicidad abrumadora. La eterna fiesta que, según Oliver, vivía siempre en mi espíritu, me elevaba a una cumbre de exaltación. Mis sentidos se embebían de la belleza de aquel momento, produciéndome un delirio de contento, casi insoportable de tan agudo.

Estaba segura de que quedarían grabadas en mi memoria algunas imágenes que formarían desordenado conglomerado, paquetes de recuerdos como instantáneas tomadas al sol y mezcladas sin orden ni concierto... La camisa azul..., las rocas..., las truchas..., el olor del café..., el cigarrillo que él me había dado..., las cañas.., la rama de sauce mordisqueada..., el calor, el perfume acre de la hierba y el rumor del agua batiendo en los peñascos.

El *Normandie* se había refugiado en el puerto de sus pensamientos. Hubiera querido hacer un abordaje para descubrir lo que pasaba por su imaginación. Oliver era una persona «terriblemente hacia dentro». De vez en cuando permitía que alguien se asomase a mirar un poco..., pero solo un poco. Luego se envolvía en el silencio, como una tortuga en su caparazón. Debía de ser su sistema de autodefensa ante las exigencias del público.

Seguimos callados. Pero el silencio también puede ser conversación. Al fin, pasado un buen rato, Oliver dio señales de volver al mundo. No se había dormido, sin embargo, porque el humo de los cigarrillos, que encendía sin tregua, llegaba hasta mi nariz.

Se incorporó, sacudió las agujas de pino prendidas en su camisa y se levantó de un ágil salto. Repentinamente le sentí indiferente y más reservado, aunque no menos cordial. Pero ya no era Jaime Oliver el agricultor. Volvía a ser el famoso astro que, por una vez, se mostraba condescendiente con una compañera.

Suspiré y me levanté también.

—¿Qué hacemos ahora?

Rio.

—Eso no se pregunta. Pescar.

Vi que se ponía las botas, y me las puse yo también. Me estaban enormes, pero el detalle carecía de importancia. La novedad de pescar dentro del agua me gustaba.

—Confío en que no acaparará usted todas las truchas —dijo—. Déjeme alguna a mí.

Haciendo equilibrios, me metí en el río tras él. Cuando la profundidad tuvo la misma altura que el borde de nuestras botas, nos detuvimos. Él lanzó la caña hacia el norte y yo hacia el sur, por lo cual nos dábamos la espalda. La fuerza de la corriente nos hacía oscilar. Me gustaban los remolinos que producían una espuma blanquísima.

El sol calentaba con exceso.

—Debió usted traer sombrero —grité a Oliver.

—Lo dejé olvidado en el auto —repuso en el mismo tono.

—Gracias a Dios que olvidó algo. Empezaba a temer que fuese el excursionista perfecto.

Rio, lanzando la caña con nuevas energías.

Era, desde luego, el excursionista perfecto, y también hubiera podido ser el perfecto camarada... y el perfecto amante. Cualquier cosa la ejecutaría con aquella perfección natural que obligaba a admirarle. Incluso resultaba un perfecto pescador, aunque no pescase nada.

Pasó mucho tiempo. El sol me atontaba y temí quedarme dormida dentro del agua. El exceso de luz me obligaba a entornar los ojos, lo que aumentaba mi sopor.

De pronto lanzó él una exclamación ahogada. Me volví con cierta violencia y le vi dando vertiginosas vueltas a la devanadera y con la caña casi doblada, como si hubiese pescado un tiburón de río. No perdió la calma. Pero yo sí. Y cometí una estupidez imperdonable.

Di unos pasos hacia él, me escurrí, traté de mantenerme sobre una piedra resbaladiza y no lo conseguí. Haciendo aspavientos con los brazos, me tambaleé y, al fin, me fui a pique, agarrándome instintivamente a lo primero que encontré: resultó ser una pierna.

Al verse repentinamente empujado, el dueño de la pierna perdió el equilibrio también y se quedó sentado en el agua, a poca distancia mía. Él fue quien primero se levantó y tuvo la bondad de apiadarse de mí, que, por caer en mala postura, tragaba agua a más y mejor. Sin embargo, fue bondadoso, pero no suave. Me sacó de los pelos.

¡Qué no habrían dado las chicas del club «roldanista», y todas las oliveristas en general por ver a su ídolo escupiendo con cara de dignidad ultrajada! La primera mirada que me dirigió fue tan furiosa, que yo, que estaba a punto de reír, estuve a punto de llorar. Era la mirada del pescador decepcionado.

Mientras buscaba una bota que se me había salido y él trataba de recuperar las cañas, tartamudeé unas disculpas:

—Bu... bueno..., con esto... no contábamos...

Persiguiendo aún las cañas, habló sin ilación, soltando frases incoherentes...

—Pesca ahuyentada..., día perdido..., espíritus inquietos...

Todo ello mientras se sacudía como un perro mojado y se sentaba en la orilla, quitándose las botas, de las que salió medio río.

Con los dedos peinó su cabello empapado, echándolo hacia atrás, y con idéntica furia se despojó de la camisa azul, que se le pegaba al cuerpo, permaneciendo con el torso al aire. Un torso curtido y musculoso, del que no sobraban ni cien gramos de grasa.

Yo continuaba tartamudeando disculpas.

—Ha sido... un contratiempo fastidioso... No sabe cuánto lo siento..., perdí el equilibrio... Estaba enfadada conmigo misma. Con ese descontento de sí propio, que es una de las sensaciones más amargas que pueden sentirse. Terriblemente enfadada... Por hacer el ridículo, por obligarle a él a hacerlo y, sobre todo, por las palabras que él había dicho:

—Un día perdido...

Llamaba día perdido a aquellas horas que a mí me parecieron las más excitantes de mi vida. Y todo porque se le había escapado una trucha...

Tenía que descargar mi furia, y lo hice del modo más injusto. Me encaré con él, que, haciendo acopio de galantería, guardaba silencio. Claro que un silencio opresivo e irritante. Pero silencio al fin.

—No hace falta que lo tome así —dije echando chispas por mis pupilas de gata—. Una desgracia le ocurre a cualquiera. Es infantil enfurecerse porque nos hayamos caído.

Escurrió la camisa y me miró con el mismo asco que si yo fuera el cadáver de una rata.

—Es usted la que está enfurecida... No yo...

Aquella gran verdad me sublevó todavía más.

—Tampoco me extraña que «usted» se haya caído. —Subrayó el «usted» de un modo teatral—. Solo lamento que considerase oportuno agarrarse a mi pierna. Por otra parte, ha obtenido su merecido. He observado que nunca puede estar quieta. Tiene champán en las venas, en lugar de sangre.

Si con la última frase me enviaba un mensajero de paz, yo no lo admití. Continué rabiosa.

—Tengo un exceso de vida, ¿por qué no...? Mi abuela decía que...

Puso los ojos en blanco y agitó la cabeza con un gesto que, sin ser descortés, resultaba impertinente.

—Dejemos la abuelita, ¿quiere...? —Miró la camisa, convertida en una arrugada tela salpicada de fango, y frunció el ceño, comentando en voz baja—: Deplorable...

Sentí que el adjetivo iba dirigido a mí. La inquina acumulada en mi espíritu desde que le conocí en el escenario del teatro se me subió a la cabeza. ¿Cómo pude pensar, ni por un momento, en que éramos amigos...? Ninguna mujer podía ser amiga de aquel tirano, de aquel ser displicente..., de aquel vanidoso. Recordé, una por una, todas las frases hirientes que me dijera, desde que me calificó ante el público de «señorita que prefiere los piropos» hasta aquel «deplorable», pasando por lo de «no malgaste conmigo las miradas turbadoras», que soltara en *Martino*. Insolente. ¿Por qué Ana María Ocampo de Alvear tenía que aguantarlo...? ¡No y mil veces no...!

El insolente estaba poniéndose los zapatos, dejados anteriormente en la orilla y, por lo tanto, secos. Le oí decir entre dientes:

—Y con seguridad era una gran trucha...

—¡Trucha! —exclamé con despego.

Él alzó la cabeza. Un mechón de cabello oscuro y húmedo le resbaló por la frente. Parecía más joven y menos importante. Nada importante, para ser exacta, con el pecho y la espalda al aire.

—¿Qué dice? —gruñó incorporándose.

—¡Nada...! No digo nada. Es preferible que no diga nada.

—¿Por qué?

—Si digo lo que pienso, no le va a gustar.

—No importa. Dígalo. —Lanzó una risita sardónica y cerré de golpe la maleta-mesa, metiendo dentro los platos de cualquier modo—. Todo cuanto usted dice «me encanta».

Imitó mi modo de hablar, poniendo en el «encanta» mi acostumbrada vehemencia.

Sentí una cólera grandiosa, una cólera impresionante, de las que se logran contadas veces a lo largo de una vida.

—Siento diferir de usted —rugí—. Por el contrario, nada de cuanto usted dice me gusta. —Su sonrisita me hizo añadir con frenesí—: ¡Ni tampoco usted me gusta nada, señor Oliver...! Ya estaba dicho. Me avergoncé en el acto. Echó a andar, cargado con la maleta y las cañas.

—También eso me encanta, señorita Cleopatra... ¿O esta semana es Ofelia...? Francamente, me cansa oír decir al público que le gusto mucho. Llega a resultar monótono.

—Parece mentira que puedan existir en el mundo personas tan...

—¿Vanidosas? A lo mejor lo solía decir su abuelita.

—Ignoro lo que habría dicho mi abuelita al conocerle...

—¿Cree que tampoco le gustaría nada...?

—En absoluto. No comprendo cómo hay personas que...

Nuevamente me quitó las palabras de la boca:

—... que le admiran a usted, señor Oliver. ¿No es eso?

Cerré las manos y apreté los puños.

—Jamás discutí con nadie que fuera tan...

—¿Irritante?

Era demasiado. Eché a andar muy seria, recorriendo el mismo camino que hiciera horas antes con tanta alegría, aunque con mucha incomodidad. Esta vez era él quien sufría con las cañas. Le adelanté y anduve sin volver la cabeza atrás.

—Tiene gracia —dijo de repente, casi pisándome los talones—. No sospechaba que un baño de río pudiera poner a la gente tan furiosa.

Seguí andando en silencio. La ropa, pegada al cuerpo, me producía una sensación de horrible molestia. El pantalón, adherido a las piernas, me hacía andar a saltitos. En mi interior continuaba ardiendo el sagrado fuego de la indignación. Las llamas subían cada vez más altas.

—En resumen, ha sido una excursión estúpida —me oí decir a mí misma.

Y el eco repitió:

—Estúpida. —¡Ni siquiera cogió usted un pez!

Con inalterable calma dijo:

—Estaba seguro de que no acabaría el paseo sin que usted me lanzase a la cara sus dos hermosas truchas. Es una reacción muy femenina. Por lo demás, creo que hubiera pescado algo sin su inoportuna intervención.

Lancé una risa sarcástica.

—Sí... Quizás un salmón de treinta kilogramos. Por cierto, aún no le he agradecido el modo delicado con que me sacó del agua tirándome de los pelos.

—Traté de evitar que se ahogara.

—No me hubiera ahogado. Soy buena nadadora.

—¿Sí...? Pues parecía una rana con la cabeza metida entre dos piedras y los pies en alto.

—¡Una rana! ¿Por qué no un sapo...?

—Usted lo dice.

Me detuve y me volví. Parecía un semidesnudo salvaje, cargado con los pertrechos de la excursión.

—Señor Oliver... Siento mucho lo que está ocurriendo.

Los ojos de halcón se humanizaron.

—Yo también lo siento.

—Y digo que lo siento continué, despiadada —porque esto ensancha el enorme abismo que media entre los dos.

Como de costumbre, se salió por la tangente, estropeándome la frase.

—No mueva los brazos así... —comentó con desagrado.

Me quedé desconcertada.

—¿Cómo...?

—La frase es de melodrama barato. Pero, sobre todo, sus brazos son intolerables. Dos aspas de molino.

Miré mis brazos, sin saber qué decir.

—Pero...

—Lo más importante para un artista es el aprender a dominar el gesto. Obsérveme: «Y digo que lo siento porque esto ensancha el enorme abismo que media entre los dos». —Calló y volvió a coger las cañas, que había reclinado en un árbol—. ¿Ve...? Naturalidad y sencillez. Los gestos excesivos nunca valorizan el diálogo. Al contrario: —Hizo una pausa y se disculpó—: Perdone que la haya interrumpido, pero no puedo pasar por alto los párrafos altisonantes y los gestos desentonados. Es una ofensa al arte dramático.

Hablaba absolutamente en serio, y mi desconcierto se convirtió en algo grande, tangible y molesto, como una espesa niebla que me envolviera.

—Yo... yo nunca pretenderé ser eminente fuera de escena. Usted vive siempre representando, y yo no...

Me interrumpió:

—¿Todavía dura...?

—¿El qué?

—Su rabieta... Es un espectáculo realmente curioso. Debí suponer que en todo sería usted exagerada...

—En cambio, usted no se inmuta por nada. ¿No comprende que me calmaría instantáneamente si consiguiera verle furioso? Va con mi temperamento. ¡Pero no...! Está consintiendo que le falte al respeto. Me oye decir barbaridades, y sigue tan tranquilo. ¡Vamos! Regáñeme, despídame de la Compañía...

Se echó a reír. Se rio tanto, que tuvo que apoyarse en un árbol para que no se le cayera el equipaje.

Luego dijo:

—Nunca me enfado con los niños, ¿sabe...? Y usted se está comportando como una niña furiosa porque ha hecho el ridículo. No me lance más dardos envenenados. Cálmese. Se le van a indigestar las truchas. Las dos hermosas truchas que usted pescó.

Quise decir algo, pero no pude. Él siguió:

—Olvidaremos este incidente. Olvidaré que ha dicho que no le gusto nada... —Las pupilas oscuras se clavaron en las mías con terrible intensidad. Durante unos minutos, los ojos negros y los ojos verdes sostuvieron un duelo silencioso—. Temo que desde hoy no podré yo decir lo mismo... Usted sí me está gustando mucho. Siempre me han gustado las fierecillas. Pero no intente flirtear conmigo, porque no soy como los otros. Ya se lo advierto. ¡No lo intente, o le pesará...! —Dulcificando el tono, murmuró—: Estoy preguntándome cómo será posible que...

Calló. Yo estaba tan pendiente de sus palabras, que no podía ni tragar saliva. Susurré:

—¿Qué...? Concluya, por favor. ¿Por qué tiene la costumbre de dejar todas las frases en el aire...?

Dejó ver la sonrisa torcida, desvió la mirada y echó a andar delante de mí.

—El aire es un sitio inmejorable para dejar las cosas, ¿no le parece...?

Eché a andar tras él como una india sioux siguiendo las huellas de su jefe. Mi depósito de dardos envenenados habíase agotado.

Pero por fin me sentí tranquila, infinitamente tranquila...

※

Durante los tres días siguientes no tuve la menor noticia de Jaime Oliver. Indudablemente me estaba castigando por mi furiosa acometida, una vez pasado el ataque de increíble benevolencia. Tenía razón. Yo me había propasado. La vergüenza me impedía comer y dormir. ¿Cómo pude llegar a aquel estado de histerismo...? ¿Qué pensaría de mí en el fondo...? Su frase «usted sí me está gustando mucho» me tuvo deslumbrada durante horas y horas. Luego el deslumbramiento pasó, dejando sitio a una enorme desanimación. Para Jaime Oliver, yo solo era una muchacha indeseable a la que era preciso tener en cuarentena para que no embaucara a los pobrecitos ingenieros. Absolutamente ridículo.

No me trataba con galantería ni con ceremonias. Me manejaba a su antojo, regalándome de vez en cuando con una frase amable y condescendiente. Exactamente igual que me hubiera palmeado el lomo si hubiese sido perro.

Tres días a solas con mis pensamientos en aquel paraíso desierto. Tres días oyendo la voz de Juanilla, que me refería la historia de sus padres, de sus tíos, del boticario, de la señora del carnicero y de Cipriano, el ahijado del veterinario, que había salido un mal bicho...

A pesar de los baños de río, de los paseos por el pinar y de las estupendas comidas, me empecé a sentir neurasténica. Regaba de lágrimas las alfombras de agujas de pino, sobre las que me pasaba horas tumbada. No hubiese podido decir por qué lloraba. Quizás únicamente por la pobre Anita, perdida en la «Guarida del Solterón», en unión de una enana parlanchina.

Al cuarto día de vida ermitaña, amanecí sin lágrimas y con el espíritu en plena rebelión. ¡No soportaría más! Hacía siete días justos que había abandonado Sevilla. La penitencia impuesta era más que suficiente.

Me apetecía el bullicio de las calles, mi cuarto del teatro, las habladurías de doña Consuelines y la reconfortante amistad del Mago. Además, empezó a alarmarme una idea terrible. ¿Y si Oliver, deseando librarse de mí, se marchaba a Portugal, dejándome entregada a mi triste destino? El cachorrillo ya debía de haberse largado a Guinea. ¿Por qué no dejarme olvidada como una maleta inservible? Y ni siquiera tenía yo mis documentos.

Con ojos sombríos y labios apretados, comencé a hacer mi equipaje aquella mañana, sin contestar a las preguntas de Juanilla.

—¿Ze va uzté a marchar...?

Claro que me iba. En seguidita. Fui una tonta cayendo en tal ratonera, pero... ¡ni un minuto más! Sevilla recibiría de nuevo a Cleopatra, más Cleopatra que nunca.

A media mañana lo tenía todo recogido y estaba secándome las gotas de sudor. Sería terrorífico tener que recorrer andando la distancia que me separaba del pueblo. Pero lo haría.

En el momento en que tomaba esta heroica decisión oí rodar un coche ante la casa. El corazón me latió frenéticamente.

Llevaba ochenta horas esperando aquel ruido. Eché a correr. Olvidé toda la rabia acumulada. Sentí una alegría absurda, incomprensible... Me prometí a mí misma, mientras corría, que nunca más regañaría a Jaime Oliver.

Corrí hacia el coche, del cual se había bajado. Me detuve a su espalda y le toqué un brazo.

—Hola... —dije cordialmente.

Se volvió. La sonrisa se heló en mis labios. No era Oliver, sino un desconocido que me miraba atónito.

—Hola —repuso. Me inspeccionó de arriba abajo, y la inspección debió de resultarle grata, porque sonrió y volvió a decir «¡Hola!» en tono más animado. Luego añadió—: ¿Puedo saber...?

Yo retiré la mano.

—Pe... perdone... Esperaba... a... otra persona...

—Siento que no fuese a mí...

Hablaba con un ligero acento andaluz gratísimo. Era un muchacho de veintitantos años, delgado, elegante, de cabellos castaños y fino bigote rubio. Nunca me gustaron los bigotes, pero aquel era un bigote excepcional.

Sacó del coche un maletín e hizo ademán de dirigirse a la casa.

—¿Va usted a la «Guarida»?

Se volvió. Me sometió a otra inspección minuciosa. Sonrió de nuevo.

—Sí... Vengo a pasar el fin de semana.

—No es posible...

—¿No...? —No dijo un «¡no!» brusco, sino un «no» tan suave como suave era su modo de hablar—. ¿Por qué...?

—Estoy yo instalada allí —aclaré.

—¿Es cierto...?

—Certísimo. Llevo una semana vegetando por estos lugares.

Se echó a reír. Y preguntó intrigado:

—¿Solita...?

¡Qué mal pensados eran los hombres!

—Si se puede llamar compañía a la hija del Cañamón...

—¿Juanilla...? —Sacó una llave del bolsillo y jugueteó con ella, lanzándola al aire—. Supongo que Jacinto le habrá dado también la llave.

—¿Jacinto...?

—Jacinto Nogueras, el propietario de la «Guarida». ¿No se la dio él? Tiene una docena, que reparte entre sus amigos cuando se marcha fuera.

—Pues... sí. Me la dio.

—Y a mí. Como es sábado, decidí descansar hasta el lunes. Pero no importa. No he perdido el viaje. —Lució unos maravillosos dientes de anuncio de dentífrico—. Perdone que aún no me haya presentado: marqués de Aguiar.

Le devolví la sonrisa. Callé mi nombre. De repente recordé mis proyectos de marcha.

—No es necesario que se vaya. Yo acababa de dar por concluidas mis vacaciones.

—De ningún modo. Estoy seguro de que usted ha decidido ahora ese cambio de plan.

—Le aseguro que no. ¿Quiere entrar...? Se convencerá de que mi maleta está a punto. Entramos en la casa. Juanilla corrió a saludarle con alborozo.

—¡Zeñó marquez...! ¡Uzté por aquí...! ¿Viene a quearse? ¿Le tengo que prepará comía...?

Aguiar dijo a todo que sí. Explicó que muchas veces Juanilla había guisado y hecho la limpieza para él.

Sintiéndome anfitriona, le ofrecí una copa de jerez, que aceptó de buen grado. Tras de paladear el primer sorbo, como buen catador, me dijo maliciosamente:

—¿De verdad estaba aquí sola...?

—De verdad. ¿Por qué le extraña? ¿Usted no viene solo?

—Es diferente.

—No veo por qué.

—A las muchachas jóvenes y bonitas no les gusta aburrirse.

Adopté una actitud interesante.

—Me sentía un poco fatigada. Depresión nerviosa... ¿comprende...? Llevo una vida muy activa. Se despertó su curiosidad.

—¿Puedo preguntarle si vive en Sevilla? Pero no... No hace falta que conteste. La habría visto y no se me hubiera borrado su carita. ¿Acaso en Madrid...?

Suspiré, sintiéndome Margarita Gautier.

—No vivo en ninguna parte. Hoy aquí..., mañana allí... La semana pasada estaba en el norte... Salté a Madrid... De Madrid a Sevilla. De Sevilla aquí... Ahora... cualquiera sabe... Probablemente me decidiré por el extranjero. Adoro la existencia nómada.

Me miró con cierto asombro.

—¿Y no se cansa?

Hice un gesto vago con la mano.

—A veces... Pero siempre encuentro una guarida donde descansar.

Vació la copa de un trago. Leí en sus ojos este pensamiento: «¡Interesante mujer!» Yo también me sentía terriblemente interesante.

Entré en mi cuarto un momento con un pretexto fútil, pero, en realidad, para mirarme al espejo y cerciorarme de que no tenía la nariz brillante. Me empolvé, me perfumé, me pasé el peine por la alborotada melena y me volví a la sala.

Había ocurrido en aquel intervalo otra grata novedad. Los visitantes eran dos. Un nuevo coche esperaba fuera, junto al anterior. Pero tampoco era el coche corinto del artista.

Comprendí que el marqués le hablaba al otro de mí.

—Como ve, las visitas se multiplican —dijo Aguiar—. No debe extrañarle, teniendo en cuenta que es el primer sábado desde que Nogueras se marchó. A lo mejor va a reunirse aquí una manifestación. —Presentó al recién llegado—. Juan Abad, otro presunto ermitaño.

¿Juan Abad? ¿Dónde habría oído yo aquel nombre? El rostro moreno, cuadrado, me resultaba familiar. Tenía un cabello negrísimo y rizado y unos hombros anchos y fuertes, aunque era un hombre delgado.

El aludido era también andaluz.

—Soy el ermitaño que llegó tarde —dijo con gracia—. Podríamos añadir: el que llegó tarde a Sevilla, perdió su silla.

Al ofrecerle otra copa de jerez, recordé de golpe quién era. Nada menos que el famoso torero de moda. Su retrato ocupaba páginas enteras de los periódicos.

¡Un marqués y un torero! Me sentí protagonista de una comedia quinteriana. Era agradable después de tan absoluta soledad.

Volví a explicar que me marchaba y que quedaban dueños del campo. Ambos se sentían dominados por la curiosidad. Yo seguía representando mi papel de enigma viviente.

Al saber que estaba allí Juan Abad, la hija del Cañamón se entregó a paroxismos de alegría delirante. Dijo que prepararía comida para tres. El torero era su ídolo.

Retrasé mi marcha porque valía la pena. Nos instalamos en las hamacas de la veranda.

La vitalidad y simpatía de los andaluces se contagiaba. Su conversación, fácil, y el ingenio de que daban muestras, rivalizando a más y mejor, me hizo correr el *rimmel* a fuerza de reír.

En la cocina, Juanilla metía un ruido infernal cantando a voz en grito, para que Abad la oyese, un pasodoble torero que le había dedicado la «afición».

—*Es Juan Abad el torero*
más valiente de toa España...

El más valiente y el más guasón. Contaba chistes con mucho salero, y los dos me estaban haciendo pasar una mañana divertidísima. Al cabo de un rato, la criadita apareció dando voces que no la clasificaban precisamente entre las doncellas bien educadas:

—¡Hale, hale, a comer! ¡Ya está tó listo...!

Nos sentamos a la mesa, dispuesta al otro lado, donde la veranda se ensanchaba formando una pequeña terraza. En el centro del mantel azul de plástico, un monumental jarrón, lleno de flores silvestres, indicaba el desbordante entusiasmo con que Juanilla lo preparaba todo.

La enviaron a que recogiera unos paquetes que dejaron en los coches. Eran provisiones. Hubo de todo. Hasta langostinos.

Mientras comíamos, se enteraron de que yo pensaba ir al pueblo andando, y elevaron sus clamorosas protestas. No lo consentirían. Organizaron una discusión para ver cuál do ellos me llevaría en su auto.

—Yo llegué primero y la conocí antes —insistió Aguiar, muy serio—. Tengo ciertos derechos de prioridad.

—No respeto ningún derecho. Ella es quien debe decidir —atajó el torero—. Hable usted, Cleo.

Les había dicho que me llamaba Cleopatra y lo aceptaron como una broma más.

—Podemos echarlo a cara o cruz, ¿no les parece? —intervine—. Pero dejémoslo para cuando hayamos tomado el café.

—Aceptado. —Aguiar llenó mi vaso de un agradable vino color corinto y murmuró—: Siempre me verá usted condescendiente cuando se trate de complacerla...

—Cambió de tono e, inclinándose, murmuró—: ¿No le hacen cosquillas las pestañas en los labios...? ¡Qué ojazos tan deslumbradores! Y cambian de color según la luz...

—No desmiente la fama de los andaluces... Exagerado, como todos ellos...

—¡Exagerado y aún no he dicho la mitad de lo que hubiese querido decir!

El torero intervino:

—¿Qué demonio estás diciendo, Pepe? ¡Niña, Juanilla! Quita ese monstruoso jarrón de aquí, que no veo la cara de ese «mal ángel» y no quiero que se aproveche de la situación. Y en cuanto a usted, señorita Cleopatra, haga el favor de mantener una política neutral. Si no, me sentiré revolucionario y empezaré a liquidar marquesitos...

Aguiar reía, con risa suave y silenciosa. Por contraste con el rudo torero, parecía más refinado y exquisito. Sin embargo, también el torero era interesante a su modo. Recordé una frase que dijo en cierta ocasión doña Lucinda González, autora de *Los mimos de nuestro hogar* y presidenta del Club Femenino de Villamar, refiriéndose a un marinero, novio de su cocinera, a quien se encontró cenando tranquilamente en la cocina:

—Era un hombre tan horriblemente hombre, que mareaba.

Esta frase, supliendo el «horrible, por «terrible», podía aplicársele a Abad...Y, por supuesto, suprimiendo el tono asqueado con que la solterona la pronunció.

Abad tenía una masculinidad vigorosa que sobrecogía un poquito y avasallaba. Me lo imaginé con el traje de luces ante el toro, haciendo alarde de increíble valor. Tenía fama de ser un valiente y también de millonario.

Pero yo no era una mujer que se dejase avasallar por toreros millonarios, por marqueses... ni por artistas famosos. Solo me avasallaría el hombre a quien yo eligiera... Y, puestos a avasallar.., no sé quién avasallaría a quién. Yo también mareaba por ser terriblemente mujer.

Estaba contenta de serlo. Siempre me irritaron las amigas que se quejaban de no ser hombre. ¡Qué falta de feminidad y de comprensión! No se daban cuenta de que las mujeres teníamos todo el poder de la tierra en nuestras manos, con los triunfos infalibles que la naturaleza nos diera...

Cuando Juanilla trajo el postre, un auto se detuvo ante la casa. Esta vez se trataba del coche corinto.

Palidecí y enrojecí. Hice ademán de levantarme, pero me quedé sentada. Quise beber, y me atraganté. Traté de coger un grano de uva, y volqué el frutero.

El ocupante del coche corinto bajó de un salto y se extrañó viendo los otros automóviles detenidos allí. Aún no nos había visto. Llevaba el mismo traje gris del día del ensayo, que tan bien le sentaba.

Me sentí presa de enorme contento ante la idea de que me encontrase tan divertida, cuando con seguridad esperaba hallarme solitaria y llorosa tras el castigo infligido con los tres días de ausencia.

Al aproximarse divisó nuestra mesa y se detuvo. Yo ahuequé mis melenas, preparada al ataque.

Aguiar se levantó alegremente.

—¡Caramba! Si es Jaime...

El torero también le saludó con regocijo. Indudablemente pertenecían todos a la «Peña de Amigos de Jacinto Nogueras».

Oliver subió los peldaños de la veranda.

—¡Hola, chico! —saludó Abad—. ¿A ti también se te ha ocurrido venir a la «Guarida»? A la vez, Aguiar, volviéndose hacia mí, dijo a guisa de presentación:

—Supongo que conocerá al superfamoso Jaime Oliver.

Por primera vez, y a pesar de todo su enorme aplomo, vi al artista desconcertado, sin saber cómo saludarme.

Yo facilité el asunto.

—Todos parecen haberse dado cita aquí. Supongo que el señor Oliver tendrá otra de esas llaves de la «Guarida» que tan generosamente reparte su propietario... Por suerte, como yo había decidido marcharme —subrayé la frase—, podrán quedarse aquí los tres, aunque sea «enroscaos» sobre la alfombra, como dice Juanilla...

Oliver aceptó la situación y sonrió sin el menor entusiasmo.

Le hicimos sitio en nuestra mesa. Aunque aseguró que ya había comido, admitió una taza de café y una copa de coñac.

Temí que Juanilla empezara a hacer aspavientos al verle y dijese algo así como: «¡Caracoles, tres días sin aparecer!». Pero, milagrosamente, calló. No tenía ojos más que para el torero.

—Oye, Jaime, ¿cómo vas a quedarte si tienes que actuar? —preguntó el marqués.

El aludido bebió un sorbo de café.

—Solo venía a pasar unas horas. Hace mucho calor en Sevilla. Tengo que estudiar, y pensaba hacerlo al fresco.

Mostré mi sonrisa más seductora.

—¡Qué maravilla ser artista! —dije con los ojos en blanco—. ¡Y artista genial, como el señor Oliver! No me avergüenzo de decir que es usted mi ídolo... Estoy casi emocionada por tener ocasión de hablarle. —Me incliné sobre la mesa, abrí los ojos, mostré el hoyito, y con los labios trémulos y expresión candorosa pregunté—: Dígame, señor Oliver... ¿Cómo son los genios en la intimidad...? ¿Altivos..., orgullosos? ¿Amables..., condescendientes? ¿Susceptibles? ¿Enamoradizos? ¿Despreciativos? ¿Temerarios? ¡Oh, por favor! Hable...

Cuando él abrió la boca para decir algo, yo me volví hacia Juan Abad y, con una coquetería que hubiese merecido un buen par de bofetadas, murmuré inclinándome hacia él:

—Pero me gustan aún más los toreros...

Después, haciendo una brusca inclinación hacia la derecha, di un ligero golpecito de condescendencia en la manga de Aguiar y agregué, picaresca:

—Y también los marqueses...

Los andaluces se echaron a reír y empezaron a decirme piropos a gran velocidad, quitándose la palabra de la boca. Oliver ni sonrió. Sentí que estaba furioso, y que al fin había conseguido sacarle de sus casillas. Impecablemente vestido, con su aspecto de hombre que tomase la vida muy en serio, parecía echarnos en cara nuestras frivolidades.

—¿No ha sido una sorpresa estupenda encontrar en la «Guarida» esta preciosidad? —comentó el marqués dirigiéndose a Oliver.

—Estupenda —corroboró el interpelado con voz tétrica.

—¿Desde cuándo Jacinto reparte, llaves entre sus amigas? —dijo el torero.

Intervine. No quería que me tomasen por una aventurilla de Jacinto.

—La verdad es que no conozco a Jacinto. La llave me la dio su... su prima.

—¿Quién...? ¿Pepita o Luchi? —quiso saber Aguiar.

—Luchi...

—¡Ah! Ya le ajustaré cuentas por tener una amiga tan guapa y no habérmela presentado... Bueno, creo que ha llegado el momento de tirar una moneda al aire y ver quién lleva a Cleopatra en su coche.

—La llevaré yo —dijo el torero—. He decidido volver a Sevilla. Vendrá con un servidor. Aguiar no se dejó convencer:

—Yo también regresaré... Seguramente Cleopatra no conocerá bien la ciudad, y aprovecharé el fin de semana para mostrársela.

Abad se volvió hacia Oliver.

—Bueno, Jaime, jugaremos limpio... Como también estás aquí, si quieres tomar parte, te admitimos... Oliver alzó una ceja.

—¿De qué juego se trata?

—De cuál de nosotros habrá de llevar en su coche a la señorita.

—Lo siento. No puedo competir. No soy tan animado y tampoco tendría tiempo para mostrarle Sevilla... Mañana salgo para Portugal.

Me alegró la noticia, que, sin duda, me iba dirigida. Fingí no hacer caso. Los andaluces lanzaron la moneda al aire, y me tocó ir en el auto del marqués.

Dejé a los hombres fumando en la veranda, enzarzados en una nueva discusión acerca de la última corrida, y entré en la casa a preparar definitivamente mis cosas. Me estaba mirando al espejo cuando en el cristal encontré la mirada de Oliver, que había entrado tras de mí. Me puse coloradísima y me dio un rabia terrible.

—Ha sido una gran compensación, ¿verdad? —dijo a media voz.

—¿Compensación?

—Me refiero a sus visitas, después de tres días sin ver a nadie. Cleopatra se divierte a sus anchas... Me volví y dije bajito:

—No son «mis» visitas. Pero es verdad: me estoy divirtiendo. Y sus cuentas son inexactas. Hacía siete días que no hablaba con una persona a mi gusto.

Retrocedió vivamente y tiró el cigarrillo con rabia. Yo aproveché el momento para quitarme el reloj y dárselo.

—Tenga. Ya no me hace falta. Muchas gracias.

No se lo puso, sino que lo guardó en el bolsillo.

—De nada. Puede pedírmelo cuando lo necesite. De vez en cuando conviene tener algún control. Aunque solo sea el de los minutos.

—El reloj que me controle será un reloj elegido a mi gusto... Un reloj sin pretensiones, sin pedantería, puntual, que no esté tres días sin movimiento... En fin..., un reloj amigo, en el cual pueda confiar. —Me di cuenta de que estaba accionando mucho y puse las manos a la espalda. Exagerando el tono bajito, repetí—: Sí, en el cual pueda confiar.

—¿Por qué esconde las manos y habla en susurros...? —preguntó intrigado.

—Porque recuerdo que no le gustan las aspas de molino y las frases altisonantes... —Me lanzó una mirada extraña.

—Es usted una gata..., una gata con las uñas siempre afiladas... ¡Lástima que no lo sea de verdad!

—¿Por qué?

—No encarcelan a nadie por matar gatas, ¿no cree...? Me encrespé.

—Perdió una buena oportunidad cuando estaba en el río con la cabeza metida entre dos piedras y los pies en alto como... como un sapo.

—Perdón. Yo dije una ranita.

—¡Rana!

—¡Ranita!

—¡Rana!

—¡Ranita!

—Rana. No empleó diminutivos.

—Bien, pero no dije sapo. Eso lo dijo usted.

—No hay gran diferencia entre las ranas y los sapos.

—La hay y mucha. Las ranas son comestibles.

—Me horrorizan.

—No sé por qué. Son simpáticas. Dan saltos graciosos y su croar acompaña, al atardecer.

—Pero los sapos son amigos de los agricultores. ¿No decía usted que le hubiese gustado ser agricultor? ¿Cómo se pueden tener amigos tan horribles?

—Serán horribles, pero devoran los insectos dañinos.

Se cruzó de brazos.

—¡No me diga que prefiere un sapo a una rana! Son ganas de discutir.

—Pues sí... ¡Lo prefiero!

Absurdamente enfurecidos, no nos habíamos dado cuenta del estupor de los otros, que acababan de entrar.

Aguiar preguntó:

—Pero... ¿qué historia es esa de sapos y ranas...?

Lancé una risa histérica.

—El señor Oliver se lo explicará. Voy a cerrar mi maleta.

Ya estaba cerrada, pero me senté encima de ella para tranquilizarme.

Me di cuenta de que me había puesto jadeante por la discusión. La estúpida discusión. Insulté a mi enemigo en voz baja y murmuré:

—¡Sapo, sapo y sapo!

Aquello me desahogó.

Me despedí de Juanillo, que con viveza de rata sabia se había enterado de que nos íbamos todos y tenía las cosas limpias y recogidas. Oliver la hizo subir a su coche para dejarla en el pueblo.

Abad subió al suyo, y yo me instalé junto a Aguiar. Mis vacaciones terminaban. Dejaba de estar en cuarentena con el cartelito de:

P. Y. N. A. P. I.

(Peligrosa Y No Apta Para Ingenieros)

—¿Y por fin han tenido que cortarle la pierna? —preguntó doña Consuelines con los ojos desorbitados. Me volví con la cara llena de crema. Llevaba un pañuelo sujetándome el pelo y me envolvía en mi bata azul pálido. Estaba narrándole el vigesimoquinto episodio de lo que hubiera podido titularse *La enfermedad de mi tía Tula*.

—No... Afortunadamente, le pusieron la inyección a tiempo, y el médico me dijo: «¡Tenemos pierna, hija mía; tenemos pierna...!». A la tercera inyección, mi tía estaba como nueva. El día que vine, se quedó sacando brillo al piso.

«Torturas Mentales», que encontraba en mí una estupenda contrincante, se pasó la lengua por los labios.

—¡Qué días tan angustiosos habrás pasado!

—Terribles. Me acordé tanto de usted...

—Bueno, hija. Ya pasó. Mañana salimos para Portugal, y el cambio te sentará bien.

—Si estoy muy bien. ¿No lo nota?

—Pues francamente, ahora que lo dices, veo que tienes un aspecto magnífico. Y estás muy tostada.

—Mi tía tomaba baños de sol en la pierna, y yo la acompañaba.

—Cuántos disgustos se lleva una en esta vida... ¿Para qué se tendrán piernas? Pues ¿y barbilla? ¿Has visto nada más inútil que una barbilla? Pues, lo creas o no lo creas, el año pasado me salió ahí un forúnculo que estuvo a punto de llevarme al otro mundo. La naturaleza es un asco...

Absolutamente imperfecta. Menos mal que yo me refugio en mis sueños.

Se avecinaba una larga narración. La hizo mientras yo me pintaba las uñas de los pies.

—Soñé que era Eva. La esposa de Adán, ¿sabes? Vivía en el Paraíso, una especie de jardín con piscina y campo de tenis. Por más que buscaba a Adán, no lo encontraba en parte alguna. Yo llevaba un enorme coco en la mano, a guisa de manzana. Paseaba y gritaba: «¡Adán! ¡Adanito!». Pero solo me respondía el silencio. Cansada de esperar, me senté en una hamaca, desde donde oí una voz que decía: «No te molestes en esperarle. Le da miedo el coco».

Me eché a reír. Pero la historia no había terminado. Doña Consuelines tenía los ojos fijos en lontananza, como una vidente.

—Quien hablaba era un loro irritante que se balanceaba sobre una rama. Le tiré una piedra, lo maté y empecé a desplumarlo. Con las plumas me hice un vestido. Olvidé decirte que iba... como la auténtica Eva. Pero con zapatos, unos zapatos que me martirizaban. Cuando concluí mi traje de plumas, me lo puse. Y entonces vi venir a Adán. Él iba muy decente, con pantalón rayado y chaqué. Corrí a abrazarle y le dije: «¡Aquí tienes a tu Eva!». —Doña Consuelines hizo una pausa y se puso en jarras—: ¿Qué creerás que me contestó?

Hice un gesto de ignorancia.

—Me arrancó un par de plumas y, convirtiéndose en Jaime Oliver, murmuró despectivo: «¡Vamos! Déjese de hacer payasadas, doña Consuelines. Usted siempre ha sido un loro...».

Me dolían los costados de reír, pero mi compañera ponía cara de tragedia.

—Bueno, no te rías tanto, hija. ¿Vamos a cenar?

—No voy a cenar, doña Consuelines. Ni tampoco iré al teatro. ¿Para qué? ¿Para ver a Oliver haciendo de marido perfecto...? No... Voy a ir al baile con un chico.

—¿Un chico? ¿Qué chico? Ten cuidado. Los hombres creen que las mujeres de teatro somos presa fácil.

No me imaginé a mi amiga como «presa fácil».

—Pero... él no sabe que soy del teatro. Y, además, se trata de una fiesta muy importante en honor de los congresistas de cinematografía.

Se le animaron los ojos.

—¿Vas a esa fiesta? ¡Qué suerte! A lo mejor te sale un contrato para hacer películas. Eres tan fotogénica...

Di unos pasos de baile.

—No deseo hacer películas. Por el momento, sólo me interesa encontrar una pareja que baile tan bien como yo. No quiero bailar con paragüeros gordos.

—¿Con paragüeros? —Puso cara de asombro.

—¡No me haga caso! Digo tonterías por el gusto de decirlas. ¿Me presta su plancha eléctrica? Voy a estirar un poco mi traje de noche.

Aún no lo había estrenado. Era una preciosidad de gasa natural gris pálido, bordado en lentejuelas de oro. Sin hombreras y con el escote en forma de corazón. Fue exhibido en la película *Ángel endemoniado*. Pero eso no lo sabía nadie.

—Chica, qué maravilla... Ve arreglándote, que yo te lo plancharé.

La pobrecilla perdió la cena por contemplarme.

Había sido un día formidable. Mis últimos vestigios de neurastenia se los había llevado el viento aquella tarde, pasada con el marqués de Aguiar, que, en lugar de llevarme a casa, creyó oportuno pasearme por Sevilla, comprarme la caja de bombones más grande que viera en mi vida y todos los claveles de una florista.

Los claveles estaban en la habitación, repartidos en jarrones. La caja de chocolates, abierta, era frecuentemente visitada por «Torturas Mentales» y por mí. Ninguna de las dos habíamos visto nunca tantos bombones juntos. Y por si aquello fuese poco, Pepe Aguiar quedó citado conmigo en la puerta del local donde se celebraba la fiesta. No quise que supiera dónde vivía. Me encantaba mantener el incógnito.

Todos los huéspedes de la *Pensión Gómez* me dijeron que estaba deslumbradora. Lo creí sin gran esfuerzo. Me gusté a mí misma con aquel vestido... de película.

Mandé por un taxi y encontré ya al marquesito esperándome en el sitio indicado. Llevaba un *smoking* blanco que era un prodigio. Estaba francamente guapo.

—Espero que se divierta —me deseó a guisa de saludo, con su sonrisa más encantadora. Comprendí que me divertiría en cuanto entré en el enorme salón profusamente iluminado y lleno de gente. Era una fiesta cinematográfica y, por lo tanto, reinaba la alegría. Todos los rostros resultaban más o menos conocidos. Se charlaba, se bailaba y se reía. Dos orquestas alternaban, no dejando de sonar un momento.

No me intimidé lo más mínimo, a pesar de que era mi primera fiesta importante. Me sabía guapa e iba del brazo de un marqués con más aspecto de galán de cine que los galanes auténticos. Todo el mundo nos miró. Aguiar estaba radiante, con la expresión satisfecha del hombre que cree llevar al lado «una cosa muy seria».

Nos pusimos a bailar. No me equivoqué al suponer que bailaba muy bien.

—Es usted la verdadera estrella de esta fiesta —me dijo al oído, haciéndome sentir el calor de su aliento—. Todos me envidian. ¡Qué suerte haberla conocido, Cleopatra!

Yo también pensé en que era una suerte. Fuimos al bar a tomar dos cocteles de champán. Tuvo que presentarme a una porción de gente. En el mismo instante oí una voz a mi espalda:

—Bueno..., esto sí que es fantástico... ¿Eres tú, niña...? Desaparecida sin dejar rastro, apareces donde menos se te espera.

Era el Mago. Un Mago algo diferente, vestido de *smoking*, aunque, a pesar de ello, desaliñado. Se quitó las gafas, las limpió y se las volvió a poner sin dar crédito a sus ojos.

—Pero, Cleo... ¿Eres tú...?
—Yo misma. Me encanta verte, Mago...

Lanzó un chaparrón de preguntas.

—¿Qué haces? ¿Cuándo has llegado? ¿Tu tía se puso bien? ¿O ni siquiera existe esa tía?

Estaba tan cerca de la verdad, que me eché a reír.

—Llegué hace unas horas. Mi tía está espléndida. Me ha invitado un amigo a venir aquí. ¿Deseas saber algo más?

—¡Oh dioses! Encima, me pregunta si deseo saber... Llevo siete días tratando de tener noticias tuyas. Siete días añorando a Carita Nueva. Siete días diciéndome a mí mismo: «Mago... Nunca encontrarás otra como aquella». Y, encima, mi niña aparece vestida de princesa y me pregunta: «¿Quieres saber algo más?» ¿Quién es el estúpido que te ha invitado...?

—Yo no soy tu niña —protesté—. Ni el marqués de Aguiar es un estúpido.

Me espetó esta pregunta:

—¿Estás enamorada de él...?

—¡No!

—¿Ni de otro?

—¡No!

—¡Bravo...! Entonces podremos divertirnos.

Me cogió del brazo.

Tuve que recordarle que iba acompañada. Aguiar se había apartado y charlaba con un grupo de amigos.

—Pórtate como una persona razonable, Mago. Tendremos mucho tiempo para divertirnos juntos en Portugal.

Se iluminaron sus ojos.

—Será nuestra luna de miel, ¿no...?

—¿Luna de miel?

—Amistosa. ¿Por qué no puede haber lunas de miel amistosas?

—Es verdad. ¿Por qué no...?

Reímos.

—¡Qué guapa eres! —dijo con toda su alma.

—¿Te gusta mi vestido?

—Me gustas tú.

Se acercó Aguiar. Los presenté. Los tres dimos la vuelta a los salones buscando mesa. En la puerta tuvimos un inesperado encuentro.

Era Jaime Oliver. Sin duda acababa de llegar, una vez concluida la función de noche. Mi corazón perdió su ritmo normal. Sentí un inexplicable deseo de huir para que no me viera, y a la vez deseé como nunca que se fijase en mí.

Tuvimos que pasar ante él. Aguiar le saludó, y entonces nos miró. Sus ojos de halcón se detuvieron enigmáticos en mi persona. Sonrió, con un saludo inexpresivo.

En aquel instante me di cuenta de que iba acompañado. ¡Y qué acompañante!

Era una mujer encantadora, vestida de negro, con pronunciado escote y cabellos rojizos. ¿Dónde la había visto antes?

Ante mi sorpresa, la mujer sonrió.

—No esperaba encontrarla aquí —dijo echando hacia atrás la onda de su cabello—. ¿Ha venido a leer el porvenir a algún astro de cine o está de incógnito?

Recordé quién era.

—Norina Albertina... —dije.

—Nos conocemos —aclaró a Oliver—. Nos presentó tu hermano hace poco tiempo. Me eché a temblar. ¿Iría a explicarle que solo hacía ocho días, en el *Andalucía Palace*? No dijo nada. Olivier arrugó la consabida ceja y comentó con indiferencia:

—¡Ah! ¿Sí...?

Supondría probablemente que aquella presentación tuvo lugar en Madrid.

—Leyó la palma de mi mano y dijo que un hombre moreno influiría en mi vida. ¿Serás tú...? —insinuó riendo.

¡Qué guapa estaba! Me sentí irritada.

—Dije dos morenos y un rubio —corregí.

Oliver tomó la palabra:

—Ignoraba que tuviese esa habilidad.

Norina Alberti le miró con sorpresa.

—¿No lo sabías? Es una gran lectora del porvenir. Tiene que hacerme una sesión en serio. Pero mañana salgo para Portugal. ¡Qué lástima!

El Mago se echó a reír.

—Salimos todos. Cleopatra también viene. Forma parte de la Compañía. Incluso tiene un papelito en su comedia *Grandes destinos*.

Norina Alberti abrió la boca.

—¿De veras...? ¿Cuándo se ha decidido por el teatro?

Me encogí de hombros. A la vez descubrí quién era ella. Norina Alberti, la escritora de moda. Habíase impuesto al público solo con dos comedias. La tercera era *Grandes destinos*, que Oliver estrenaría en Lisboa.

Las pupilas de la escritora me recorrieron palmo a palmo con nueva curiosidad. Al fin dijo, en un tono completamente distinto del que empleara hasta entonces:

—Tenemos que felicitarnos por llevar en la Compañía a una vidente... Así podrá predecir el resultado de los estrenos. ¿No es verdad?

Se agarró del brazo de Oliver. Tras sonreír de nuevo, dijo:

—Hasta luego, ¿no?

Y se lo llevó.

Aguiar encontró una mesa y nos instalamos. Mi buen humor de minutos antes se disipó sin saber por qué. Me sentí inquieta y sobre ascuas.

—Es una mujer interesantísima, ¿verdad? —dijo el Mago refiriéndose a Norina—. Apuesto doble contra sencillo a que esta es la que acaba con la soltería de Oliver.

—¿Eh...? —exclamé sobresaltada.

—Está enamoradísima de nuestro jefe. ¿No lo has notado...? Y como es viuda, rica, guapa y lista, no podrá resistir. Son demasiadas cosas buenas. Ya verás como, al regresar de Portugal, anuncian la boda. Ese viaje será como...

—... una luna de miel amistosa, ¿no? —interrumpí con tanta ira que él me miró desconcertado.

—Exactamente. —Se limpió las gafas con aire preocupado—. Exactamente —repitió—. Pero, a veces, en la vida todo ocurre al revés.

Tomé otro coctel de champán y traté de divertirme, no defraudando al hombre que me había invitado. Bailamos muchísimo. Cada vez que pasábamos ante la concurrida mesa de Oliver, los ojos del artista y los de Norina nos seguían con curiosidad.

Al cabo de un rato cambié de pareja. No se trataba del Mago, que no sabía bailar, sino de Juan Abad, el avasallador torero, que en cuanto llegó se apoderó de mí tranquilamente.

Flirteé de lo lindo. Cuando descubría los ojos de mi enemigo, acentuaba mis sonrisas y mi coquetería. El torero se me declaró seis veces. Aguiar, dos. No contesté ni sí ni no.

¿No creía Jaime Oliver que yo era una «vampiresa» de la peor especie...? Pues allí tenía ante los ojos a la coqueta que había enloquecido a su hermano.

Por dentro no me sentía coqueta ni mujer fatal. Solo una pobre chica desanimada que luchaba desesperadamente por desprenderse de una sensación amarga que la iba envolviendo.

Me senté a charlar con el Mago. Me había pedido un baile para charlar. Abad y el marqués habíanse alejado momentáneamente, retenidos por otra gente.

El Mago me cogió una mano y me rodeó la cintura con su brazo.

—¿Qué haces? —dije desasiéndome, enfadada.

Él me miró con reproche.

—¿No puedo abrazarte...?

—¡Claro que no!

—¿Y los otros sí...?

Me indigné.

—Jamás me han abrazado... ¿Cómo puedes pensarlo...?

—¿Cómo que no? ¿No te llevaban así mientras bailabais...? ¡Qué ridículos prejuicios humanos! Con música y llevando el compás con los pies, puede uno abrazar a una mujer hasta asfixiarla. Pero cesa la orquesta, ¡y basta...! No hay que tocar ni un solo dedo... No te rías, es monstruoso...

Vi pasar a Oliver bailando con Norina. Ella llevaba la mejilla muy próxima a la suya. Me levanté.

—Tengo calor... Vamos un poco a la terraza.

Se estaba fresco allí, bajo la débil luz de los farolillos. El Mago se empeñó en ir a buscarme un helado. Quedé sola, acodada en la balaustrada de piedra. Las estrellas parpadeaban en un cielo de terciopelo negro. Escuché la música y pensé... Tenía bastantes cosas en que pensar, pero solo podía pensar en una... En la suave mejilla de la escritora, que rozaba la morena mejilla de Jaime Oliver.

Acodándose a mi lado, una voz masculina interrogó:

—¿Qué dice la luna...? Me gustaría saberlo.

No era Jaime Oliver, ni el Mago. Ni Abad, ni Aguiar. Al convencerme de la personalidad del recién llegado me sobresalté y dije casi desabrida:

—¡¡Cómo!! ¿Qué hace usted aquí...? ¿No se había marchado a Guinea...?

El cachorrillo, mejor peinado que otras veces, con un *smoking* blanco como el de Aguiar y el lazo de la corbata torcido, me sonrió.

—Fui a Cádiz para embarcar. El barco debía zarpar esta noche, pero suspendió la salida hasta mañana. En vista de ello vine a matar el tiempo. —Vaciló un segundo y, dándose cuenta de lo inadecuado de mi pregunta, interrogó—: ¿Cómo sabía que yo me iba a Guinea...?

Mentí:

—Usted mismo lo dijo...

—¿Yo...?

—Sí. En *Martino.*

Con seguridad no recordaba nada de lo que dijera en *Martino*. Acerté.

—Veo que no se marchó a Madrid tan pronto como esperaba —comentó.

—No —repuse disgustadísima—. No me fui. Negocios...

Me miró con curiosidad, primero la cara, luego los hombros desnudos, por fin el vestido y la punta de los zapatos dorados. Tenía unos ojos casi tan atrevidos como los de su hermano.

—Deben de irle muy bien...

—¿El qué...? —Yo no sabía ya de lo que hablábamos. Estaba aterrada pensando en el conflicto que se me avecinaba con la presencia del muchachote aquel.

—Los negocios. Está usted muy elegante.

Procuraba ser amistoso, y lo que en otra ocasión me hubiera encantado, ahora me exasperaba.

—Celebro parecérselo. No me quejo de mi suerte.

Eché a andar como si paseara, para evitar que el Mago nos encontrara allí. Él siguió a mi lado.

La terraza daba vuelta a todo el edificio. Entramos en una zona en penumbra. La música oíase más débilmente.

—¡Odio las fiestas! —dije impulsivamente. Y él se me quedó mirando en la semioscuridad.

—¿Las odia...? —Durante un minuto me recordó el cachorrillo malhumorado de *Martino*. Se pasó la mano por el cabello y se enderezó el lazo de la corbata—. Yo también.

Le increpé:

—Entonces..., ¿por qué ha venido? ¿Por qué no puede estarse quieto en ninguna parte? Fue una salida de tono tan injusta, que le dejó asombrado. Hubo un ligero silencio.

—Perdone. ¿Le molesta mi compañía...? —Hizo ademán de alejarse, pero le agarré por un brazo.

—¡No! Perdóneme... No sé lo que digo. Estoy muy nerviosa. Quisiera irme a casa.

—¿Y por qué no se va...?

—No puedo... Está feísimo eso de escaparme siempre de las fiestas, dejando a mi pareja plantada.

—¿Lo ha hecho muchas veces? —bromeó.

—Ba... bastantes.

—Dígame cuál es su pareja y yo la disculparé. —Sonrió bondadosamente. Era un cachorrillo adorable—. Por mi parte, acabo de llegar ahora mismo. Ni siquiera he entrado en el salón.

Di un grito.

—¿No... no ha entrado aún ahí...?

Volvió a mirarme, y debió de asaltarle la duda de si habría bebido con exceso.

—No. Entré por la terraza. En realidad no pensaba bailar. Solo charlar un rato con mi hermano. ¡Charlar un rato con su hermano! Temblé.

—¿Sabe ya que su barco no ha zarpado? —Dio por hecho que yo sabía que Oliver era su hermano.

—No. A estas horas debe de juzgarme en alta mar.

Tragué saliva. Medité. Pesé los pros y los contras.

—¿Ha dicho que odiaba las fiestas...?

—También usted lo dijo.

Sonreí. De puro nerviosa enrollé las puntas de mi melena en los dedos.

—Sí... Es tonto encerrarse en sitios como este haciendo una noche tan espléndida. Si tuviese un coche me iría ahora mismo a recorrer las calles de Sevilla a la luz de la luna.

Vaciló. Tras breve lucha y con cierta timidez apuntó:

—Yo tengo un coche...

—¿De veras...? Sí... Ya recuerdo. Aquel coche gris tan bonito, tan... suave..., tan cómodo. Se extasió ante mis adjetivos y empezó a hablar de motores. Corté su entusiasmo rápidamente.

—Un coche a propósito para pasear... —sugerí.

—No lo crea —protestó.

—¿Cómo?

—No es solamente un coche de paseo. Tiene un motor soberbio. Por carretera se desliza que es un gusto. Puede hacer un media de... —Volvió a abismarse hablando de motores, carreteras, kilómetros, gasolina, aceite y neumáticos.

Alcé una mano.

—No alabe más las ventajas de su coche y vamos a dar una vuelta para comprobarlas. ¿Le parece bien?

Le pareció de perlas.

Por la escalera de la terraza bajamos al jardín, y por allí dimos la vuelta hasta encontrar la verja de entrada. Había muchos coches estacionados, y como no pude coger mi chal de gasa gris, que había quedado en la sala, los chóferes miraron mi escote con ojos encandilados. Rápidamente subí al auto.

—¿No tendrá frío?

El cachorrillo me lanzó también una mirada provocante.

No lo tenía, pero hubiera dado algo por medio metro de percal con que cubrirme.

Puso el motor en marcha y durante mucho rato rodamos en silencio, contemplando las manos que agarraban el volante, aquellas manos que me gustaron a primera vista. Esta vez no me sentía en guerra con mi compañero y disfruté del paseo.

Charlamos de bailes, de viajes y de libros. Como todo el mundo, habíamos tenido nuestra época de Salgari, nuestra época de autores franceses y la inevitable epidemia de Somerset Maugham. Encontramos muchos puntos de contacto y múltiples temas de conversación.

Me habló también de su viaje a Guinea, viaje que duraría varios meses y que realizaba con otros compañeros de curso. Me alabó el ambiente de camaradería que reinaba a bordo y, oyéndole, observé que estaba algo más animado, a pesar de la ingratitud de la rubia.

Dimos varias vueltas por los barrios extremos. El escenario no podía ser más romántico. La luna llena hacía resaltar la blancura de las casas y la estrechez de las calles, que apenas permitía el paso del auto. De vez en cuando, nuestros faros iluminaban la figura de un muchacho pelando la pava ante la reja llena de macetas de flores. Apenas entreveíamos la figura de la novia, que, intimidada, se retiraba ante nuestro paso. Olía a limoneros en flor, a menta y a vida. De una tasca salía rasgueo de guitarras y la voz de una mujer cantando con acento desgarrado:

—*...me enteré que era su amante*
y por eso lo maté.
Lo maté porque era mío,
solo mío juró ser...

El cachorrillo me invitó:
—¿Quiere que entremos?

Acepté encantada. Detuvo el coche y de las profundidades de un asiento sacó una chaqueta de punto, que olía a grasa de automóvil, y me la tendió.

—Será mejor que se la ponga.

Me la puse. Me estaba enorme y el aspecto era algo cómico. Riendo entramos en *La Taberna Cañí*.

Un inglés hubiera dado algo por presenciar aquel espectáculo de pura «españolada». Había cantaores, bailaoras, guitarristas, jipíos, cañas de manzanilla, caracoles en salsa picante, gambas, bocas de la Isla, borrachos de aspecto dramático y chicas con flores en el pelo, sirviendo gazpacho en cuencos de madera. El caldo, en los cuencos, y el picadillo de pan, tomate, pimiento y pepino, en plato aparte.

Pedí gazpacho porque no sabía qué pedir. Después de los cocteles de champaña era un buen contraste. El cachorrillo pidió gambas a la plancha. Trajeron una botella de manzanilla, rubia como el trigo, olorosa como el aire andaluz y ardiente como el temperamento de aquellos hombres de ojos negrísimos que tocaban la guitarra y lanzaban ayes lastimeros, dirigiéndome miradas sin que mi compañero se diese cuenta.

Sin embargo, el cachorrillo estaba pendiente de mí. Su poderosa figura vestida de *smoking* y su cabello rubio le daban aspecto de extranjero.

Precisamente en aquel momento la mujer cantaba:
—*Rubio como la canela,*
canela, rubio, rubio, como el pan.
Del color de las candelas,
candelas, de la noche de San Juan...

Parecía estar cantándoselo a él, porque le dirigía lánguidas miradas. Mi cachorrillo ni siquiera lo observaba. Había leído en algún sitio que nada igualaba a la indiferencia de un hombre enamorado de una mujer, ante los encantos de otra que no fuese ELLA.

A la segunda copa empezó a hablarme de la rubia. Era una historia corriente. Habíala conocido meses atrás, cuando ella trabajaba de maniquí en una casa de modas. Era preciosa, según Armando. Cuando se cansó del empleo de maniquí se colocó de cajera en un restaurante de lujo. Allí estaba siempre rodeada de hombres. Millonarios que querían ayudarla y que le ofrecían joyas. Imaginé la desesperación del cachorrillo. Habíale pedido que se casara con él. Durante mucho tiempo mantuvo sus esperanzas..., manteniendo a la vez las de otros. Aquella noche de *Martino* dijo que quería hablar con Jaime Oliver antes de decidirse. Sin duda ambicionaba un contrato o un nuevo *flirt*. Pero, cambiando de idea, habíase fugado con un ricacho bilbaíno.

Esa era la mujer con quien Oliver me confundía. Sentí rabia y bebí con avidez.

Dando una amistosa palmada en el brazo de mi compañero, le alenté:

—Bueno, lo mejor que puede hacer es no pensar más en ella.

—Trato de conseguirlo.

—Un clavo saca otro clavo. ¿Por qué no pone su interés en otra muchacha?

Me miró y se animó su rostro de muchacho impulsivo.

—Está usted muy graciosa con esa chaqueta —dijo sin responder a mi pregunta. Pedimos una ración de caracoles. La salsa era tan picante que la lengua ardía. Armados con dos palillos vaciamos en seguida la cazuela.

—¿Se atreve con otra?

Me atreví. Parecíamos dos niños empeñados en coger una indigestión. Los caparazones vacíos amontonábanse formando pirámides.

Un flamenco cantaba, mientras una gitana bailaba un zapateado:

— Entre todos los amores,
uno solo perduró...

Mi compañero repitió las palabras de la canción.

—Uno solo perduró... —Como si aquello le enfureciera, clamó—: No creo en las mujeres. Todas son falsas.

Abrí los ojos y le mostré la sonrisa del hoyito. Pero sin pimienta. Fraternal.

Su furor amainó, como la galerna al cesar el viento.

—... claro que habrá excepciones —corrigió—. Yo no digo que no las haya...

La puerilidad me enterneció. Aquel cachorrillo infantil y bueno, inconsciente de su G. A. P. (Gran Atractivo Personal), me gustaba más que el hermano, pendiente de su T. S. E. I. (Toda Su Enorme Importancia). Sí, mucho más. Aunque con fingida modestia el otro dijera: «¿Soy un hombre importante...?».

Recordando varias cosas suspiré.

—Me gustaría que fuésemos amigos —dijo Armando impulsivamente.

—A mí también me gustaría, pero... ¿no lo somos ya...?
Nos echamos a reír.
—Creo que sí. Aunque nuestra amistad empezase de un modo tan singular... ¿Me permitirá que le escriba desde Guinea?

No esperaba aquello, pero accedí.

—Me encantará. —Al decirlo recordé la imitación que el otro Oliver hacía de mi frase.

—¿Escribo a sus señas de Madrid...?

Titubeé.

—Sí. A nombre de Anita Alvear.

—¿Anita? Me gusta más que Cleopatra. Es un nombre mimoso. De gatita de Angora. Los dos hermanos me habían llamado gata..., pero ¡con qué distinto tono!

—No se ofenderá si le digo que usted me recuerda a un gran terranova...

—Pero ya no nos llevamos como perros y gatos, ¿verdad?

Abandonamos *La Taberna Cañí*, siendo despedidos por bailaores, cantaores y tocaores como si fuésemos amigos de la infancia.

Eran las cuatro de la mañana, hora muy inconveniente para la hija de familia pacata que el Mago me consideraba. Hice detener el coche en la esquina antes de llegar a la pensión. Me quité la chaqueta y se la di a su dueño.

—Adiós, gatita de Angora. Gracias por la deliciosa noche. Su recuerdo me acompañará por la carretera hasta Cádiz.

Me había asegurado que se marchaba inmediatamente.

—Adiós, mi fiel terranova. También le recordaré con simpatía.

Se puso serio.

—¿De veras le soy simpático?

—Supongo que no tendrá complejo de inferioridad porque una chica frívola le haya rechazado.

—Pues... sí. Lo tengo.

—Bueno... Procuraré que lo pierda.

—Un clavo saca otro clavo...

Reímos. Estrechó mi mano y esperé a que el coche se alejara antes de dirigirme hacia mi portal. Me empeñé en hacerlo así, y él, por discreción, no insistió.

Busqué la llave en el bolsillo, la metí en la cerradura e hice vanos esfuerzos por entrar. Cuando por fin iba a lograrlo, otra mano se posó sobre la mía.

—Supongo que podrá darme una explicación de su actitud —dijo una voz helada.

Me apoyé en la pared. Sentí un terror tan agudo como si, en lugar de tratarse de la mano de Jaime Oliver, fuese la de la Justicia, condenándome a la última pena.

※

Había creído apoyarme en la pared, pero resultó ser en la puerta, que se abrió con el empujón. Retrocedí, andando hacia atrás, y entré en el portal, con suelo de baldosas blancas y negras y dos grandes macetas de palmeras, una a cada lado de la escalera. La débil luz de una bombilla iluminó el lugar donde se iba a celebrar una de las escenas que dejarían indeleble recuerdo en mi vida.

Sin ser invitado, mi enemigo había entrado tras de mí. Frío, seco, hiriente como jamás le viera, empezó a enumerar mis pecados despiadadamente.

Se había enterado de todo. Es decir, de lo que él creía que sería TODO. En realidad, ni siquiera de la mitad.

Pero sabía que me había ido del baile con Armando. Alguien nos vio salir. Sabía también, por Norina Alberti, que nos habíamos visto en el Andalucía Palace una tarde. Aquel engaño le enloquecía. Tenía las manos apretadas, con los nudillos blancos por el esfuerzo. En nada se parecía al Jaime Oliver agricultor que tomara un accidentado baño de río. Ni siquiera recordaba al hombre que discutiera tan apasionadamente sobre rana y sapo.

—... sarta de mentiras... ¡Ni aun sabe mantener la palabra dada...! Falta de ética... Seres indignos... Increíble desfachatez... ¡Aventurera desaprensiva! ¡Estúpida credulidad la mía...! ¡Contratos como papel mojado...!

Tan solo algunas frases sueltas llegaban a mi cerebro. Estaba idiotizada, asustada, trémula. Aquel energúmeno helaba la sangre en mis venas.

—... ajustar cuentas..., imperdonable..., tendrá que arrepentirse... También le ajustaré cuentas al mequetrefe... ¡Haber renunciado al viaje por una criatura así...!

Agité la cabeza. Traté de hablar. No pude.

—... enamorarse de semejante mujer..., una mujer sin sentimientos..., frívola..., indigna..., perversa..., coqueta..., desaprensiva...

Me dejé caer en la escalera, incapaz de defenderme. Me tapé la cara con las manos y me puse a llorar. Los nervios me habían vencido.

Hubo un momento de silencio. La fiera no esperaba aquello. Siempre me había visto retadora y no imaginaba que pudiese tener también mi corazoncito.

Al llorar se me corrió el *rimmel* y empecé a ver las estrellas.

—¡Lágrimas! —dijo él al fin—. Lágrimas... No haga comedia.

Pero yo lloraba con hipo, entre el disgusto y el escozor de los ojos. Demasiado hipo para una farsa. No resultaba un llanto estético.

Él también debió de creerlo así, porque el silencio duró un rato más largo y fue denso e impresionante.

—Es tarde para llorar... Nada se arregla con llorar... Llorar... llorar... —Paseó por el portal como un león enjaulado—. ¡Qué bonito, ponerse a llorar cuando no se tiene otra disculpa a mano...! Debiera haberlo pensado antes... ¡Si al menos llorase de remordimientos! Pero no... Llora de rabia... De rabia de ver descubiertos sus planes de infame coqueta...

Entre sollozos rugí:

—¡Oh! Déjeme en paz... ¡Maldito *rimmel*! Por favor... Un pañuelo...

—¿Qué...? —Creyó haber oído mal.

—Présteme su pañuelo... ¿O es que tampoco puede hacerme ese fa... favor...? —sollocé con la cara llena de tiznones.

Sacó un pañuelo del bolsillo y me lo dio con la misma furia que si me soltara un culatazo con la pistola. Era un pañuelo fino, perfumado y suave, que me consoló. Lloré más a gusto. Lloré con cierto confort.

—¿De qué sirve creer en las promesas de una mujer? —dijo, como si se tratase de su novia infiel—. No sé cómo pude darle crédito... Se ve en sus ojos que no es capaz de lealtad... No... No hay ni un sentimiento noble en su corazón...

—Ba... ba... basta —imploré, convertida en un río desbordado.

—Basta, basta. Eso querría usted. Que yo le permitiera hacer locura tras locura... Está muy engañada. No soy hombre para dejarse embaucar por una muñeca con pretensiones de mujer fatal.

—... Yo... no... tengo... pre... pre... pretensiones...

—Una muñeca de ojos inocentes.., y mentalidad perversa. «Mi abuelita decía esto..., mi abuelita decía lo otro»...

Al oír mencionar a la abuelita lloré más fuerte. Amainó, temiendo que viniera el sereno, y bajó la voz, pero continuó insultando.

—... la mermelada, la dulce mermelada peligrosa para mi hermanito..., ¿no fue eso lo que dijo...? ¡Nada de mermeladas! Veneno puro...

Incluso estaba olvidándose de sus recomendaciones sobre los movimientos exagerados y las frases altisonantes. Gesticulaba más que yo. A través de un solo ojo lloroso —el otro no pude abrirlo— le miré. Comprendí que la cólera le ahogaba. Una cólera desproporcionada. Por mucho interés que sintiera por su hermano, resultaba excesiva.

—¡Basta! —grité—. No puedo resistirle más... ¡Cállese...!

No me hizo caso. Metió las manos en los bolsillos, paseó y siguió mascullando cosas. Pegó un puntapié a una de las palmeras y luego a una caja de cerillas vacía que encontró al paso.

—Usted... sí... que... es... brutal y despi... despiadado —sollocé—. No he hecho nada malo... Su... su hermano... no ha suspendido el vi... vi... viaje... Solo se retrasó la salida del... bar... barco... hasta mañana... Ha vuelto... a Cádiz... y se irá al... Con... Congo... —Ignoro por qué confundí Guinea con el Congo.

—¿Se irá...? ¿Cuándo...? ¿Mañana?

—Cla... claro... ¿Por qué no tele... tele... fonea a Cádiz y se convence...? Me encontró en la fi... fiesta y no pude... Lbrarme de él.

—¡Ah! No pudo, ¿eh...? ¡Pobrecita!

—También en el... Pa... Palace le encontré por casualidad... Solo hablé... unos minutos... Esa... esa estúpida pelirroja puede decírselo...

—¿Qué estúpida...?

—La de la mejilla pegada...

—¿Mejilla... pegada?

—La viuda.., guapa..., rica y lista... Luna de miel amistosa...

Detuvo sus paseos y se plantó frente a mí.

—No entiendo nada.

Me encogí de hombros, más sosegada.

—No hace falta que entienda... No me importa su opinión... Yo... yo no he faltado al contrato. Allí solo dice que no me puedo casar en seis meses... No me he casado, ¿no es verdad? Ni pienso casarme... Odio a los hombres...

—Pues no lo parece.

Una de sus agudezas. Me levanté. Estábamos tan cerca que casi sentía su aliento. En la semipenumbra nos mirábamos fijamente.

—¡Le odio! —dije desafiándole ya sin miedo—. Le odio desde que le conocí... Le odio porque es usted presumido, voluntarioso, tirano... Porque se inmiscuye en las vidas ajenas..., porque no le importa que los otros sufran, ni se enamoren, ni...

—¿Ni qué...?

Me encogí de hombros. Seguíamos mirándonos sin pestañear.

—Usted cree que el sol y la luna giran a su alrededor. Cree que Dios descansó el domingo para cerciorarse de que la tierra estaría confortable cuando usted llegara. Cree que todos tenemos que obedecerle. Cree que puede jugar con los corazones. Cree que puede comprar uno firmando cheques... Cree que...

Me agarró por las muñecas y se fue acercando peligrosamente.

—¿Está enamorada de Armando? —preguntó con vehemencia.

Traté inútilmente de desasirme. Aquellos dedos parecían de hierro.

—¿Qué pasaría si lo estuviera...?

—¡No lo está!

—¿Por qué lo cree...?

—Estoy seguro. No es capaz de querer a nadie. Nunca se enamorará...

—Se equivoca.

—¿Está enamorada? ¡Vamos! ¡Sea sincera una vez...! ¡Una sola vez!

—¿Qué puede importarle...? ¡Suélteme! Me hace daño...

—¿Quiere a Armando, sí o no...?

Parecía como si fuésemos a empezar otra discusión absurda, como aquella de rana y sapo. Pero esta vez se trataba de algo mucho más serio. Los dos lo sabíamos. En el espacioso portal sevillano reinaba una tensión aguda, febril, un verdadero huracán de emociones.

—¡Suélteme!

—No la soltaré. —Me sujetó más fuerte—. ¿Quiere a Armando...? ¿Le quiere de veras...? Me salí por la tangente:

—¿No ha dicho que soy incapaz de sentimientos?

—A veces se encuentra agua en el desierto.

—También usted suelta frases altisonantes.

—¡Siempre burlona! ¡Siempre tomando la vida a broma...! Siempre riendo..., porque sabe que se pone enloquecedora al sonreír.

Me quedé muda de asombro. Él se arrepintió de la palabra. Pero ya no pudo retroceder.

—¿En... lo... quecedora...? —pregunté.

—Sí... Eso he dicho. ¿Por qué no? Nunca pretendí negar que fuese usted bonita.

—Pero no ha dicho «bonita». «Dijo usted «enloquecedora»...

Me sacudió.

—¡Endemoniada coqueta! ¿También ahora va a intentar flirtear? Ya le advertí que no lo hiciera conmigo...

—Yo... yo no flirteo... He dicho que le odio.

—Me odia a mí y adora a mi hermano, ¿no es eso...?

Traté de soltarme de nuevo, sin conseguirlo. Clavé las uñas en las palmas de las manos del enemigo. Él no pareció notarlo.

—Tampoco adoro a su hermano, si eso es lo que le interesa. No podría adorar nada que tuviese relación con usted. Siempre le consideré un buen chico... Pero solo eso. Un cachorrillo. Guárdese su tesoro y no sufra. A Cleopatra no le interesan los cachorrillos... Tengo marqueses..., toreros...

Brilló una luz en los ojos de halcón y me sentí arrastrada hacia los brazos, que me rodearon. Me rodearon tan absolutamente, que me sentí dentro de ellos, haciéndose realidad aquel brevísimo relámpago de deseo que tuve al mirar sus manos y desear meterme dentro de una de ellas y cerrar. Allí estaba, por fin, cercada por unos brazos contra los que me incrustaban unas fuerzas invisibles, ajenas a mí, a él, al tiempo y al espacio.

Embebida en la sensación avasalladora de sus besos, dejé de pensar. Su boca suave y cálida, que aprisionaba la mía, me mantuvo como suspensa en la eternidad.

Supe que aquel minuto colmaba mi vida, igual que la arrolladora fuerza de la marea anegaba toda mi playa de Villamar.

—¡Jaime...! —suspiré—. ¡Jaime...!

Retrocedí... Le empujé. La ola de sensualidad turbadora nos hacía temblar, temblar tanto, que retrocedí hacia la escalera.

—Márchese... márchese... —dije.

Agitó la cabeza negativamente. De nuevo me tendió los brazos, pero me defendí de su atractivo.

—¡No...! No... Márchese..., ¿me oye? No debió hacerlo... No debió hacer eso...

La voz sonó trémula y apasionada:

—¿Por qué...? Me gustas...

El recuerdo de sus besos aún tenía poder de calentarme los labios.

—¿Le gusto? —susurré. Tenía pena. Una pena angustiosa que me acongojaba. Tras el momento maravilloso, mi corazón se sublevó—. Ya comprendo... Le gusto.

—No sé cómo ha podido sucederme... Desde el primer momento pensé que tendría que hacerlo, tarde o temprano.

—¿Hacer qué...?

—Besarte.

Sonreí. Una sonrisa triste que no pude disimular.

—Bueno... Ya lo ha hecho... Supongo que estará contento por haberse permitido el capricho.

Me miró turbado.

—¿Por qué dices eso...?

—¿De verdad no lo comprende...? ¿No comprende lo que me pasa...? No es usted tan buen conocedor de la vida y de las personas como me figuraba... —Alcé un poco la voz, que tembló de amargura—. Lo que pasa es que ningún hombre me había besado hasta ahora, ¿comprende...? —Hizo un gesto brusco y yo seguí—: Puede creerlo o dejarlo de creer; nada me importa. Pero es la realidad. Míreme bien... No tendrá muchas ocasiones de contemplar a una muchacha turbada por su primer beso.

Empecé a llorar otra vez, pero ahora suavemente, sin nervios. Él avanzó y le contuve.

—¡Vaya! —dije—. ¿No se ríe? ¿No se ríe de la burda mentira que le está diciendo Cleopatra? ¿Cleopatra, la mujer fatal, a quien se ha atrevido a besar porque pensó que lo mismo daba que lo hiciera usted o que lo hiciera otro...? Le gusté, le apeteció y tomó lo que le gustaba... Bueno... Deme las gracias y mañana auménteme el sueldo. ¿No es eso lo que se acostumbra hacer cuando una chica «promete» como yo...?

Lloré más fuerte, acongojada, sintiendo una pena que jamás había sentido en mi vida.

—Buenas noches, señor Oliver —proseguí, subiendo el primer escalón—. Tenga su pañuelo. Siento habérselo manchado con tantas lágrimas. —Sonreí—. Mi abuelita decía que cuando yo empezaba a llorar no había paraguas que sirviera. Como ve, mi abuelita no se engañaba.

Subí otro escalón. Él dio un paso hacia mí. Volvió a cogerme las manos y me miró en silencio. Creí que iba a tratar de besarme de nuevo, pero no lo hizo. Estaba pálido, impresionado, y los ojos que tanto me fascinaban se clavaban en mis pupilas como puñales, tratando de descubrir algo... algo...

Me soltó al fin. No bruscamente, sino con gran delicadeza, como si yo fuese un objeto precioso y delicado que temiera romper.

Cuando habló, su voz tuvo un timbre diferente, nuevo, que jamás le había oído.

—Discúlpeme, si es que puede disculparme —rogó. Se pasó la mano por la frente—. No sé lo que me ha ocurrido.

No tengo justificación. No me guarde rencor... No volverá a repetirse... Le doy mi palabra de honor. Le suplico que no adopte actitudes precipitadas... Tengo a gala el no haber molestado jamás a una compañera que trabajase conmigo... Lo de hoy... no tiene precedentes... ni tendrá continuación. Confío en que continuará a mi lado, completamente tranquila... ¿Verdad que lo hará?

Hasta que dije que sí, con la cabeza, continuó suplicando y pidiendo perdones. Cuando al fin se dio por satisfecho, suspiró hondo y me tendió la mano:

—¿Amigos?

Asentí con gestos. Las lágrimas mojaban todavía mi cara. Sonrió con su más seductora sonrisa torcida.

—Entonces... ¡hasta mañana, señorita Alvear...! Olvídelo todo, y buenas noches.

Subí la escalera arrastrando la falda de mi vestido de gasa. Entré en la *Pensión Gómez* y en el cuartito donde doña Consuelines dormía profundamente, soñando con disparates.

Me senté a los pies de mi cama y permanecí en la oscuridad.

—Olvidar... —murmuré—. ¡Olvidar...!

No podría olvidarlo nunca.

Hacía ya un buen rato que la boca de aquel hombre se había apartado de la mía..., pero yo seguía notando su calor y su ternura...

❧

—*Desejam chá e bolos...?*

Sirviendo de intérprete, me volví hacia doña Consuelines y le traduje la frase del camarero.

—Dice que si quiere usted té con bollos.

Mi amiga agitó la cabeza, coronada de ricitos.

—¿Té...? No, hija mía. Yo solo tomo té cuando estoy indispuesta. Quiero cerveza. ¡Cerveza! ¿Está claro?

El camarero sonrió.

—*Cerveja com bolos...?*

Doña Consuelines protestó:

—¡Pero caramba! Estos portugueses no conciben la vida sin bollos. Creo que son los mayores devoradores de bollos y pasteles de toda Europa.

Asentí riendo.

—¡Y qué bien los hacen! —Me volví hacia el camarero—: *Duas cervejas e un prato com bolos.*

No es que yo supiera hablar portugués correctamente. Pero lo entendía bien y chapurreaba algo. Esto se lo debía a Conceiçao, una cocinera nacida en Viana do Castelo que permaneció diez años en casa. Esta famosa Conceiçao, que era muy simpática, me hizo familiarizarme con la lengua de Camoens. Cuando yo aún no había cumplido los trece y empezaba ya a sentirme romántica me enseñó a cantar aquello de:

Eu non queri nem brincando
dizer adeus a ninguem.
Quem parte leva saudades
quem fica saudades tem...

Las lecciones de Conceiçao me resultaban útiles en aquel momento, aunque la verdad era que en el deslumbrador Estoril no se necesitaba hablar portugués. En las tiendas, en los cafés o en la playa le entendían a uno en cualquier idioma.

—Esta gente parece haber nacido políglota —había dicho «Torturas Mentales», admirada.

Me apoltroné en el sillón de mimbre instalado en la orilla del mar, en un restaurante llamado *Tamariz*, sombreado de árboles, adornado con plantas y sombrillas multicolores sobre las mesas con alegres manteles.

Momentos antes, al descender del tren eléctrico que en veinte minutos nos trasladara de Lisboa a Estoril y encontrarme ante los jardines del Casino, tuve que exclamar impulsivamente:

—¡Qué delicia...! Me gustaría vivir aquí...

Pensé que todo el mundo sentiría el mismo deseo al encontrarse por vez primera en la estación, uno de cuyos andenes daba entrada al *Tamariz* y a la playa, y el otro al florido parque en cuyo fondo se alzaba el Casino.

Era un escenario de opereta. Una apoteosis de colores, de alegría y de belleza. Desde la estación al Casino extendíase un inmenso tapiz de flores y unos senderos abiertos entre árboles y plantas raras, bañadas por canales con pececillos de colores.

Doña Consuelines y yo habíamos recorrido el parque, subido y bajado por paseos adyacentes, mirado y remirado los edificios de los grandes hoteles, quedándonos encantadas ante los chalés que surgían por todas partes.

—Pero, bueno..., ¿dónde está el pueblo...? Las tiendas, las calles y todo eso... inquirió mi amiga, cansada de tanto trotar.

Yo, que había leído en el tren un montón de folletos de turismo, expliqué:

—No hay pueblo, si lo que usted entiende por pueblo son casas de muchos pisos en calles asfaltadas. Estoril es esto... —extendí los brazos con deleite—. Esta maravilla. Chalés..., grandes hoteles... Casino y playa. No hay apenas más tiendas que las que hemos visto bajo la galería de arcos a la entrada de los jardines. —De nuevo repetí mi deseo—: Me gustaría vivir aquí...

Una casa con un enorme jardín..., una huerta con coliflores..., patatas..., árboles frutales y una piscina bordeada de césped...

El recuerdo me hizo sentir frío y calor. Sacudí la cabeza como si pudiera ahuyentar así los pensamientos. Estaba imponiéndome a mí misma una cura de olvido. Aquel olvido que Oliver me había recomendado... La crisis de emociones turbulentas sentida en mis últimas horas sevillanas habíame dejado como vacía por dentro. Apenas pude verle durante el viaje, que pasé leyendo un libro de poesías francesas que el Mago me prestó. Poesías de Paul Geraldy, una de cuyas sutilezas se me quedó grabada en el pensamiento. Era una frase cortita y deliciosa:

Si tu m'aimais
et je t'aimais, comme je t'aimerais...!

La reconfortante amistad del Mago habíame ayudado mucho durante las pasadas horas de tren. Dándose cuenta de que no tenía ganas de charlar, me prestó el libro que comprara para él. También el jaleo de las dos Aduanas me sirvió de distracción.

Por vez primera en mi vida abandonaba mi patria y atravesaba esa línea divisoria que me lanzaba «al extranjero».

No me sentía extranjera en Portugal. Aquella tierra era la tierra de la península Ibérica, y aquella gente, tan parecida a nosotros, parecíame más hermana nuestra que el resto de los pueblos de Europa. Idéntica sensación tenían todos mis compañeros.

Habíamos llegado por la mañana. Un grupo numeroso nos hospedábamos en una pensión de la Rua da Prata, en Lisboa. Una calle animadísima y alegre, como toda la ciudad.

No consentí que doña Consuelines durmiese la siesta.

—¡Vamos a Estoril! —supliqué.

No teníamos ensayo ni tampoco función de tarde, pero, en cambio, la de la noche comenzaría a las nueve y media, como era habitual allí. Debutarían con *Un marido perfecto*. Nos enteramos en la estación «Cais do Sodré» de que había numerosos trenes, que podríamos tomar para regresar a tiempo.

El Mago quedó en reunírsenos más tarde en *Tamariz*, porque estaba citado para encontrarse en el *café Brazileira* con unos amigos portugueses. El Mago tenía amigos en todas partes.

Y «Torturas Mentales» y yo nos encontrábamos al fin en Estoril, la playa internacional cuyo nombre, como los de Niza, San Sebastián, Biarritz y Montecarlo, figuraba en mis sueños de provinciana con ansias viajeras.

El *Tamariz* se dividía en dos terrazas, una asentada sobre la playa, a un metro de la arena, y la otra, en la que nosotras estábamos, en alto, ligada por una escalinata ancha. Ambas aparecían llenas de bañistas apenas cubiertos por leves trajes de baño. Extranjeros de todas las nacionalidades que disfrutaban del sol, sin sentir interés por el vecino de al lado. Todos satisfechos, independizados de los otros y en paz con el mundo entero.

—Me gusta viajar —comenté—. Creo que es lo más agradable de la vida.

—Si hubieses viajado tanto como yo, opinarías otra cosa —refutó «Torturas Mentales», siempre pesimista, no perdiendo ocasión de echar jarros de agua fría sobre las ilusiones ajenas—. Desde los quince años, en que debuté en el teatro, no he parado. Llega una a tener espíritu de maleta. Y, por cierto, no te he contado que soñé días pasados que yo era un baúl-armario. Un baúl precioso, color *beige*, con los cantos dorados. Pero, hija, como soy una persona de mala suerte, hasta siendo baúl tenía la negra. Fui vendida a un viajante de comercio, un tipo chato, bajo y con bigote, que empezó a meter cosas y cosas en los cajones. Yo notaba que me ahogaba. Pero él seguía guardando y guardando... Total, cuando quiso cerrarme tuvo que pedir ayuda a otras dos personas, que me apretaron de una forma inicua. Desperté vomitando. Desde ese día, siempre que veo un baúl le hago una caricia disimulada. No imaginas lo que los baúles agradecemos eso.

Se quedó seria, bebiendo un sorbo de cerveza y dando un mordisco a un bolo de arroz de los que trajera el camarero.

Luego volvió a hablar:

—Probablemente te gustará el viaje a la Argentina. Nos iremos el mes que viene.

Me sorprendí.

—¡No sabía nada! ¿Se lo ha dicho Oliver?

Puso unos ojillos maliciosos, cuyos bordes pintarrajeados destacaban en su cara de merluza cocida.

—Oliver nunca dice nada. Yo soy «perro viejo» en el teatro y no hace falta que me cuenten las cosas para que las sepa. Oliver está a punto de firmar un contrato magnífico. Aquí en Lisboa. Hace tiempo que lo viene preparando. ¿No has oído hablar de doña Belinda...?

Negué.

—Sí, doña Belinda, «la mujer más rica del mundo». Así la llaman al menos. Ha llegado a Portugal. Es argentina y dueña de no sé cuántos teatros en toda Hispanoamérica. Creo que iremos a inaugurar un teatro nuevo en Buenos Aires, en magníficas condiciones. Oliver se va a hacer de oro.

—¿Cómo sabe tantas cosas?

Poniéndose confidencial aclaró:

—Ciprés.

—¿El criado de Oliver...?

—Soy su única amiga. —En el teatro se decía que Ciprés era tan asequible a la simpatía humana como un mochuelo petrificado—. No lo digas a nadie, ¿eh...? El caso es que somos dos almas gemelas. Descubrí por casualidad que él también tiene sueños espantosos. Desde entonces somos uña y carne.

Distinguí a lo lejos al Mago, que acababa de llegar en uno de los trenes que se detenían junto a *Tamariz*. Le hice señas para que se acercara y lo hizo sonriendo. Llevaba un envoltorio de ropa de baño bajo el brazo. Yo también llevaba el mío, y cinco minutos después nos zambullíamos los dos en el mar. Doña Consuelines se quedó zampando bollos.

Casi grité, porque era el agua más fría en que me bañara nunca. Según el Mago, aquello se debía a que en Estoril solía haber viento casi siempre, lo que agitaba el agua, impidiéndole caldearse.

Fue una tarde deliciosa. Después del baño fuimos paseando hasta el Casino. Doña Consuelines se empeñó en probar suerte en la ruleta.

Entramos en la primera sala, que daba paso a otra mayor. Había un bar casi desierto. Toda la gente se apiñaba alrededor de las mesas de tapete verde. Era la primera vez que entraba en una sala de juego, y me impresionó el silencio reinante, solo roto por la voz monótona de los *croupiers* y el entrechocar de las fichas.

Mi amiga puso diez escudos y perdió, lo que consideró una ofensa personal. Cambió de mesa y se acercó a la banca francesa. Volvió a jugar y volvió a perder.

—¡Indignante! —dijo furiosa, poniendo por testigo de su desdicha a la señora que estaba al lado.

Era una dama muy extraña, y el Mago y yo nos fijamos apenas entramos. Todo en ella era de color gris: el cabello, partido por una raya y dividido en dos grandes rodetes, uno a cada lado de la cara, como si hubiese colocado allí dos crisantemos plateados; los párpados, recubiertos de una capa de pintura gris azul; el vestido, de un tono exacto al de sus cabellos, con escote cerrado hasta la garganta; el collar de perlas grises de tres vueltas; los impertinentes de platino, de cristales cuadrados, y la laca de sus uñas, largas y completamente plateadas. Tenía un tic nervioso, que consistía en arrugar la frente y encoger los hombros sacudiendo la cabeza hacia un lado.

Al ser interpelada por doña Consuelines, sonrió y dijo en correcto español:

—Hoy ha soplado mal viento. La diosa nos es adversa. A veces se pone así... Durante unos días nos maltrata... Luego, cuando estamos empezando a odiarla, nos sonríe de nuevo y nos deja clavados..., atornillados a estas sillas y a esta mesa embrujada. —Sacó una soberbia pitillera plateada y ofreció un cigarrillo a doña Consuelines, que no lo aceptó. Los ojillos de mi amiga estaban abiertos por el asombro, ante el infatuado modo de hablar de la «Dama Plateada»—. ¿Ha perdido muchos miles...?

«Torturas Mentales» titubeó:

—Diez...

—¿Diez «contos»? Bueno, no se aflija; yo llevo perdidos trescientos.

La característica de nuestra Compañía agitó la cabeza con pesadumbre.

—¡Trescientos escudos! ¡Si yo hubiese perdido trescientos escudos me suicidaba!

La «Dama Plateada» repitió el tic nervioso que fascinaba a su interlocutora. Sacó una larga boquilla y colocó su cigarrillo pausadamente.

—Yo no he dicho trescientos escudos, sino trescientos «contos» —rectificó.

—¿«Contos»...? —doña Consuelines arrugó la nariz como si algo oliese mal—. ¿Y eso qué es...?

—Un «conto» son mil escudos —dijo tranquilamente.

—Mil esc... ¡mil escudos! —se horrorizó—. ¿Ha perdido usted... trescientos... mil... escudos...? La otra dejó oír una risita inverosímil.

—¡Imagínese qué bobada...! Me he quedado sin blanca... ¿Me invita a un vermut...?

«Torturas Mentales» se vio y se deseó para librarse del compromiso. ¡Pagar ella un vermut a nadie! Hubiera sido la primera vez en la vida...

Aún nos reíamos de la aventura cuando regresábamos en el tren a Lisboa.

Fui al teatro aquella noche, porque teníamos ensayo de *Grandes destinos* después de la función. El debut transcurrió muy bien, escuchando Oliver innumerables aplausos como *Un marido perfecto*. Viéndole actuar sentí que la terrible escena ocurrida en el portal de la *Pensión Gómez* se alejaba hasta parecer irreal. ¿Habría estado yo alguna vez entre los brazos de aquel hombre irreprochable, de aquel Roldán cuyas apasionadas frases de amor escuchaba Bárbara Palma... y también, entre bastidores, Norina Alberti, que no se separaba de él un momento? Sin duda estarían viviendo la luna de miel amistosa predicha por el Mago.

Ni una sola vez se había cruzado mi mirada con la de Oliver hasta el momento del ensayo. Al encontrarnos frente a frente me sonrió. Pero no era la sonrisa que vislumbrara algunas veces en la «Guarida». Ni tampoco la sonrisa cínica de *Martino*. Ni la insinuante del portal. Era una sonrisa nueva, diferente, una sonrisa que me recordó algo la del cachorrillo cuando dijo con timidez:

—¿De verdad le soy simpático...?

Los ensayos de *Grandes destinos* iban muy adelantados y no me costó demasiado trabajo intercalar mis tres frases de manera discreta. Nadie me corrigió, aunque Norina Alberti, que dirigía con Oliver todos los ensayos de su comedia, se inclinaba a hablarle en voz baja.

La simpatía que creí sentir por ella en el vestíbulo del *Andalucía Palace* habíase disipado. La sola vista de su cabello rojizo, de sus trajes elegantes y de sus zapatos perfectos me ponía de un humor endiablado. Comprendía que era una mujer atractivísima, y las palabras del Mago: «viuda, rica, lista y guapa», repiqueteaban en mi cerebro.

Fue después del ensayo, mientras yo estaba esperando a doña Consuelines, cuando Norina se acercó a hablarme.

—¡Hola, Cleopatra! —dijo amistosamente y con ligera ironía—. ¿Qué dice el horóscopo sobre nuestros éxitos en Portugal...?

—Las mejores predicciones —aseguré en idéntico tono—. Sobre todo para usted. Echó hacia atrás la onda que se le escurría sobre la frente.

—¿Sí...? ¿Acerca de aquel hombre moreno...?

Se me quedó mirando con curiosidad.

—Dije dos morenos y un rubio... —insistí—. Pero el horóscopo no habla de amores por estos días, sino de éxitos literarios.

—Todo podrá compaginarse, ¿no...? —Me miró otra vez de arriba abajo—. Lleva usted un vestido muy mono.

Tiene gusto para vestirse... Es una pena que Jaime le haya dado el papel de señora Aldama... ¡Una muchacha tan decorativa! Hace un momento se lo reproché.

—¿De veras...? —dije sin demostrar interés.

—Ya sabe usted lo que son algunos hombres..., testarudos y dominantes. No quiere oír hablar de que haga un papel más lucido. Pero no se desanime... Aunque él asegura que no hará usted nada bueno en el teatro, yo estoy segura de que sí lo hará...

Sonrió y se marchó, dejándome apabullada. ¡V. R. G. Y. L.! Viuda, Rica Guapa Y Lista...

¡Desolador!

※

Crucé la plaza del Rocío por la acera de los cafés, y me hizo gracia pensar en lo que me habían dicho de que las mujeres portuguesas tenían prohibido por sus maridos, padres y novios pasar por aquella acera rebosante de hombres.

Imaginé lo que ocurriría si a las españolas nos prohibieran pasar por un sitio determinado. Ninguna obedecería, a menos de que se les probase palpablemente que se trataba de un lugar pecaminoso e inmoral. Nosotras soportábamos mejor que nuestras hermanas portuguesas «el yugo masculino». Nuestro yugo de españolas no existía, porque para las mujeres de la nueva generación el marido era un compañero y no un jefe.

Para ellas continuaba siendo el tirano de los pasados siglos. Veíanse pocas chicas por la calle. En la pensión me explicaron que el portugués era muy celoso y que veía con desagrado que la mujer saliera.

—¡Pero ellos sí salen! —protesté—. Las calles están llenas de hombres... La ley del embudo, ¿no...? —Me eché a reír—. Hacen mal en someterse...

¡Y qué atractivos eran aquellos tiranos! La «peligrosa» acera de la plaza del Rocío rebosaba de hombres desocupados que charlaban en grupos viendo pasar a la gente. Hombres..., cientos de hombres. Casi todos con sombreros flexibles hundidos hasta las cejas. ¿Por qué aquel amor de los portugueses por el sombrero, incluso en verano, cuando nadie solía usarlo...? Debajo de las alas de fieltro lucían los ojos más oscuros y penetrantes que me fuera dado ver nunca. No eran los ojos desafiantes y alegres de los andaluces. Estos eran sombríos, dramáticos e implorantes. La palabra justa era esta: implorantes.

No decían piropos. Miraban. Con la mirada sugerían demasiadas cosas. Apresuré el paso hasta llegar a la esquina de la Rua do Carmo. Subí el famoso Chiado para ver los escaparates. Grupos de muchachos deteníanse a contemplarme. Muchachos..., hombres maduros y viejos. Una revolución. Deseé no haber salido sola. Mis mejillas echaban lumbre. Igual que aquella tarde en Sevilla, repetí:

—¡Caramba con los portugueses!

Ojos y bocas. Era el detalle racial más atrayente. Ojos bonitos y labios sensuales y bien dibujados. Los rostros, más morenos que los nuestros. Quizás el pueblo europeo más moreno.

Uno, más atrevido, murmuró a mi paso:

—É tao linda... Que engraçadinha...!

El acento resultaba grato, susurrante y me hizo sentir la impresión de que él y yo estábamos solos en aquel Chiado de las novelas de Eça de Queiroz. Le miré de reojo, y eso le debió de alentar para venirse detrás. Toda la mañana, con infinita paciencia, anduvo a veinte pasos de distancia, esperándome a la salida de las tiendas y lanzando furiosas miradas a los otros que se detenían a mi paso.

Tomé un taxi para volver a la pensión. Allí quedó, brillándole los ojos bajo el ala del fieltro castaño y murmurando con sus sugestivos labios de portugués:

—Lástima...! É tao bonita... É una joia...

Comí precipitadamente para asistir al ensayo general. Llevábamos cuatro días en Portugal y la comedia se estrenaría, al fin, aquella misma noche. Daba gracias a Dios, pues había llegado a odiar los ensayos, con Norina Alberti celebrando apartes con Oliver a cada momento y con todo el mundo irritado, sin saber por qué.

Mejor dicho, sabiendo por qué. Era el mal humor de Oliver que se contagiaba a la Compañía entera. A pesar de que la temporada en Lisboa constituyó un rotundo éxito, estaba descontento. Se susurraba que el negocio de Argentina no iba a realizarse.

Doña Consuelines, informada por Ciprés, me contó que doña Belinda, la empresaria del teatro de Buenos Aires, se había marchado sin hablar con Oliver. Para decirlo con exactitud, sin hablar con nadie, en uno de sus caprichos de millonaria. Los sobrinos de dicha señora estaban en Lisboa, sin saber qué hacer, ignorando el paradero de su extravagante tía.

Aquella tarde, en el ensayo general, todo fue de cabeza. Pude ver a Jaime Oliver irradiando furor y electricidad, trabajando afanosamente y con fervor. ¡Qué lejanos parecían sus ideales de agricultor! Con seguridad obtendría un gran éxito, porque hacía una difícil creación del papel. Norina Alberti también estaba hecha un manojo de nervios. Fumaba como una chimenea y andaba detrás del primer actor con una copia de la obra y un lápiz en la mano, preguntándole si creería prudente acortar determinado párrafo o suprimir aquel otro. Recordé una frase, oída no sabía dónde, según la cual los autores quisieran suprimir casi toda la comedia cuando se aproxima el estreno.

Me sentía triste. Triste y fatigada. Todos parecíamos haber cambiado. Oliver no era Oliver. Y yo no era yo...

Al salir del teatro vi que tenía tiempo de comprarme unas medias antes de volver a casa. Estaba citada con el Mago en la pensión. Acordamos que haríamos una nueva prueba de maquillaje. El que me hiciera para el ensayo general no acababa de gustarnos. Quería crear una personalidad interesante de señora Aldama.

Por la Rua Augusta busqué mis medias. Entré en una tiendecita, pequeña y simpática. Un señor hablaba con otro que me daba la espalda, al fondo del local. El dependiente acudió solícito:

—*Deseja alguma coisa, minha menina...?*
—Medias.

Al oírme hablar en español, el hombre que estaba de espaldas se volvió.

El corazón no me dio ningún brinco, ni se me aceleró el pulso, ni tampoco tuve minutos antes ningún presentimiento de que sucedería aquello. Podía jurarlo. La cosa ocurrió sencillamente.

El hombre me miró, se acercó incrédulo y gritó al fin:

—¡Anitilla!

Era él, el muchacho que llenara mi vida de sobresaltos en cierta época. El Adonis rubio que jugara conmigo... El exvendedor de bocadillos de salchichas... El exfotógrafo playero. En una palabra: era Arturo, mi exnovio. El chico de los «ex».

Yo grité también, como era obligado:

—¡Arturo!

Y de la sorpresa tiré al suelo una caja de medias.

—¡Santa Clementina! ¿Qué haces aquí?

Podía jurar que había olvidado por completo su costumbre de decir: «¡Santa Clementina!». Oyéndole me creí transportada a Villamar.

—Eso digo yo... ¿Qué haces aquí tú...? —repuse.

Estábamos todos de rodillas en el suelo recogiendo medias: Arturo, el dueño de la tienda, el dependiente y yo.

Rio al incorporarse.

—Siempre provocando catástrofes, Anita Revoltosa —dijo poniendo en el mostrador el último par de medias—. Estoy aquí por casualidad.

¡La misma frase que pronunciara el funesto día en que le conocí, tras de preguntarle qué hacía en Villamar!

—Me encontraba en Pontevedra, lindando con la frontera, y un amigo me facilitó el venir para comprar algunas cosas. ¿Y tú...? Pero ¡déjame que te mire...! Estás preciosa.

Siempre exagerando. Era otra de sus manías. Con aires de superioridad dije:

—¿Ignoras que trabajo en el teatro?

—¿Qué me dices? ¡Cuenta...! Cuenta...

Pagué mis medias y salimos a la calle. Tranquilamente me cogió del brazo.

Me solté. No porque su contacto me impresionara, sino porque no lo apetecía.

—Estoy contratada en la Compañía de Jaime Oliver.

Esta vez su asombro fue enorme.

—¡Santa Clementina!

—Gano un buen sueldo y estoy muy contenta.

Creció su respeto y repitió «¡Santa Clementina!» en tres tonos diferentes.

Le miré con disimulo. Estaba un poco más grueso y con buen aspecto. La ruptura de nuestro noviazgo no le hizo gran mella.

—Bueno, chico —dije deteniéndome y ofreciéndole la mano—. Siento no poder charlar un rato. Ahora soy una mujer ocupadísima.

Puso su mejor expresión de desencanto.

—¿Es que vas a dejarme plantado después de tantos meses de no vernos?

El sol ponía reflejos dorados en su cabello, de un rubio diferente al del cachorrillo. Eran diferentes en todo. Este rubio nunca hubiera podido parecer un terranova.

Si acaso, un perro de raza indefinida, excéntricamente esquilado y luciendo el más raro collar de púas.

El supuesto collar equivalía a la corbata. Una de las absurdas corbatas futuristas que acostumbraba usar. Era de seda artificial, de fondo azul con dibujos representando camellos, palmeras y hasta beduinos. La chaqueta, de cuadritos *beige* y castaño, combinaba con el pantalón canela. Iba con lo que él consideraba el *summum* de la elegancia. También lo creía yo así en Villamar. Pero entonces no había conocido a Jaime Oliver.

—Lo siento; tenemos estreno esta noche, y antes debo hacer muchas cosas —me excusé.

—¡Vamos, Anitilla! No adoptes ese tono indiferente. No me harás creer que no te ha importado nada el encontrarme. Por mi parte, estoy muerto de emoción.

¡Muerto de emoción! Con seguridad, él no había experimentado ninguna emoción seria en su vida. Emociones de aquellas que le hacían sentir a una como si el reloj de la vida hubiese adelantado miles de horas de golpe.

Eché a andar, y él siguió a mi lado.

—No estarás enfadada, ¿verdad? Al fin y al cabo, entre nosotros no ocurrió nada de particular. ¡Para él no suponía nada aquella pelotera que duró seis horas y que me dejó afónica y maltrecha!

—Si mal no recuerdas —dije con cierta frialdad—, celebramos una ruidosa conferencia la última vez que hablamos, durante la cual me llamaste «solterona histérica, que en mala hora conociste».

—Pero es que tú me tachaste de «veneno para el espíritu».

—Porque tú aseguraste que yo tenía menos cerebro que una pulga.

—Naturalmente. ¿Qué querías que dijese después de oírme llamar «monstruo maldiciente», «rubio afeminado» y «vendedor de ungüento para los callos»…?

Nos detuvimos acalorados. Luego nos echamos a reír.

—Bueno. No volvamos a empezar. Es mejor que nos despidamos como buenos amigos —aconsejé.

Se inclinó un poco sobre mí.

—Pero es que yo no me quiero despedir de ti, Anita Bonita. Llevo muchas semanas sufriendo el temor de haberte perdido.

—Pues no se te nota el sufrimiento. Estás más gordo.

Se lo dije porque él odiaba la gordura.

—¿Gordo? Poca diferencia habrá. ¿Lo crees en serio? —Se miró en un escaparate—. Habré de tener cuidado. Pero escucha, Anita. Tienes que darme otra oportunidad.

—¿De qué?

— De reconquistarte.

—¿Y para qué…?

—¡Santa Clementina! Para casarnos. Tú ganas ahora dinerito. Nuestras profesiones son compatibles. Yo proyectaría mis rutas con arreglo a tus *tournées*. Sería estupendo, rica.

¿Estupendo? Quizá para Anita, la chica de Villamar que archivaba libros hasta la L; pero no para Cleopatra, que conocía ya el sabor de… los besos de un hombre como Jaime Oliver.

¡No tenía que pensar en aquello!

Era necesario olvidar por completo, como Oliver, sin duda, había ya olvidado...

Aunque, para mí, dejar de recordarlo era como dejar de pensar en la vida.

—Esta noche iré al teatro a verte —decretó Arturo. Se veía que le agradaba tener una novia actriz.

—Bueno, ve si quieres —murmuré con indiferencia no fingida.

Me dejó en el portal de la pensión. Subí de prisa y encontré a doña Consuelines y al Mago esperándome impacientes.

—¡Bueno, Carita Fresca! —me saludó este al entrar—. ¿Me citas a las cinco para venir casi a las siete...? ¿Qué te ha pasado?

—Acabo de tener un emocionante encuentro. ¿Adivinas con quién...? Con Arturo, mi exnovio. A dúo lanzaron una exclamación de sorpresa. A menudo me oyeron abominar del muchacho. Y al unísono lanzaron comentarios diferentes:

—¡Ese caballerete! —dijo doña Consuelines, usando un término muy mil ochocientos.

—¡Ese pedazo de asno! —comentó el Mago con frase de última moda.

Y a continuación los dos:

—¿Y qué te ha dicho?

Referí la conversación. El Mago ardía de celos. Doña Consuelines me dio con el codo maliciosamente porque, mujer al fin, se daba cuenta de su actitud. Para agravarla, preguntó ella:

—¿Y sigue tan apolíneo como antes...?

Tardé en contestar. El Mago lanzó una risita que helaba la sangre.

—¡Apolíneo...! ¡Ja, ja! ¡Valiente porquería! —Dio una palmada, como si fuese el bedel de un colegio y llegase la hora de entrar en clase—. ¡Hale! No estamos aquí para divagar sobre idioteces. Vamos al trabajo, Carita Fresca.

Protesté:

—No me llames Carita Fresca. Suena mal.

—Está bien, Carita Dura. Me encogí de hombros, sentándome en una silla frente a la luz. El Mago puso sobre la mesa una maleta. Pude vislumbrar un conglomerado de tubos, cremas, pinceles y un montón de pelucas de varias clases.

Como estaba de mal humor, me cogió la cabeza y, tras de colocarme una toalla bajo la barbilla, empezó a peinarme dándome horribles tirones.

—¡Eres un salvaje, Mago!

—¿Sí...? ¡Ja, ja! No seré apolíneo; pero, al menos, tengo a gala el conocer a fondo mi profesión.

Me sacó la raya, haciéndome ver las estrellas, y dividió el cabello en dos, anudándomelo con un gran moño en la coronilla.

Doña Consuelines intervino:

—Mago, sosiégate. Así no harás nada. Le has puesto un peinado como el de la churrera de la esquina. Piensa que la señora Aldama debe ser una anciana del gran mundo.

El Mago dio dos vueltas a la habitación con las manos en la espalda.

—Tienes razón, Consuelo, hija mía. Cuando me enfado no doy golpe. Pero es que esta chiquilla le saca a uno de quicio. No contenta con marcharse la otra noche del baile sin decirme adiós, me cita hoy y acude dos horas después, porque se ha encontrado al chulo de su novio.

Con calma corregí:

—Mi ex.

—¿Tu qué?

—Mi exnovio. Lo de chulo es una ordinariez indigna de ti. —Calló un instante—. Tienes razón; perdona. Si no estuviese aquí Consuelines, te diría que esto me ocurre porque me gustas mucho.

—Demasiado —intervino la aludida.

—¿Por qué demasiado? —se amoscó el Mago.

—Porque eso que te ha entrado solo puede acabar con marcha nupcial.

El Mago se echó a reír y yo enrojecí.

«Torturas Mentales» concluyó, mientras acercaba a su mejilla la plancha eléctrica para comprobar el calor:

—Acabaré por tener que declararme por ti...

Dicho lo cual comenzó a planchar afanosamente, repitiendo en voz alta los párrafos de su largo papel en *Grandes destinos*.

El Mago me habló bajito. Habíase quitado las gafas, y sus ojos adquirieron expresión tierna.

—Dime, Carita Rica. ¿Te gusta eso de la marcha nupcial?

—No, Carita Tonta. En este instante solo me interesas como maquillador. Demuéstrame que eres un Mago.

—¿Luego sí...?

—Prueba a ver —dije para animarle.

Tranquilamente me dio un beso en la frente. Al oír el chasquido, doña Consuelines dejó la plancha en suspenso.

—¡Eh! ¿Qué ha sido...?

El Mago chasqueó los labios, haciendo un ruido similar.

—No te alarmes, hija. Por desgracia, no hay motivo. —Sin hacer caso de mi fulminante mirada de reproche, sacó de la maleta una peluca gris y dijo—: Creo que ya lo tengo.

—¿El qué?

—El tipo. Ya sé lo que voy a hacerte. ¿Recuerdas a la «Dama Plateada», que jugaba en el Casino de Estoril y que intentó sacarle un vermut a Consuelines...?

—Sí... La señora de los trescientos *«contoes»*...

Ninguno habíamos creído aquello del todo.

—Pues esa será nuestro modelo para señora Aldama. ¿Qué te parece?

Me entusiasmé.

—Estupendo. Dará un gran relieve a mi casi mudo personaje.

—Entonces... calla la boca, Carita Besable, y déjame maniobrar.

De repente se detuvo y me preguntó con brusquedad:

—¿En qué piensas? No tendría nada de gracia que te dedicases a pensar en «el apolíneo» mientras yo estoy trabajando por darte gusto.

Me sobresaltó su brusquedad.

—Eres insoportable... Pensaba en Jaime Oliver y en lo maravillosamente que interpreta su papel. Volvió a silbar y sentí risa. Para hacerme callar, me dio un cachete y se quedó tan fresco, untando mis párpados con una crema azul plateada. Luego me dio otro ligero beso en la coronilla.

—Es para que perdones el cachete.

No había medio de enfadarse con el Mago. Durante tres cuartos de hora me sometí a su arte, hasta que, dando unos pasos atrás, dio por concluida la labor.

—Ya puedes mirarte al espejo. ¡Espera! ¿Tienes unos impertinentes, Consuelo?

Me los trajo. Me miré y di un grito. Mi compañera me miraba también estupefacta.

—¡Pero si soy ella exactamente! —dije atónita. Y reí con nerviosismo, porque aquello de adquirir de repente la personalidad de otra persona no dejaba de ser raro.

—¿Tienes vestido gris?

—Voy a llevar uno gris en el primer acto.

—Muy bien. Causarás sensación, estoy seguro.

Evoqué a la «Dama Plateada», e imité los movimientos de sus manos y el tic nervioso que le hacía arrugar la frente, encogiendo los hombros y balanceando la cabeza. El Mago se entusiasmó. Temí que le volviese a entrar afán de besuqueo y me refugié detrás de mi compañera.

—¡Eres una maravilla!

—Y tú un genio...

Doña Consuelines puso fin a las efusiones.

—¡Son las ocho! Hay que cenar antes de ir al teatro.

—¿No me vas a quitar el maquillaje ahora? ¿Voy a tener que ir así por la calle? —protesté. —Pero, oye, niña inconsciente. ¿Crees que tendría tiempo de repetirlo? ¡Ni siquiera puedo cenar! Debo irme ahora mismo a maquillar a Oliver. No te pasará nada porque salgas así. Mi maquillaje parece siempre natural. —Se limpió las gafas y me tendió las manos—. Hasta luego, Carita de Vieja. Te deseo mucha suerte. Ten tranquilidad y vigila tus movimientos en escena. Quizá te vea antes de empezar.

Se fue. La habitación pareció quedar vacía sin su exuberancia y buen humor.

No pude cenar de la emoción. Doña Consuelines tuvo que arrancarme del espejo, porque mi plateada personalidad me fascinaba.

Vestí el traje gris recién planchado, me eché sobre los hombros un ligero abrigo azul marino y salí con mi amiga en dirección a la avenida de la Libertad, donde estaba el teatro.

Recordando el entusiasmo despertado por la mañana, me di cuenta de lo triste que era ser vieja y no tener admiradores. Nadie me miraba.

Sin embargo, antes de llegar a la plaza de Restauradores vi que me había engañado. A pesar de mis sesenta añitos de señora Aldama, acababa de sacar un pretendiente.

Y un pretendiente algo más joven que yo. Un otoñal de cincuenta y tantos, bajo, grueso y moreno, con un sombrero de fieltro casi hundido hasta las cejas.

Nos siguió hasta el teatro, pasando y repasando ante mí y mirándome con descaro.

Otra vez me había correspondido compartir mi cuarto con Luz. Ella no trabajaba en la comedia y estaba hundida en un sillón, leyendo una novela policíaca. La envidié.

Le costó trabajo reconocerme, lo que nos hizo pasar un rato divertido. Según me dijo, el Mago estaba encerrado con Oliver en el cuarto, entregado a la difícil tarea de maquillarle. Agradecí mentalmente a mi amigo que hubiese perdido tanto tiempo conmigo. Era un camarada excelente.

Norina Alberti aún no había llegado. Me sentía tan nerviosa por el acontecimiento, que casi tiritaba. Luz se prestó a hacerme una taza de tila en el infernillo. Cuando la estaba tomando, el avisador me anunció en portugués que un joven deseaba verme.

Salí al pasillo y me encontré con Arturo. Llevaba un traje gris con unas rayas muy marcadas y una corbata azul con grandes fresas escarlatas. Olía a brillantina y a colonia.

No me reconoció. Tuve que hablarle y llamarle Arturito para que se convenciera.

Arrugó la nariz y frunció el ceño.

—¡Pues vaya un capricho vestirte de vieja, tan guapa como eres! —se enfadó. Luego me explicó que estaba furioso porque no había ni una sola entrada disponible—. Ni butacas, ni palcos, ni entrada general. ¡Y no me quiero quedar sin aplaudirte, Anitilla! —concluyó, suplicante.

Me dio lástima y salí a buscar al representante, a ver si se podía hacer algo. No lo encontré por ningún lado. Me dijeron que estaba en la taquilla, hablando con el taquillero. Para no atravesar el vestíbulo, lleno de gente, me eché el abrigo por encima y salí a la calle por la puerta de los artistas, dando la vuelta hasta la taquilla.

—Procure no dar escándalo —dijo una voz a mi lado, en portugués.

Me volví asombrada.

—¿Cómo...? Era un hombre bajo, rechoncho y moreno. Mi «pretendiente» callejero.

—Digo que no dé escándalo, señora. Sería muy desagradable para los dos. Tenga la bondad de venir conmigo.

—¡Eh! Pero... ¿qué está diciendo?

El edificio del teatro hacía esquina, y la callecita por donde se entraba al escenario estaba desierta. Busqué a Arturo, y recordé que le había dicho que me esperase en el cuarto. Retrocedí hacia la pared.

—Haga el favor de retirarse —dije—. O pediré socorro.

El supuesto admirador hizo un gesto con la mano en determinada dirección, y otro hombre salió de la oscuridad, cogiéndome por un brazo.

Di un grito y forcejeé. En el acto sentí que una mano asquerosa tapaba mi boca y unos brazos de hierro me imposibilitaban el menor movimiento.

Quieras que no, me hicieron subir a un auto, que arrancó inmediatamente. La mano repugnante seguía ahogándome. Me debatí inútilmente, mientras mi imaginación pensaba a gran velocidad.

¿Era víctima de una pesadilla como las de «Torturas Mentales» o sería real el hecho de que en una ciudad moderna y civilizada como Lisboa me hubiesen raptado a las nueve de la noche, casi en plena avenida da Liberdade...? No podía ser... Era tragicómico.

Luché, me debatí y mordí la mano. No conseguí nada. Los dos hombres hablaban en portugués, pero tan deprisa, que ni las lecciones de Conceiçao me sirvieron.

Una pesadilla... Una auténtica pesadilla.

Conseguí librarme de la mano que me asfixiaba.

—¿Puedo... saber...? —rugí—. ¿Cómo se atreven?

Uno de los hombres, el que yo supuse admirador, dijo:

—No tratamos de hacerle ningún mal, señora. Tenemos orden de llevarla y hemos de cumplirla.

—¡Orden! ¿Orden de quién? ¿Son ustedes de la policía?

Asintieron.

—Policía privada.

No podía ser. Era absurdo...

—Pero, ¡Dios mío! ¿Qué tengo yo que ver con policías? Mi pasaporte está en regla... Soy súbdita española... No he hecho nada malo...

El otro hombre agitó la cabeza.

—Nadie la acusa, señora. Solo se trata de aclarar un asunto.

—Pero ¿dónde me llevan?

—Al hotel *Alviz*.

—¡Yo no quiero ir al hotel *Alviz*! Tengo que volver al teatro... Estará a punto de levantarse el telón... ¡Déjenme bajar!

Me cansé de luchar. Por otra parte, los hombres no mantenían actitud amenazadora, sino casi respetuosa. Limitábanse a sujetarme y a impedirme que gritara.

Se me saltaron las lágrimas de rabia. ¿Por qué me tenía que ocurrir una cosa tan monstruosa en el momento de mi debut? ¿Por qué...? ¿Por qué?

El coche atravesó unos jardines, dio la vuelta a un edificio y se detuvo en la puerta trasera. Indudablemente la puerta de servicio.

Bajé, escoltada por mis guardianes. Lo miré todo antes de entrar. No se trataba de una casa tenebrosa, como en las películas policíacas, sino de un espléndido hotel bien iluminado. Había muchos autos estacionados y mucho movimiento, incluso en la puerta de servicio.

Me resigné. Subí por unas escaleras, también de servicio. Atravesé unos pasillos lujosamente alfombrados y, al fin, como un estúpido terceto de revista, nos detuvimos ante una gran puerta que se abrió para dejarnos paso.

No había nadie. Solo una camarera del hotel que acudió a cogerme, como si yo estuviera enferma. La habitación era grande, un salón bien amueblado que dejaba paso a un dormitorio del mismo estilo.

Me desligué de los hombres y de la pesada camarera, que insistía en que debía acostarme.

—¿Acostarme? ¿Se han vuelto locos...?

Un gran reloj sobre la chimenea me hizo advertir que eran las diez menos cinco de la noche. El telón debió levantarse a las nueve y media. Por lo tanto, alguien tendría que haber dicho ya por mí: «Por favor, querido amigo, no me adule de ese modo».

¡Irritante! ¿Qué pensaría Oliver? Me despediría con seguridad...

¿Cómo iba a creer aquella fantástica historia del rapto cuando yo se la contara, si alguna vez me veía libre...? ¡No la creía ni yo misma!

Los dos hombres me rogaron que esperase. Juraron que solo sería unos minutos...

Pero durante media hora más se dedicaron a telefonear sin perderme de vista, diciendo la misma frase:

—Ya la hemos encontrado... Vengan en seguida.

A las once surgió la apoteosis final, con la entrada de cinco muchachos; cinco muchachos jóvenes, guapos y elegantes como cinco *boys* de película.

Los cinco acudieron a mi lado.

—¡Tía Belinda! —dijeron en español.

Di un salto atrás.

—¡Quietos! ¿Están locos?

Como cinco jueces furiosos me increparon a la vez. Parecían tener poco más o menos la misma edad y tenían una gran semejanza entre ellos.

—Mira, tía Belinda... Comprenderás que esto se ha acabado —dijo el primero.

—Y no se volverá a repetir —opinó el segundo—. Porque estamos dispuestos a todo —insinuó el tercero—. Incluso a incapacitarte legalmente para manejar tu fortuna —explicó el cuarto. —Según nos ha aconsejado el abogado —puntualizó el quinto.

—Todo esto si tú no prometes sentar la cabeza y avenirte a razones —comenzó de nuevo el primero.

—Tomando la vida en serio —habló el segundo.

—Y procurando pensar que, aunque seas millonaria, no tienes derecho a ponerte el mundo por montera —corroboró el tercero.

—De una vez para siempre, ¡basta! —fue el ultimátum del cuarto.

—¡Basta! —repitió el quinto, poniendo punto final.

Yo también aullé más que grité:

—¡Basta! —Pero no sirvió de nada.

—¡Siete días sin aparecer, sin avisar, sin decir por dónde andabas! Siete días perdida por ahí, tras de levantarte de la mesa diciéndonos: «Disculpad un minuto; voy a cambiar de zapatos».

—¡Las botas de siete leguas!

—Esta vez ha sido demasiado, tía Belinda. Todos los asuntos pendientes, los contratos con Francia, con Inglaterra, con Italia... Jaime Oliver telefoneando diariamente...

Aullé otra vez:

—¿Jaime Oliver?

—¿Acaso has olvidado que teníais que firmar un contrato para que él inaugurase la nueva temporada del *Imperio*?

Aullé otra vez:

—¿Oliver? ¿Doña Belinda? ¿Contratos?

El *boy* número uno dijo:

—Pero, tía... ¿qué te pasa? ¿Estás realmente, enferma o es otro capricho de los tuyos? No ganamos para sustos.

El número dos asintió:

—Hemos tenido que poner una legión de detectives particulares en tu busca. Ignorábamos si te habías ido por tu propia voluntad o si te había ocurrido un accidente.

—¿Dónde has estado?

Les mandé callar, agitando las manos desesperadamente, como un director de orquesta enloquecido.

—¡Silencio, por favor! Silencio... Yo no soy doña Belinda... Hay una confusión... ¿Por qué me confunden con ella? Tengo veintitrés años... Soy actriz.

Se miraron consternados.

—¡Santo Dios! ¡Se ha vuelto loca!

—Tía..., querida tía...

Otra vez volví a dirigir la sinfonía grotesca.

—¡Cállense, déjenme hablar! Me llamo Cleopatra..., digo Ana..., digo Cleo Alvear... Soy artista...

—Está bien, tía... Lo creemos... No te excites... Será mejor que te acuestes...

Me senté. Me di aire con una mano. Procuré tranquilizarme.

Con voz más natural traté de hacerme entender:

—Se trata de una tremenda equivocación. Soy artista de la Compañía de Jaime Oliver.

—Sí, tía Belinda, sí... No lo dudamos. Serénate.

—Me llamo Cleo Alvear. Tenía que debutar esta noche. Tengo veintitrés años. Voy caracterizada de vieja. Salí del teatro un instante, y esos dos energúmenos de detectives se lanzaron sobre mí...

No me creían. Los cinco decían que sí con cara de tristeza. Mi sentido del humor me hizo observar lo cómicas que resultaban aquellas cinco caras tan parecidas y apesadumbradas. Indudablemente eran cinco hermosos sobrinos.

Me acerqué al espejo y, ante su estupor, me quité la peluca. Los cinco dieron un salto a la vez. Los detectives, dos saltos por cabeza.

—¿Se convencen? No soy su tía Belinda... Me han causado ustedes un perjuicio horrible. Perderé mi empleo por su culpa.

Estaban mudos, aturdidos.

—Repito por tercera vez. Mi nombre es Cleo Alvear y soy actriz de la Compañía de Jaime Oliver. Tengo veintitrés años.

El chico número uno se aproximó.

—Pero... ¡demonio! ¿Qué locura es esta...? ¿No eres..., no es usted... tía Belinda...?

—¡No, no y no! ¿Por qué se empeñan en que soy su tía? ¿No comprenden que es ridículo? Es... atroz... Daré parte a la policía oficial de este inicuo atropello.

El sobrino número dos dio un paso hacia mí. Me miró de cerca y dijo:

—¡Claro que no es tía Belinda! Tiene los ojos verdes... Los de la tía son negros.

Se armó un revuelo espantoso. Preguntas, respuestas, explicaciones. Se me secó la garganta y a ellos también. Los dos detectives murmuraban excusas:

—Ustedes nos mostraron la fotografía de su tía y dijeron que la trajéramos como fuera, en el momento en que la encontrásemos.

—Naturalmente. La tía nos ha gastado ya alguna broma pesada de esta clase.

—Desaparece y deja los negocios colgados —terció otro—. Luego tenemos que pagar indemnizaciones fabulosas.

—Somos sus sobrinos y administradores y no podemos permitir que tire el dinero de esa forma...

—Aunque solo sea por ética...

Los detectives continuaban:

—... y vimos a la señora esta tarde, por la Rua da Prata. La seguimos... Entró en el teatro... Esperamos... En la primera oportunidad nos apoderamos de ella... ¿No es exactamente su señora tía...?

Los cinco muchachos se encararon conmigo.

—¿Puede usted explicarnos por qué va por las calles con peluca, copiando exactamente a nuestra tía Belinda?

Me enfadé.

—No conozco a su tía Belinda, ni maldita la gana que tengo de conocerla... Me caractericé para debutar en *Grandes destinos*, la comedia que estrena hoy la Compañía de Jaime Oliver. ¡Que ya habrá estrenado! —corregí con rabia.

—Aquí hay gato encerrado —terció el que parecía más joven de todos—. ¿Por qué se caracterizó copiando a la tía...?

—Sí. ¿Por qué?

—¿Por qué?

—¿Por qué?

—¿Por qué?

—¿Por qué?

De pronto recordé la frase de «Torturas Mentales» al contarme los chismes de Ciprés. «Doña Belinda... La mujer más rica del mundo..., dueña de varios teatros en Hispanoamérica..., va a firmar contrato con Oliver...».

Me serené. Toda aquella confusión parecía increíble, pero era real.

—¿De verdad son ustedes los sobrinos de doña Belinda? Una dama argentina...

Cinco cabezas asintieron.

—¿Y me parezco a ella?

—Con la peluca, sí.

Me eché a reír y me senté en el sofá.

—Pues... me alegra decirles que su tía estaba buena y sana hace cuatro días. La vi en la sala de juego del Casino de Estoril. Había perdido trescientos «contos» y parecía estar divirtiéndose bastante...

Los cinco gritaron a la vez:

—¡Trescientos «contos»!

—Sin saber de quién se trataba, me pareció interesante su aspecto y lo copié para la comedia en que tenía que aparecer como una anciana... —continué aclarando.

Los detectives movieron la cabeza. No entendían bien todo lo que hablábamos los argentinos y yo, y lo poco que comprendían no les parecía claro.

—Si quieren oír mi consejo, no deberían soltarla hasta que se aclarase todo... —dijo el que yo creí, ¡ironía del destino!, mi admirador.

Tras nuevas discusiones, uno de los jóvenes decidió ir inmediatamente a Estoril con los detectives, por si aparecía por allí mi «Dama Plateada», la guasona millonaria que hacía de la vida de sus sobrinos un continuo sobresalto.

Los otros cuatro decidieron vigilarme hasta el regreso del hermano.

Rogué que me permitiesen telefonear. Traté inútilmente de lograr comunicación. Al fin, cuando la conseguí, me dijeron que Jaime Oliver estaba en escena y no podía ponerse. Pregunté por doña Consuelines. También estaba en escena. Por el Mago. Nadie sabía quién era el Mago.

Repetí la llamada a intervalos, hasta que al fin, supuse que en el entreacto, llegó hasta mis oídos la voz de Oliver.

Oír su voz tras la impresión sufrida me produjo una oleada de felicidad inexplicable, excesiva, casi dolorosa.

—¡Jaime...! —dije— ¡Jaime! —Y en seguida me corregí—: ¡Señor Oliver...!

No preguntó quién llamaba. Me conoció en el acto. Con viva inquietud preguntó:

—¿Anita...? ¿Anita...? ¡Eres tú! ¡Gracias a Dios! ¿Qué te ha pasado?

Me llamaba Anita y me tuteaba. Deliré de alegría. Olvidé las cuatro caras que me miraban y las ocho orejas que escuchaban.

—¡Dios mío, Jaime, me ha pasado una cosa horrible...! ¡Horrible, señor Oliver...! Me han raptado...

—¿Quéeee?

—Rap-ta-do...

—¿Qué dices...? ¿Quién...? ¿Cómo? No entiendo. Hay mucho ruido aquí...

—¡Rap-ta-do! —repetí.

La voz reveló infinita alarma.

—¿Casado...? ¿Que te has casado...? ¡No!

—¡No me he casado, no...!

—¿Te has casado? ¡Anita! ¿Te has casado?

Angustiada, insistí:

—¡Que no...! ¡No me he casado! Por favor, compréndeme bien. Puedo jurarlo. No me he casado, Jaime, señor Oliver...

—¡Maldito ruido! ¿Dónde estás? ¿Te ocurre algo malo? ¿Te has casado? ¡No me mientas! ¡Otra vez con la manía del casamiento!

Miré a los cuatro chicos, morenos, bien vestidos, impecables, con caras de simpática comprensión, que parecían a punto de gritar también a coro ante el teléfono:

«¡No! ¡Juramos que no se ha casado! ¡No sufra más!».

Siguió la lucha telefónica.

—¿Por qué había de casarme...? No, no lo pienses siquiera... ¡Nunca me casaré!

«¿Por qué? —parecieron preguntar, a coro también, los cuatro pares de ojos—. ¿Por qué no va a poder casarse nunca esta chica de la peluca? ¿Hay algo que lo impida, si en verdad tiene veintitrés años...?».

—Anita —volvió a decir él—, Anita querida...

Había dicho Anita querida. ANITA QUERIDA. ANITA QUERIDA. Sentí como si lloviera sobre mi cabeza un chaparrón de estrellas.

—Di... di... Repite eso...

—¿Cómo...? Anita querida, he pasado un susto horrible, pensando que algo... que algo te sucedía..Una desgracia... ¿Qué ha sido...? ¡Dime dónde estás! ¡Voy a dejarlo todo e iré a buscarte!

¡V. A. D. T. E.I. A. B.!

¡Voy A Dejarlo Todo E Iré A Buscarte...! ¡Más lluvia de estrellas...!

—No... No... Dios mío, no hagas eso... Solo ha sido un rapto.

—¿Qué...? ¿Qué...?

—Rapto.

—¿Rapto? ¿Estás loca...? ¡Ana! Nunca te perdonaré si... ¡Ana! Ana...

Bueno, cada vez se complicaba más.

—¡Un rapto sin peligro...! Por culpa de doña Belinda...

—¿Doña Belinda? ¿Qué tiene que ver doña Belinda con todo eso....? Doña Belinda está aquí en un palco, según creo. Me ha mandado recado de que entrará a hablar conmigo cuando acabe la representación.

Tableau!

De la sorpresa corté la comunicación. Tardé mucho rato en volver a lograrla. En el intervalo expliqué lo que pasaba al cuarteto. Uno de los componentes echó a correr hacia el teatro.

Otra vez oí la voz ansiosa de mi agricultor.

—Anita, me estás matando a disgustos. ¿Por qué has cortado la comunicación? Tengo que salir a escena y no podré actuar si no sé lo que te pasa... ¡Cállate, Norina, por favor! —Esto dicho a La Otra, naturalmente. Por lo visto, estaba al lado enterándose de todo—. Anita. ¿Quién dices que te ha raptado...?

—Los sobrinos de doña Belinda...

—¿Quéeee...? ¿Los sobrinos de doña Belinda? ¡Si tienen fama de ser los cinco muchachos más formales del mundo...! ¡No es posible!

—Pues lo es... Palabra de honor. Me tienen encerrada en una habitación del hotel *Alviz* y no me dejan marchar.

—¡Anita! ¿Has bebido? ¿Te has vuelto loca? ¿Sabes lo que estás diciendo?

—Ven a verlo y te convencerás... Aquí estoy con tres de ellos..

—¿Tres...? ¿Tres qué...?

—Tres sobrinos...

—¿Qué te dicen...?

Miré los tres rostros serios y absortos.

—¡No me dicen nada! Nada absolutamente. No se meten conmigo...

—No puedo creer que esos chicos tan serios... ¿Dijiste rapto?

—Sí, rapto. Dentro de cinco minutos lo sabrás todo. Uno de los cinco ha salido para ahí...

—¿Y tú...? ¿Y tú no vienes? ¡Calla, Norina! No me importa nada de lo que suceda en escena... Solo me importa lo que le suceda a ella... ¿Juras que estás bien, en seguridad?

—Sí... Por ahora, sí. Ven en cuanto puedas... Hotel *Alviz*.

—Pero ¿estás segura de que esos tres... no dicen ni hacen nada?

Los volví a mirar. Parecían tres estatuas.

—¡Nada!

—Tengo que salir a escena... Llamaré en el próximo mutis para ver si sigues bien... ¿Dijiste raptado o casado?

—Dije..., ¡bueno! Luego diré lo que dije... No te preocupes por mí... Adiós...

—Adiós..., Anita. —Mi nombre en sus labios era una caricia.

—Adiós..., Jai..., señor Oliver...

Se cortó la comunicación.

Me encaré con los tres chicos y les sonreí. Me sentía feliz. Los tres me devolvieron la sonrisa, poniéndose simpatiquísimos.

Mi primer ruego fue:

—Si me permiten que me lave la cara...

Lo permitieron, muy solícitos, acompañándome hasta el contiguo cuarto de baño, donde me dejaron sola.

En un momento deshice toda la obra del pobre Mago. La frescura de mis mejillas se hizo patente, lo mismo que el verdadero dibujo de mis labios. En el bolsillo llevaba la polvera y la barra y me arreglé lo mejor posible, peinando también la revuelta melena.

Cuando volví a la sala, los tres sobrinos, que estaban discutiendo entre sí, se quedaron mudos de asombro. Casi a la vez volvió a sonar el teléfono.

Era Jaime, que había pedido comunicación con las habitaciones de doña Belinda.

—¿Anita...? ¡Anita! ¡Luego es verdad que estás ahí!

—Claro que es verdad...

—¿Siguen sin decir nada...? Me refiero a los tres sobrinos.

—Nada; son muy simpáticos.

—¿Simpáticos...? ¡Anita, no empieces con tus cosas!

—¿Cosas...? ¿Qué cosas...?

—No empieces a encontrar simpáticos a todos los hombres... ¡No puedo soportarlo! ¡No estoy dispuesto a consentirlo! Tenemos un contrato en el que se te prohíbe... casarte.

—¡Pero si no quiero casarme! —murmuré con delicia.
—¿Nunca...? —Su voz se hizo más tierna.
—Nunca...
—¡Me llaman a escena otra vez! Óyeme, Anita. Procura que sigan sin molestarte... Procura que no te sean simpáticos... ¡Demonio de criatura!
Colgó.
La cálida ola de felicidad inundaba mi corazón. El eco de la voz de Jaime ejercía tal poder sobre mí, que solo por oírle tenía la sensación de que me cogía entre sus brazos. ¿Cuándo había ocurrido aquel milagro...? ¿Por qué...? ¿Desde cuándo Jaime Oliver era Mi Jaime? ¿Desde qué instante sus ojos de halcón habían revolucionado los sentimientos de la pobre Cleopatra? ¿La Cleopatra que encontraba guapos y simpáticos a todos los muchachos, pero que nunca fuera besada, ni abrazada, ni entregara a ninguno de ellos ni un pedazo de su corazoncito?

¡Jaime, Jaime, Jaime! En mi interior había repicar de campanas, delicia, miedo, ansiedad y alegría enloquecedora. ¿Qué me estaba ocurriendo? ¿Por qué a mí precisamente y no a otra chica cualquiera? ¿Por qué a mí me sucedía una cosa tan D. A. T. Y. M.? (Deslumbrante, Arrolladora, Tierna Y Magnífica). ¿A mí, a la pobre archivera del Club Femenino de Villamar, que todo lo catalogaba por iniciales...? ¿A Anita Revoltosa, siempre agobiada por la turba de ancianitos de la familia?

Todo mi ser llameó en una salvaje sensación gloriosa. Uno de los chicos me preguntó: —¿Qué le sucede...? Parece muy contenta.

Era lógico que los asombrase ver radiante de felicidad a la muchacha que poco antes los acusara de haberle causado un enorme perjuicio. Con seguridad pensaban:

«Esta chica de la peluca no está en sus cabales».

No lo estaba, en efecto. Las continuas y breves llamadas de Jaime en cada mutis eran una inyección que me enloquecía más y más. Una de las veces dijo:

—Ya vamos por el tercer acto, Anita. Esto está siendo un gran éxito, pero no me lo explico... No sé lo que digo. Invento párrafos... Dentro de media hora estaré ahí. Ha llegado uno de los sobrinos y ha tratado de explicarme algo de que te confundieron con su tía... No lo entiendo... ¿Cómo es posible...?

—¿Pero la tía está ahí? —insistí.

—Sí. Con su sobrino, en el palco. Aún no la he visto.

—¿Quién ha hecho mi papel en la comedia...?

—Esa chiquita morena..., no recuerdo cómo se llama.

—¿Luz...?

—Sí. Luz... Bueno... Me llaman a escena... Hasta pronto.

Apenas cortada la comunicación volvió a sonar la llamada. Esta vez no era él, sino el sobrino número dos, desde el teatro. Quería hablar con uno de sus hermanos.

Hablaron. Otro diálogo cómico apenas comprensible, del que saqué en consecuencia que debíamos ir todos en seguida. Aquello me gustaba más.

Salí con los tres de aquella habitación lujosa, en la que entrara temblando y que abandonaba radiante. ¿Y todo por qué...? Porque un hombre me había dicho por teléfono: «Ana querida...».

Atravesamos el vestíbulo, lleno de luces y de gente. Mis tres compañeros se deshacían en amabilidades. Parecían tres príncipes de opereta. La gente nos miraba. El portero tocó el silbato para que se acercara un coche fabuloso.

No hubiera sabido decir de qué marca era. No entendía de esas cosas como el cachorrillo, por ejemplo. Pero parecía un yate. Hasta el chófer me hacía pensar en un uniformado capitán de galones dorados.

Con mi escolta de argentinos guapos hice una triunfal entrada en el teatro. Aún no había concluido la representación. Oliver estaba en escena. Pero el cuarto de Oliver era un punto de reunión.

—¡Por fin...!

Fueron el Mago y doña Consuelines los que hablaron a dúo, mostrando en sus rostros la ansiedad que mi ausencia les había causado. Me enternecí. Los abracé. Casi lloré de emoción. Pero inmediatamente otros brazos me separaron de ellos, y la voz de Arturo se dejó oír:

—Ya lo dije yo —comentó dirigiéndose a los demás—. De Anita Revoltosa no pueden esperarse más que diabluras. Una vez, en la playa, me dijo que se iba a bañar, y me tuvo tres horas en la orilla esperando que regresara, y cuando yo había revolucionado medio pueblo, mandando salir los botes de salvamento, apareció completamente vestida y leyendo un libro detrás de unas rocas...

—Pues entonces le gusta hacer las mismas cosas que a mí —intervino otra persona.

Me volví. Di un salto de sorpresa. La «Dama Plateada» me sonreía. Junto a ella, el sobrino número dos sonreía también.

—¡Usted...! —dije con un ademán melodramático de actriz de cine mudo—. ¡Doña Belinda!

Era «la mujer más rica del mundo», con su vestido gris, sus rodetes, sus impertinentes y sus uñas laqueadas de plata.

—Siento mucho lo que le ha sucedido, chiquilla. Mi sobrino me lo ha contado todo... Y dígame: ¿por qué se les ocurrió copiarme?

Tenía ojos traviesos y sin duda aquello la halagaba.

El Mago tomó la palabra:

—Fui yo... Únicamente yo. Si me permite decirlo, admiré su fuerte personalidad... Era una mujer diferente a todas y quise que Anita resultase sensacional.

—¿Yo soy sensacional? —Doña Belinda sonrió.

—Lo que tú eres es... un depósito de dinamita —le increpó uno de los sobrinos. Y como si fuese la señal de comenzar la batalla, empezaron los cuatro a reprenderla gravemente.

—Hay cosas que no se pueden hacer...

—Por mucho dinero que se tenga...

—Contigo nunca se está seguro...

—Un día te encontrarás en un serio disgusto...

—Por ejemplo, alguien la raptará de verdad, a las nueve y media de la noche, en el sitio más céntrico de Lisboa —dije yo, tratando de calmar a los sobrinos.

Pero doña Belinda no se inmutaba. Los contemplaba uno por uno a través de sus impertinentes de cristal y no perdía la sonrisa traviesa.

—¿Qué puede hacer una mujer de buen humor al lado de estos chicos tan serios...? —comentó como para justificarse ante sí misma—. Todo el mundo pensó, cuando me hice cargo de mis cinco sobrinos huérfanos, hace veinte años: «¡Esos niños serán el día de mañana unos malas cabezas! Con tanto dinero como tiene su tía...». Y casi hubiera deseado que lo fuesen... Al menos resultaría más divertido... Pero, no, señor... La vida me guarda a mí estas sorpresas... Los cinco sobrinos resultaron los hombres más formales, rígidos, honrados, intachables y sensatos del mundo. Su único defecto es que carecen del sentido del humor. Si se me ocurre decir en un día de mucho calor, mientras me escurren por la cara las gotas de sudor: «¡Caramba, qué frío hace!», los cinco acuden instantáneamente con el abrigo de pieles. No comprenden que he dicho «¡qué frío hace!» porque estoy asándome...

—¿Y por qué tienes que quejarte de frío... cuando sientes lo contrario...?

Doña Belinda me miró, poniéndome por testigo de aquella terrible incomprensión.

—Por lo demás, son perfectos —dijo. Y los cuatro sonrieron con cariño—. Me adoran. Administran mi fortuna maravillosamente, aumentándola de una manera torturante... ¡Si fuesen un poco más bromistas, no sentiría la necesidad de dejarlos plantados a veces, marchándome sin avisar a disfrutar un poco de la vida!

En aquel momento, el segundo apunte llamó a doña Consuelines, que lo escuchaba todo con la boca abierta. ¡Pensar que le había negado un vermut a aquella multimillonaria! Mi amiga llevaba puesto el vestido del tercer acto, un traje de noche negro, lleno de abalorios, que hacía resaltar la lechosa blancura de su piel de merluza.

—¡A escena, doña Consuelines! Está bajando el telón... Hay que recoger los aplausos...

Desde allí se oían, insistentes, clamorosos.

Arturo me cogió por un hombro.

—Pero bueno, Anitilla, de verdad te digo que esto no se hace. Cuando te vi salir a escena y empezaste a hablar y vi que no eras tú...

—¿Que me viste salir a escena...?

—Bueno, salió otra persona tan parecida que...

El Mago se acercó echando una mirada feroz «al apolíneo».

—Yo te lo explicaré. Ignoras la mitad del asunto. Resulta que...

No tuvo tiempo de seguir. Llegó un tropel de gente.

Entre todos solo miré a Jaime Oliver, a mi Jaime, maquillado también por el Mago. Una gran cicatriz desfiguraba el lado izquierdo de su rostro. Pero, a pesar de ella, me pareció guapísimo.

—Anita —llamó desde lejos.

Todos le rodeaban felicitándole, impidiéndole acercarse. Advertí entonces la figura femenina vestida de azul, que se colgaba de su brazo con gesto radiante.

—¡Genial, Jaime, has estado tan genial que hasta tengo ganas de llorar! —exclamaba la mujer vestida de azul, con llameante cabello rojo y mejillas encendidas. Nunca había visto tan guapa a Norina Alberti, transfigurada por la emoción del éxito—. Déjame que te abrace.

Le abrazó, y yo sentí que una llamarada me abrasaba por dentro, causando estragos sin fin.

—El éxito ha sido tuyo, Norina... Tú fuiste la creadora de él. La obra merecía los aplausos...

Me sentí chiquita e insignificante.

Yo no era V. R. G. Y. L.... Viuda, Rica, Guapa Y Lista, Solo una pobre C. I. V. Y. P. E.... Chica Insignificante, Vulgar Y Perdidamente Enamorada.

Sin embargo, el ídolo consiguió llegar a mi lado. Me cogió las manos, y los ojos de halcón, aquellos ojos que yo llamara «instalación completa de rayos X», se posaron en mí con deleite. La sonrisa torcida hizo una vez más latir mi corazón.

—Señor Oliver... —No me atrevería a llamarle Jaime allí, delante de tanta gente. Ni probablemente volvería a atreverme nunca. Hasta me daba vergüenza mirarle, sin saber por qué...

La «Dama Plateada» felicitó otra vez al artista, aunque ya lo había hecho poco antes de mi llegada, durante un mutis en el que trataron de aclarar el equívoco con ayuda de doña Consuelines y el Mago.

Norina Alberti volvió a colgarse del brazo de Oliver, como si aquel sitio le perteneciera. Al mirarme se nubló un poco la mirada radiante de sus ojos.

—Ha estado usted a punto de echarme a perder mi noche —me reconvino.

—¿Su noche...?

—Mi estreno... Causó un trastorno excesivo. Ya dije yo que no era necesario alarmarse. ¡Fue toda su corte de adoradores la que nos asustó!

—¿Mi corte de adoradores...?

Oliver aguzó el oído, haciendo aquel gesto de alerta que me hizo compararle en *Martino* con un perro de raza.

—Sí... El Mago... Y su novio... —Señaló a Arturo.

—¿Su novio? —intervino mi Jaime.

—Por lo menos, él dijo que lo era.

Me encaré con Arturo.

—¿Tú dijiste eso...?

—¡Santa Clementina! ¿Y por qué no...? Ayer tarde hicimos las paces, ¿no es verdad?

—¡No, no y no!

El Mago me agarró de un hombro, haciéndome dar la vuelta.

—¿Hicisteis las paces? —preguntó con fiereza.

Me solté furiosa. ¿Por qué se creían todos en la obligación de zarandearme?

—Ya te dije que no...

—¡Es que si me has engañado...!

Arturo me agarró del otro hombro.

—¿Y puedo saber qué le importan a ese nuestros asuntos? —dijo amenazador.

—Me importan y mucho.

—Pues me gustaría que no se metiera donde no le llaman.

—Temo que a usted tampoco le hayan llamado.

—¡Usted qué sabe! Anita es mi novia... Íbamos a casarnos hace dos meses, en Villamar. ¿No es verdad, Anita? Habla tú.

—¡Cómo! —intervino Oliver con los dientes apretados—. ¿Fuiste novia de mi hermano Armando y de este muchacho a la vez...?

Norina habló:

—¿Novia de tu hermano? ¿Quién te lo ha dicho?

—Ella.

—¿Sí...? Pues Armando me aseguró que la había conocido el día anterior a nuestro viaje a Sevilla. La conoció en Madrid. Era una echadora de cartas y fue a que le leyera su horóscopo.

Para un observador jovial del espectáculo de la vida, aquella escena hubiera resultado deliciosa. Lleno hasta rebosar, el cuarto de Jaime Oliver habíase convertido en una jaula de locos, conteniendo gente tan distinta como doña Belinda y sus sobrinos, «Torturas Mentales», mi amigo el Mago, la escritora, Oliver y el apolíneo Arturo, furioso como un león acorralado.

Pero, sobre todo, la cara de Oliver resultaba digna de estudio. La más tremenda sorpresa y el más gigantesco interés aparecían en ella. Daba la impresión de que en lugar de escuchar solo con los oídos, escuchase con todo el cuerpo.

—Pero... ¡Norina! ¿No fuiste tú misma la que me dijiste en Madrid que Armando andaba mucho con una chica que... con una chica que...?

—Sí.

—¿Y no me dijiste el otro día que Armando te la presentó en el *Andalucía Palace*?

—Me presentó a Cleopatra, no a la otra.

—¿A la otra? ¿Qué otra?

—A la rubia con quien salía.

—Pero... ¿no es la misma...?

—¡La misma! ¿Estás loco? ¿De dónde has sacado eso? ¿Es ese el motivo de que la otra noche, en la fiesta de la Cinematografía, me mandaras callar con furia cuando empecé a hablarte de Armando y Cleopatra...? ¿Creías que... que era la rubia que le sorbió el seso...?

—Yo no creí nada. ¡Ella me lo dijo! —Me señaló.

Me puse furiosa.

—¿Yo...? Yo no le dije nada de eso. Procure recordar. Usted fue quien se acercó a mi mesa en *Martino* y me ofreció un contrato. Un contrato que firmé como Anita Ocampo de Alvear, mi verdadero nombre.

—Y un nombre muy ilustre en Villamar, si es que no lo saben —intervino Arturo con una vehemencia que me gustó—. Su casa tiene uno de esos... ¿cómo se llaman? Un blasón en el portal... Y tiene una colección de tíos y tías con aspecto de grandes duques... Y es una chica muy decente. ¿Qué han llegado a pensar...?

Le sonreí.

—Una hija de familia pacata —sugirió el Mago. Estaba triste de pronto, como sin ánimo—. La ovejita negra...

—¡La oveja negra lo será usted! —se enfureció Arturo, que realmente estaba portándose maravillosamente. Le perdoné todas las afrentas que me había hecho retratando a bañistas curvilíneas y sacando ampliaciones. Me hubiera enamorado de él en aquel momento, de no haber tenido ya mi M. G. Y. U. E. U. P. S. Mi momento Glorioso Y Único En Un Portal Sevillano.

—Entonces..., ¿es cierto que tú no eres la rubia poco recomendable que atolondraba a mi hermano? —insistió

Oliver como si él y yo estuviésemos solos en aquel cuarto del teatro lisboeta.

—Nunca he sido «poco recomendable» más que en su imaginación, señor Oliver. Acepté su contrato porque me encontraba en una situación difícil. Había llegado a Madrid aquella misma noche y no tenía un céntimo... Solo conocí a Armando una hora antes... y también por otro equívoco peor. Me hospedaba en casa de una señora que se decía adivinadora del porvenir, y Armando me confundió con ella y me ofreció mil pesetas por acompañarle a *Martino* para echarle las cartas a su vampiresa rubia. Aproveché la oportunidad de ganar dinero y de conocer *Martino*.

—De Anita Revoltosa solo pueden esperarse diabluras. Eso es verdad —reconoció Arturo—. Pero es una muchacha seria y no permito que nadie lo ponga en duda. El que lo dude tendrá que entendérselas conmigo. ¡Vámonos, Anita! No sé por qué te has mezclado con esa gente, que no es de tu categoría.

Volvió a agarrarme por un brazo.

El Mago avanzó un paso.

—Aclaremos. ¿Usted es su novio o no...?

—Eso es lo que yo quiero aclarar también —corroboró Oliver mientras nerviosamente procedía a quitarse el maquillaje ante el espejo, con un pañuelo untado de crema—. Y necesito saberlo en el acto.

—¡Un momento! —La voz grave de uno de los cinco sobrinos allí presentes (el quinto acababa de regresar de Estoril y de unirse al grupo) hizo acallar las otras—. Un momento. Consideramos que esta pobre muchacha ha padecido ya grandes emociones esta noche, y no estamos dispuestos a consentir que...

Los cinco me rodearon protectoramente. Quedé en medio de los ocho hombres, sin saber qué decir... ¡Era la apoteosis de Cleopatra!

También entonces surgió la nota cómica. Oímos unos gritos y otras dos voces, que gritaban en español y portugués. En el pasillo surgió la figura del rechoncho detective particular, mi supuesto admirador, sujetando a viva fuerza a otra «Dama Plateada».

—Aquí la tienen, caballeros; yo no vuelvo a ocuparme de este asunto. Otra vez pretendía escaparse. Por suerte estaba yo en el teatro.

Luz, con su disfraz de «Dama Plateada», idéntico al mío, rugió:

—¡Que me suelte este estúpido!

El Mago tuvo que aclarar que precipitadamente había maquillado a la chica como a mí, sin sospechar que la causa de mi desgracia era, por cierto, aquel disfraz. Luz había salido a escena así.

—Y poco que me he reído —intervino doña Belinda.

—Pues yo no lo noté —se exasperó Oliver—. Claro es que ni siquiera le dirigí una mirada... Esta noche estoy medio loco...

—Salí por el pasillo, y este energúmeno se me echó encima —protestó mi compañera, llorosa, arrancándose la peluca. La expresión asombrada del detective hubiera merecido un primer plano en la pantalla.

—¡Bueno, basta! —Mi Jaime, lleno de autoridad, me agarró una mano. No podría expresar con palabras la delicia que me produjo su contacto—. Es preciso que te hable, Anita, y aquí no es posible. Ven conmigo.

El quinteto se adelantó.

—Oiga, señor Oliver... Sentiríamos mucho ser descorteses, pero hemos hecho cuestión de honor el que esta señorita no sea molestada...

Doña Belinda me guiñó un ojo y a la vez me empujó hacia Jaime.

—¿Lo ve, querida...? ¡Ni sombra de sentido del humor! No se les ocurre que está usted viviendo el mejor momento de su vida...

Tranquilamente los dejamos a todos, a los argentinos, al Mago, a mis compañeras, al detective, a Arturo y a Norina Alberti, quien al ver que Oliver me tuteaba perdió su aspecto de superioridad.

Nos fuimos al escenario, porque era el único lugar desierto y tranquilo. El telón alzado dejaba ver el vacío patio de butacas. Los muebles y el decorado habían sido retirados. La débil luz que venía de los pasillos nos permitía vernos las caras.

—Anita... Anita... Tengo tantas cosas que preguntarte —murmuró mi galán, como si estuviéramos haciendo una escena ante el público. Pero no había público. Solo él y yo.

—Pregunta lo que quieras...

No me preguntó nada; me apretó contra su pecho, arrastrándome hacia un vértigo deslumbrador, ahogándome bajo la afanosa insistencia de sus besos.

—Jaime...

—Anita... Anita...

Para ser felices en aquel momento nos bastaba con besarnos y pronunciar nuestros nombres.

—Jaime...

—Anita...

Era Jaime Oliver, mi Jaime Oliver, el Fernando Roldán de *Un marido perfecto*, el actor genial de tantas y tantas comedias... Era la ardiente cadena de sus brazos la que me sujetaba. Era su corazón el que yo creía tener dentro de mi propio pecho, porque sus latidos sonaban casi dentro del mío.

—Anita, Anita, quisiera decirte...

Pero no decía nada. Aquella avasalladora boca solo tenía besos y no palabras.

—... que te adoro... desde el primer momento... He sufrido un infierno.., creyendo que eras..., que no eras..., que eras...

Resultaban innecesarias las explicaciones. Vendrían después, pero ahora nada importaba ya.

—Te quiero..., Jaime... Te quiero... Desde siempre... Desde que dijiste que yo prefería los piropos...

—¡Y los prefieres, muñeca querida, los prefieres! Pero eso se acabó. Se acabaron las coqueterías. Se acabó el hoyito.

—¿Qué hoyito...?

—Ese que se te forma aquí cuando te ríes. —Puso un dedo encima de él.

—¡Si creí que nunca te habías fijado!

—¡No empieces a coquetear, Anita, demonio, revoltosa...! Sabes de sobra que ese hoyito es una joya. Voy a taparlo con esparadrapo. Cuando nos casemos...

—¿Cuando qué...?

—Cuando nos casemos tendrás que sentar la cabeza y no hacer diabluras... Pero ¿qué digo «cuando nos casemos»? ¡Desde ahora mismo! Temo que voy a ser un marido imperfecto..., un marido horriblemente celoso.

—¡Si los maridos perfectos son todos celosos! —comenté, coqueteando.

Claro que coqueteaba. Siempre coquetearía con él, a lo largo de la vida, que recorreríamos juntos.

—Me gusta que tengas celos. ¡Me encanta! —dije con mi vehemencia habitual, que le hacía gracia.

—¿Me quieres...? ¿De verdad me quieres?

—¡A ti y solo a ti!

Rio de alegría.

—¡Qué modo de personalizar! —bromeó con su sonrisa torcida—. Pero tendrás que personalizar siempre..., ¿oyes? ¡Yo y solo yo...! ¡Se acabaron los muchachos guapos y simpáticos!

—¡Si nunca han existido!

Y nunca existieron en realidad. Porque solo aquel hombre serio, de ojos de halcón, consiguió despertar a la atolondrada Anita Revoltosa. Despertarla y convertirla en mujer.

—No podré casarme en seis meses —dije riendo—. Mi contrato me lo prohíbe.

—¿De veras? Trataremos de convencer a tu jefe... A tu jefe, a tu patrón, a tu capitán, a tu señor... ¡Ahora comprendo por qué dijiste aquella noche que había de llamarte «Mi Lamentable Equivocación»...! ¡Ah, pícara...! Eres muy traviesa y tendré que vigilarte estrechamente.

—¡Vigílame! Me encanta...
—Dilo otra vez.
—Me encanta...
—Otra...
—Me encanta..., me encanta..., me encanta..., me encanta.

Me abrazó hasta casi ahogarme.

—A mí también me encantas... Desde el primer momento, cuando te oí decir ante el micrófono: la palabra «marido» solo debe asociarse con «amor» y «felicidad».

Mimosamente pasé los dedos por aquellos ojos que tanto me gustaban, acariciando los párpados.

—¿Es cierto que te gusté en aquel instante?
—Certísimo... Parecías el eco de mis íntimos pensamientos, cuando defendías tu punto de vista «antiroldanista». Por eso me puse tan antipático contigo... Quería defenderme de aquel encanto que se me aparecía con ojos llameantes y un hoyuelo tentador, reconociendo ante el mundo que le gustaba el régimen de caramelos, bombones y miel... —Una de sus manos se cerró sobre la mía, haciéndola desaparecer. Y me bautizó a continuación con un nombre nuevo—. Sí, Anita Maravillosa. Tu *Normandie* se fue a pique... y será *un marido perfecto*, un marido que nunca se olvidará de decirte: ¡Eres la más bonita de todas!

Me eché a reír de felicidad. Y, naturalmente, no perdí la ocasión de dejar ver el hoyito que tanto le fascinaba.

—¡Por favor, querido amigo, no me adule de ese modo! —dije lanzando mi frase de «Señora Aldama».

Era un buen debut. Un debut como jamás podía haberlo soñado.

Aspiré el olor de mi Jaime, que tan fragante me resultaba y que yo trataba de catalogar.

Olor a piñas con vino de Madeira, a tabaco rubio, a miel caliente, a jabón caro, a pinos bajo la lluvia, a grandes hoteles, a ropa limpia... Olor a todas las cosas buenas que yo idealizaba. Y todo era mío, porque él seguía diciéndomelo bajito, bajito, sin importarnos nada el que alguien pudiera vernos.

Como en un final de comedia permanecimos abrazados, en silencio, en el centro del escenario.

Pero no bajó el telón. Nunca bajaría sobre la felicidad de Anita Maravillosa y del Importante Personaje que, no decepcionando a Huxley, resultó interesante en la intimidad.

Entremezclando el latir de nuestros corazones, nos juramos que para siempre seríamos U. P. T. U. Y. F. E.

Una Pareja Tremendamente Unida Y Ferozmente Enamorada...

FIN

OTRAS OBRAS DE LUISA MARÍA LINARES
PUBLICADAS POR LA CUADRA ÉDITIONS

Mi enermigo y yo
Solo volaré contigo
Escuela para nuevos ricos
Soy la otra mujer

La Cuadra
— ÉDITIONS —

Made in United States
Orlando, FL
22 December 2024